奪われる唇
Cold Burn

奪《うば》われる唇《くちびる》

妃《ひめ》川《かわ》 螢《ほたる》

ILLUSTRATION

実相寺紫子《じっそうじゆかりこ》

CONTENTS

奪われる唇

あと一歩の覚悟

[risk : introduction]

『今日からおまえは俺《おれ》のものだ』


今でも耳に残る、腹立たしいセリフ。

それは、人生最大の屈辱とともにもたらされた、悔しいけれど、甘い言葉だった。

そんなものに縛られて、すでに半年あまり。

けれど、どんなに腕っ節が強かろうが、鋼のような精神力の持ち主だろうが、この世に生を受けて十三年と少しばかりの少年にとっては、なかなかに厳しい現実が、そこにはあった。


マナーモードに設定していた携帯電話が、ポケットのなかでメールの着信を知らせて震える。

机の下でこっそりとそれを確認して、史世《あやせ》は密《ひそ》かに溜息《ためいき》をついた。


——いつか青少年育成法違反で訴えてやるっ。

そんな物騒なことを思いながら、それが自らの手で実行されることなど絶対にありえないことにも、彼は気づいている。

悔しいけれど、惹《ひ》かれる心は、止めようがない。

たとえはじまりが無理やりであったとしても、その存在を認めてしまったときに、心は奪われていた。

その背に危険をまとった男。

その、どこか日常から切り離された危険な香りに、何もかもが退屈だった聡明《そうめい》すぎる少年は、囚《とら》われてしまった。

けど、認めない。

悔しいから、認めない。

男のほうから、膝《ひざ》を折るまで。

けれどその前に、自分自身の気持ちの整理が必要であることに、最近になって気づきはじめた。

きっと誰《だれ》かを泣かせることになる、獣道を……棘《いばら》道《みち》を、生《い》くことになるはずだから……。

［1］

公園脇《わき》に停まる見慣れた車に歩み寄ると、なかから助手席のドアが開けられる。

どんなに人並み外れた美貌《びぼう》の持ち主であったとしても、れっきとした少年である史世相手に無意味なエスコートなどしない。それでも男は、手馴《てな》れた仕《し》種《ぐさ》で常に先回りの気を利かせてくる。

ドライバーズシートには、スーツ姿の大人の男。

その一挙手一投足に目を奪われながらも、それでも表面上は興味のないふりをしつづける。

無理やり奪われて、好き勝手されて、それを受け入れているなんて、史世のプライドが許さない。

男の強引さに引きずられて、力ではどうしたって敵《かな》わなくて、無駄な体力を使うのが馬鹿馬鹿しいからしかたなく、付き合ってやっているだけのこと。

そんなポーズを取りながら、もう半年以上。

なんだか妙な、わかりやすい単語では言い表せない不思議な関係が、つづいていた。


「そのまま着ていく。脱いだものを包んでくれ」

店員にそう指示して、男がカードを差し出す。

その様子を、姿見に映った自身の姿を眺めるふりをしながら鏡越しにうかがって、史世は内心ウンザリと肩を竦《すく》めた。

根っからの坊々《ぼんぼん》育ちというのは、こうも金銭感覚がズレまくっているものなのかと、毎度毎度呆《あき》れてしまう。

値札に記されたゼロの数が、ひとつふたつ違うのではないかと問いたくなる品揃えの、セレクトショップのフィッティングルーム。

大きな姿見に映るのは、さきほどまでの学生服姿の自分ではなく、男の意のままに飾り立てられた美少年。

着ているもの以外、昼間学校にいたときと変わったところはひとつもない。けれど、史世のために誂《あつら》えたかのような高級ブランドの一点ものに身を包めば、それだけでガラリと印象が変わってしまう。

だがそれは、外側を飾り立てたがゆえの変化ではなく、史世自身の持つ魅力が最大限に引き出された結果にすぎない。

会計を終えた男がうしろから歩み寄ってきて、そんな史世の姿に満足げに微笑《ほほえ》む。

振り返らず、鏡越しに見つめ合う。男の大きな手が、自身の肩を抱き寄せようと伸ばされるのを見て、史世は一瞬早く踵《きびす》を返した。

「もういいだろ？　早く行こうぜ」

その手を冷たく振り払い、店の外へと足を向ける。礼ひとつ言わない、つれない態度もいつものことで、細い肩を捕らえそこねた男は小さく笑って肩を竦める。

深々と頭を下げて客を見送る店員に軽く手を上げて応え、それから男は悠然とした足取りで細い背の主を追った。


男の名は、那珂川貴彬《なかがわたかあき》。

史世が知っているのは、それだけだ。

ほかにも男を巡るさまざまな情報が史世の耳に入ってきてはいるのだが、そのどれもこれもが耳を塞《ふさ》ぎたいようなものばかりだから、あえて見ないようにしていると言ったほうが正しい。

一方の史世は、ごく普通の中学一年生。

いや、普通と言いきってしまうには、いささか無理があるかもしれない。

心得のある母の手解きで、幼いころから嗜《たしな》みはじめた各種武道。もともとの才能もあったのか、はたまたこの実年齢よりもはるかに大人びた厄介な性格のせいなのか、少女かと見紛《みまが》うほどに美しい容姿と華奢《きゃしゃ》な体格からは想像もつかないほどの腕前と風格を、気づけば身につけていた。

自分ではそんなつもりなどまったくなかったのに、なぜか近隣の学生たちからも一目置かれる存在に、やはりいつの間にかなっていて、どんな裏通りをひとり歩きしようが、史世の身に危険が及ぶことなどありえない。

たかが子どもの狭い世界。

そんな限られた世界のなかだけのことだと割り切りながらも、それでも自分は無敵だと信じて疑わなかった史世の前に、男は現れた。ある日突然。

その背に、ホンモノの危険を背負って。

そして、告げられたのだ。あの屈辱的な言葉を。


その日、史世は街でチンピラのような学生に絡まれていた。

絡まれていたとは言っても、チンピラ三人組が一方的に絡んでいるつもりになっていただけのことであって、当の史世は「めんどくさいな」と内心毒づきながら、やれやれと溜息をついていたにすぎない。

そこへ現れたのが貴彬だった。


助けなど必要なかった史世にしてみれば、恩を売られるいわれはない。なのに貴彬は、無理やりその場から史世を連れ去ると、有無を言わさず無垢《むく》な身体《からだ》を奪ったのだ。

『今日からおまえは俺のものだ』

その言葉が、史世から最後の抵抗を奪い去ったことは、史世しか知らない屈辱の真実。それがなかったら、史世は二度と貴彬に会ったりはしなかっただろう。


「こんなカッコさせて、どこへ連れて行くつもりだよ?」

史世を呼び出して、自分好みに着飾らせ、食事に連れ出す。

それが貴彬の楽しみのようで、最近では毎週末のように呼び出しのメールが入る。先約があると断っても無駄だ。それが言い訳だとわかっているからか、史世が何を言ったところで自分のしたいようにするのがこの男のやり方なのはもう充分にわかっているから、史世ももう抗《あらが》わない。

だが今日は、いつも以上にフォーマルなものを着せられて、なんとなく居心地が悪かった。

訝《いぶか》しい顔をする史世にチラリと視線を投げて寄越し、貴彬はなんでもないことのように言い放つ。

「パーティだ」

「……はぁ？」

ごくごく普通の家庭に育った史世にとって、これほど聞き慣れない単語もない。

史世の自宅のお向かいに住む幼馴染《おさななじみ》の一家は、外国暮らしが長かったためかときおりホームパーティを開いていて、史世も呼ばれることがある。だが、自分たちの恰好《かっこう》から推察するに、そんなアットホームなパーティなどでないことは、容易に想像できる。

そして、貴彬の口から告げられた主催者の名に、史世はますます目を丸くした。開いた口が塞がらないとは、こういうときに使う言葉なのかもしれないと密かに毒づく。

「ヤクザが政治家のパーティに呼ばれるのか？　ヤバイとは思ってたけど相当末期だな」

大袈裟《おおげさ》に日本の政界の将来を嘆いて、呆れた顔で吐き捨てる。

そんな史世の嫌味にも、貴彬は飄々《ひょうひょう》とした顔。

「俺は善良な一市民にすぎないぞ」

――よっく言う！

ますます呆れた顔で貴彬を睨《にら》みつけ、大きな溜息をついて、少し長めの前髪を掻《か》き上げた。

「黒龍会《こくりゅうかい》総長の嫡男が、何言ってんだよ。ハイエナみたいなジャーナリストに痛くもない腹探られるぞ」

史世の言葉に曖昧《あいまい》に微笑んだものの、貴彬は何も言わなかった。

どうやら今日の予定は変更不可能らしい。

「なんで俺まで」

いかにも嫌そうに言った史世に、

「ああいう場所は退屈なんだ」

ケロリと返されて、それ以上は何も言う気にならなかった。


ヤクザ。

三枚カルタというカブ博打《とばく》で「八」「九」「三」の目が出ると最悪の手になることから、役に立たないもの、用をなさないこと、まともでないことの意で使われる言葉。

任侠道《にんきょうどう》に則った義理人情の世界が遠い昔の話になったとしても、それでも今なお脈々と受け継がれる極道の社会がある。

そんななかで黒龍会は、全国に名を馳せる大きな組織だ。構成員は一〇〇〇人にも及ぶ。傘下にいくつもの組を持ち、江戸時代からつづく博徒一家を中心に、昭和に入ってからいくつかの一家が統合されて今に至っている。

広域に及ぶシマ《縄張り》とそこからあがるシノギ《収入》は、そこらの中小企業など足元にも及ばないほどの資金力を持ち、近隣の組はもちろんのこと警察さえもがむやみに手を出すことはできない。

その巨大な組織の頂点に立つのが、ほかでもない貴彬の実父なのだ。

貴彬とはじめて出会った日、那珂川の名を聞いて、史世は咄嗟《とっさ》に貴彬の素性に思い当たった。

そのとき自分にちょっかいを出していたチンピラのような学生とは違う。ホンモノの危険を背負った男の持つ雰囲気に呑《の》まれ、悔しいけれど動けなかった自分。

それでも精一杯虚勢を張って貴彬を睨み返した史世に何を感じたのか、貴彬は警戒心を露《あら》わにする史世を有無を言わさず組み敷き、あっという間に手に入れてしまった。史世の力いっぱいの抵抗も、まったく意味をなさなかった。

初対面の男にプライドをズタズタにされ、女のように扱われて、繰り出した渾身《こんしん》の一撃も躱《かわ》されてしまっては、もはやぐうの音も出ない。

力の差を見せつけられて、結果、史世は何を考えているのかわからない男に付き合わざるを得ない状況に陥ってしまったのだ。

チラリと、隣でハンドルを握る男を盗み見る。

少し甘い、精悍《せいかん》な横顔。今は穏やかな瞳が瞑《くら》い光を宿すとき、その甘さはすっかりと影を潜め、そのあとに残るのは、誰をも屈服させるだけの存在感と威圧感。

無駄に声を荒らげたりしない。力を誇示したりもしない。けれど、だからこそ、わかるものにはわかってしまう、男の持つポテンシャル。

数々の武道を嗜む史世には、洒落《しゃれ》たスーツの下に隠された、鍛え上げられた肉体が、決してジムでつくられただけのお飾りなどではないことがわかる。それは、充分実戦に通用するだけのパワーを秘めている。

なのに貴彬は、一見して育ちのいい若社長にしか見えない。言葉の端々に感じる知性も、決して付け焼き刃なものではない。大物ヤクザの嫡男だなんて、言われても誰も信じないだろう。

——読めないやつ。

知れば知るほどわからなくなる。

この男が何者なのか。何を考えているのか。

自分をどうしたいのか。

そして、自分はこの男のことを、どう思っているのか……。

——くそっ。

内心小さく毒づいて、史世は視線をフロントガラスに戻した。

その先に大きな建物が見える。記憶のなかから、国賓を迎えることも多い一流ホテルの名を引っ張り出して、史世はやっぱり溜息をつく。今度は隠さずに。

「税金返しやがれ」

「おまえが払ってるわけじゃないだろう？」

嫌味いっぱいに笑われて、ハンドルを握る男の脇《わき》腹《ばら》に肘鉄《ひじてつ》を食らわす。きっと痛くも痒《かゆ》くもないだろうに「痛いじゃないか」と笑われて、史世は心のなかで舌を出した。

パーティは、想像以上に派手なものだった。

史世の年齢を考えれば、それほど政治に興味がなくても当たり前で、政治家の顔などよくわからない。それでも、テレビや新聞で見かけた記憶のある顔がうじゃうじゃいた。

詳しくは聞いていないが、たぶん政治献金を募るためのパーティ。政治の裏事情など知る由もないけれど、それでも場の空気がいかにも胡散臭《うさん》い。そういった「におい」を嗅《か》ぎ分けることに関して、史世は天性の鋭さを持ち合わせている。

その外見に騙《だま》されて、相手を子どもだと侮っていると、痛い目を見る。

史世は、清楚可憐《せいそかれん》な百合《ゆり》ではない。毒々しい棘《とげ》を持った大輪の薔薇《ばら》だ。今はまだ蕾《つぼみ》でも、いずれ花開く深紅の薔薇。

綻《ほころ》びはじめたばかりの蕾でも、棘は持っている。そうとは知らずに手を伸ばした、愚かで軽率な人間を傷つけるに充分な棘を。

頭が良すぎるということは、ある意味厄介だ。子どもの時分から、見なくていいことまで見えてしまう。頭の回転が速すぎるから、目端が利きすぎるから、大人の汚さも社会の理不尽さにも気づいてしまう。

そうして、早熟な精神が退屈を訴えはじめる。つくられた、でも穴だらけの社会構造も、社会に出てからなんの役にも立たないだろう学校の授業も、何もかもが退屈すぎて……。

けれど、大人ばかりのパーティ会場で、史世はなぜかワクワクしてくる自分を感じていた。

貴彬はグラス片手にどこかへ消えてしまった。おおかたこのパーティの招待状を寄越した政治家にあいさつをしに行っているのだろう。

壁の花になりながら、会場内を観察する。

――狸《たぬき》の化かし合いとは、よくも言ったもんだよ。

顔面の筋肉を総動員して繕った笑顔を浮かべなが

らも、誰ひとりとして目が笑っていない。にこやかに握手を交わしながらも、その笑顔の下で相手をどうやって蹴落とそうかと策略を巡らせている。

「胸くそ悪い」

小さく毒づいて、烏龍茶《ウーロン》のグラスに口をつける。

シャンパンに手を伸ばそうとしたら貴彬に止められてしまった。ふたりきりのときはワインだって飲ませてくれるくせに。

「一流ホテルなら、茶葉から淹《い》れろよ」

ペットボトルから注いだだけとしか思えない不味《まず》い烏龍茶に眉《まゆ》を顰《ひそ》めたとき、視界にどこかで見た顔が飛び込んできた。

——あれは……。

たしか数日前のニュース番組で報道されていた政治家。何かの疑惑ですっぱ抜かれて、追い縋《すが》るカメラや記者を振り払っていた姿が、脳裏に蘇った。その男が、何やら親密な様子でヒソヒソと話をしているのは……、

「もっとヤバイ裏取引の相手……だ。まだ表には出てないがな」

いつの間に戻ってきたのか、貴彬の声が耳元で囁《ささや》く。

——気配くらいさせろよ。

背の高い男を小さく睨み上げながら、それでも史世の興味は、腹黒い政治家に向いていた。

「なんで知ってるんだよ？」

「知り合いのジャーナリストが追ってるんだ。ま、じきに逮捕されるだろうさ」

「ふ——ん」

つまらなそうに応じながらも、周囲に視線を投げる。そう聞かされると、ここにいる人間すべてが犯罪者に思えてくる。しかも、自らの手は汚さずに計算高く罪を犯す者ばかり。その上、それが裁かれることのほうが少ないときている。

「善人のふりをした悪党と、社会のはみ出し者と、どちらが本当の〝悪〟なんだろうな」

ポツリと、低い声が落とされた。

「……え？」

うしろを振り返ると、壁に背をあずけて、男がグラスを呷《あお》っている。

「貴彬？」

史世の訝《いぶか》る視線に気づいて、フッと口許《くちもと》を緩める。

「いや、なんでもない」

男は、理不尽な社会構造を、史世に見せたかったのだろうか？

ヤクザ者の子に生まれて、決して明るい陽《ひ》の当たる道ばかりを歩いてきたわけではないだろう男の目に、このパーティ会場に集う魑魅魍魎《ちみもうりょう》たちの姿はどう映るのだろう。

そんな疑問が、史世の脳裏に浮かぶ。

そして、「なんでもない」と笑った男の顔に浮かぶ、わずかな翳《かげ》。それに気がついた史世が口を開こうとした瞬間、別の声に阻まれた。

「これはこれは、那珂川の」

恰幅《かっぷく》のいい老齢の男が、貴彬に声をかけてくる。

「神崎《かんざき》先生……ご無沙汰《ぶさた》しております」

ついさきほどまでの苦い顔をさっと消し去って、貴彬が男に応じた。

「元気そうで何よりだ。今日はずいぶんと美しい連れがおいでのようだが？」

歳のわりに茶目っ気があるらしい老紳士は、片眉を上げて史世に視線を寄越す。このパーティ会場に足を踏み入れて以降はじめて、言葉に裏を感じさせない人物に出会って、史世の肩から力が抜けた。

「史世、弁護士の神崎先生だ。実家《組》が世話になっている」

「弁護士？」

意外な肩書きに、史世が歳相応の驚きの表情を見せる。

「はじめまして。花邑《はなむら》史世です」

年輪の刻まれた情に厚そうな手を握り返しながら、傍らに立つ男の横顔をうかがっていた史世は、貴彬の表情からも厳しさが消えていることに気がついた。

貴彬にとっても、この神崎という男は、信頼に値する人物なのだろう。

「先生は、今日は……？」

聞きかけて、しかし貴彬は口を噤《つぐ》んだ。そんな貴彬の様子に「気にするな」と豪快に笑って、神崎が耳打ちする。

「いささか面倒な弁護に借り出されそうでな。嫌だと断れれば楽なんだが」

「ご愁傷様です」

「言ってくれるのぉ」

サバサバした神崎につられて、史世も小さな笑いを零《こぼ》す。

「暴力団なんて言葉でひと括《くく》りにして取り締まっている暇があったら、もっとほかに取り締まるべき相手がいそうなもんだが……」

納得がいかない顔で零す神崎に、貴彬も「そうですね」と短く返す。

「ま、君がいれば大丈夫だろうがな」

大きな手でバシバシと貴彬の肩を叩《たた》いて、神崎は人込みのなかへと姿を消した。

――『どちらが本当の〝悪〟なのか』……か。

どっちだろうな。


子どもの史世には、よくわからない。

けれど、貴彬や神崎には感じない心の腐臭のようなものが、このパーティ会場に集まった人間たちからは立ち昇っている。

史世の判断基準は、それを感じ取る、自身の鋭い感性だけだった。


「おいっ！　シャワーぐらい使わせろよっ！」

最初のときもそうだったが、貴彬は強引だ。まだ幼さの残る史世の身体を組み敷き、白い肌に舌を這《は》わせてくる。

「あとでいい。おまえの匂《にお》いが消える」

「……っ!!　こ…の、オヤジくさいこと言ってんなよっ!!」

殴りかかろうとした拳《こぶし》はアッサリと止められて、そのまま手首を拘束される。シーツに縫い止められて、罵声《ばせい》を紡ぐ口を肉厚な唇に塞がれた。

無垢な身体に教え込まれた快感は、厄介だ。

それが、身体の欲求なのか心の伴ったものなのか、判断がつかない。

男の腕に身をあずけて、女のように甘い声を上げて、広い背に爪《つめ》を立てれば、それはもう狂おしい想いに裏づけられた行為の様相を呈してくる。

身体だけだと冷酷に切り捨てられるほどに、大人だったらよかったのに。

男の灼熱《しゃくねつ》を受け止めながら、史世は自分の幼さを思い知る。

この手の小ささを思い知る。

男の背を抱き返しきれない、歯痒《はがゆ》さを……。

［2］

昼休みの屋上。

残りの時間を昼寝にあてようとしていた史世は、気配に気づいて片目を開けた。

太陽を背に立つシルエットに、自分を見下ろす相手を見切って、興味が失《う》せたとばかりに瞼《まぶた》を閉じてしまう。

だが、楽しげな声が聞き捨てならない内容を紡ぐのを受けて、再び片目を開けた。

「おまえにパトロンがいるとは知らなかったな」

見上げる瞳に浮かぶ光があからさまに不機嫌なことに気づいても、相手は怯《ひる》む様子もない。史世のこの視線に怯《おび》えない存在など、この学校にはすでにひとりきりだ。

「屋上《ここ》から投げ捨てられたいか？」

「できることなら遠慮したいけどな。でも、どーせやるんなら、俺の疑問を解決してからにしてくれ」

クラスのなかで、会話していて退屈しない唯一の存在。クラス委員長の新見秀《にいみすぐる》は、史世の傍らに腰を下ろし、青い空を仰ぎながらそんなことをのたまう。

「ありゃーカタギじゃないだろ？」

「……」

どこで見かけたのか。どうやら貴彬と一緒にいるところを見られたらしい。

「なんでそう思う？」

「ん〜、なんでって聞かれるとな〜」

しばらく考えて、肩を竦めながら、そんなふうに答えた。

「ガキんときから見慣れてるから、かな」

「見慣れてる？」

「実家《うち》、いわゆるゼネコンってやつでさ。まぁ、いろいろと……な」

ゼネラル・コントラクター。大手の建設業者のことだが、バブル崩壊以降、あまり良い意味でこの言葉を聞かなくなったような気がするのは、気のせいだろうか。

土地の買収などに、そういった組織が裏で荷担しているという話は、よく耳にする。だが、身近なところから、そういった行為を肯定する言葉を聞かされると、やはりそういうものなのか……と思わざるを得ない。

しかし、

「なるほど」

新見の問いかけに対しては否定も肯定もせず、そう呟《つぶや》いただけで、史世は寝返りを打って背を向けてしまう。

「まぁたしかに、あれくらいのやつじゃなきゃ、おまえの相手なんか無理そうだよな」

「……俺は猛獣か？」

少し不機嫌な声で返せば、新見は口の端を上げて笑った。

「似たようなもんだろ？」

見た目に騙されて入学早々にちょっかいをかけてきた上級生たちは、アッサリと返り討ちに遭い、今では誰も彼もが、口には出さずとも、史世に一目置いている。教師たちでさえそれは例外ではなくて、だからこそ、唯一自分を恐れない新見は、史世にとって救いであり、また食えない存在でもあった。

人の良さそうな委員長の顔の下で、実は史世並みに……いや、史世以上に世のなかを斜めに見ているような、大人びたところがある。実家の話をするのに少し口ごもったところから想像するに、本来子どもが知らなくていいことまで見せられて育ってきたのかもしれない。

一見、まったくタイプは違うが、どこか引き合うものがあるのは、そのせいなのだろう。

「猛獣なんかじゃないさ」

ボソッと呟いた史世の声は、しかし新見には届かなかったのか。

――鋭い爪も牙《きば》もない、飼い猫だ。

心のなかでだけ呟いて、ぎゅっと瞼を閉じる。

そんな史世の背を見つめていた新見が、ややあって口を開いた。

「どう足掻《あが》いたって、ガキはガキさ」

――新見……？

「けど、ガキにしかできないことも見えないものも、ある」

意味深な言葉に史世が振り返ったとき、昼休みの終了を告げるチャイムが鳴り響いた。

しかたなく大きな伸びをして起き上がり、少しタルそうに前髪を掻き上げる。

「委員長の目の前でサボるなよ」

「まさか」

史世がそんな要領の悪いタイプではないことなど重々承知の上で、新見が笑う。事実、その腕っ節からもたらされる状況を除けば、史世は学年一の優等生だ。

「いい子を演じてやるのも、ガキの仕事さ」

食えない顔でニヤリと笑って、制服の埃《ほこり》を払う。

詰め襟のホックを一番上までキッチリと留めて、ふたりは屋上をあとにした。

「あっちゃん！」

ランドセルを背負った華奢な身体が、通りの向こうから駆けて来る。

「蘭生《ゆう》！　車、気をつけて！」

やわらかな髪を揺らして駆けて来る少年に声をかけて、史世はフワリと微笑んだ。クラスメイトたちが見たら腰を抜かすかもしれない、天使のようなやさしい笑み。

それが向けられる存在は、ただひとりだ。

腕のなかに飛び込んできた、目のなかに入れても痛くないほどに可愛がっている、お向かいに住むひとつ年下の幼馴染。

「ただいまっ」

細い腕が、ぎゅっと背中に回される。

「こんなに息せき切って走ってこなくても、僕は逃げないよ、蘭生」

「だって……」

史世が中学に上がってからなかなか会えなくて、内向的な幼馴染は少し淋《さび》しいらしい。会えないとはいっても、毎晩のように互いの自宅を行き来しているのだが、それまでは毎日一緒に登下校までしていたのだから、しかたないだろう。

「学校行きたくない」

「蘭生？」

「あっちゃんがいないもん」

当たり前のように告げられたひと言に、史世は言葉を失う。

自分の庇護《ひご》がなければ生きていくことのできない、可愛い蘭生。

けれど、そう仕向けたのも自分だから、史世は胸が痛む。

少女と見紛う可憐な容姿。零れ落ちそうなほどつぶらな瞳。腕のなかの愛しい存在に、今は亡い存在を映して、史世はわずかに睫《まつげ》を伏せた。

何年経っても拭い去れない心の枷《かせ》。

それは、月日が風化してくれるような、生易しいものではない。

それがあるからこそ、史世は強くなった。強くならなくてはならないと思って生きてきた。

今度こそ、大切な存在を守れるように。

二度と、後悔などしないように。

愛する存在をつくることは、怖いことだと史世は思う。いつかは失うかもしれない覚悟と恐怖を、抱えなくてはならないから。

大切なものを亡くした過去が、史世に一歩を踏みとどまらせる。

目の前の、これ以上に愛せる存在など現れないだろうと思っていた、可愛い可愛い幼馴染以上に、自分の心を支配してしまいそうな男の存在が……史世は怖かった。

男のすべてを受け入れて、自分のすべてをあずけるには、男の背負ったものは重すぎる。まだ親の保護下にある、子どもの史世には。

「あっちゃん？　どうしたの？」

いつの間にか、蘭生の腕をきつく摑《つか》んでしまっていたらしい。少し不安げな顔が、見上げてくる。

「……いや、なんでもないよ。ゴメン」

「ねぇ、今年も七《なな》ちゃんに会いに行く？」

「もちろん。蘭生も一緒に行ってくれる？」

史世の問いかけにコックリと頷いて、華奢な少年は満面の笑顔を見せた。年に一度の小旅行を、この幼馴染は楽しみにしている。

「ありがとう」

淋しい心を埋めてくれて。

強がるばかりで泣けない自分を、癒《いや》してくれて。

いつか……いつか、この手を離してあげるから。だからそれまでは……。

もう少しだけ、温めてほしい。

勇気を与えてほしい。

愛する人のために、戦える勇気を……。

［3］

「なんでこの日《バレンタイン》をあんたとすごさなきゃなんないんだよ」

照れ隠しにブツブツと文句を言いながら、それでも史世は車の助手席に収まっていた。

いつものようにメールが入って、いつも同様迎えに来た男に、やっぱりいつもどおり着せ替え人形にさせられて、けれど、日が日なだけに、なんだか構えてしまうというか、居心地が悪い。

「そう言うな。今日は俺の誕生日でもあるんだ」

そんな史世に小さく笑いながら、貴彬が少し照れくさそうに言った。

「……え？」

――今日？

らしくない様子で大きな目を見開いた史世に、貴彬のほうが怪訝《けげん》な顔をする。

「なんだ？」

よもや「教えてくれたらプレゼント用意してやったのに」なんて可愛らしい言葉を史世から貰《もら》えるなどと、貴彬は端《はな》から期待していない。

「いや……なんでも」

そう答えながらも、白い指を口許に当てて何かを考えていた史世は、ふっと顔を上げると、貴彬に向き直った。

「今日の予定は？」

「スペシャルディナーを予約してあるが……」

何か希望があるのなら言うといい……そう匂わせる視線で返される。

貴彬自身は、史世を連れ出してともに時間をすごすことができれば、その時間をどう使おうが構わないのだ。

「ちょっと遠いけど、行きたいところがあるんだ」

少し固い声で、うかがいを立てる。

その言葉に含むものを感じたのだろう、貴彬は路肩に車を停めると、決意を秘めた瞳を向ける史世を訝るように、首を巡らせた。

「どうした？」

「……着いてから、話す」

揺るぎない瞳に魅入られそうになって、貴彬はクッと口の端を上げて笑う。

出会った瞬間、男を魅了した、強い瞳。

それがときおり、隠しきれない淋しさに翳ることに、貴彬は気づいていた。

「わかった」

艶《つや》めく唇を攫《さら》いながら言って、ウインカーを出す。

慣れた手つきでカーナビを操作した史世が行き先としてセットしたのは、高速道路を使っても二時間以上はかかる、海沿いの街。

そして、もうひとつだけ要望を口にした。小さな声で。

「花、買いたい」

なんのための花なのか、貴彬は、尋ねることはしなかった。


高速道路を、スピード違反で捕まらない程度に飛ばす車の車窓から海に沈む夕陽を眺めていたら、目的地に着いたときには、すっかり陽が落ちていた。

海を臨める高台へ、月明かりと懐中電灯の明かりだけを頼りに登る。ふたりを包むのは、恐ろしいほどの静寂のみ。ときおり遠くから波の打ちつける音が風にのって聞こえてくるだけだ。

陽が落ちきったあとの墓地。

決して気持ちのいい場所ではない。

なのに史世は、落ち着き払った様子で、慣れた足取りでそのなかを進んで行く。そして歩みを止めると、ひとつの墓石の前で膝を折った。

花を添えて、深呼吸をするかのようにゆっくりと瞼を閉じる。

それから静かに言葉を紡いだ。

「紹介する。妹の七世《ななせ》だ」

貴彬がわずかに瞠目《どうもく》する。

それは、史世がはじめて見せた、素のままの心だった。

妹の死は、決して史世に非があったわけではない。けれど、自分がついていなかった場所での交通事故という、防ごうと思えば防げたかもしれないその原因が、もう何年も史世を責めつづけてきた。

妹との約束を反故《ほご》にして、友達と遊びに行ってしまった自分。自分がついていたら、妹は事故になど遭わなかったかもしれないのだ。

夢に魘《うな》され、真夜中に飛び起きる。

けれど、涙は流れない。

史世を襲うのは、哀《かな》しみではなく、救いようのない後悔と淋しさ。

今まですぐ隣にあった温もりが冷えていく恐怖。

夢に現れる妹の小さな手を取れば、それは氷のように冷たく、そのまま闇に囚われて足元が崩れ去っていく。

悲鳴を上げることもできず、冷たい汗に包まれて、シーツの上で膝を抱える毎日。

幼かった史世を襲った、地獄のような夜。

娘を失った哀しみから立ち直ろうとしている両親に泣きつくことなど、聡《さと》い史世にはできなかった。

心配をかけたくなかった。

これ以上、哀しませたくなかった。

ひとりぼっちで、耐えるしかなかった。暗く長い夜を……。

そんな漆黒の闇に射した、一筋の光。

妹と同じ日に生まれ、妹と入れ替わるように史世の前に現れた、少年。

藺生の存在が、史世を救った。

闇に囚われそうな未熟な心に、強さを芽生えさせた。

だから、史世にとって藺生は、特別な存在なのだ。

何にも誰にも代えられない、愛しくて大切な、守るべき存在。

七世を亡くし、藺生と出会ってから、史世は常に藺生のことだけを考えて生きてきた。今度こそ絶対に守るのだと。自分を必要としてくれる手を、絶対に放しはしないと、心に誓って。

けれど、藺生が史世の手を必要としていた以上に、藺生という守るべき存在を欲していたのは、史世のほうだった。

愛する対象を……守るべき対象をつくることで、強くあらねばと自身を律する言い訳ができる。誰にするのでもない、自分自身に言い聞かせるための言い訳が。

そして、史世は強くなった。

けれど、それが見せかけだけの……ただ力に任せただけの強さであったことに、史世は気づいてしまったのだ。

貴彬と出会って……。


無言で史世の背を見つめていた貴彬は、その隣に膝を折ると、黙って手を合わせた。


『泣いてもいいんだぞ』

言おうとして、しかし貴彬は口を噤んだ。

史世が自分をここに連れてきた気持ちを考えれば、言葉など意味はないだろう。ただそれを受け入れてやるだけでいい。

細い肩に十字架を背負って、自ら両手に消えない傷を刻んで……それでもまっすぐに生きようとしている少年は、それを乗り越えたときに、もっともっと強くなるだろう。

ひと目で貴彬を虜《とりこ》にした強い光を宿す瞳は、もっとずっと輝くに違いない。誰をもその前に跪《ひざまず》かせるだけのオーラを伴って。

だから、ともすればふたりの上にのしかかりそうになる重い空気を払拭《ふっしょく》するように、言った。悪い男の顔で。

「やっと身も心も俺のものになる気になったか？」

呆気《あっけ》に取られる史世の肩をぐいっと抱き寄せ、ニヤリと笑う。

瞬間、わずかに頬《ほお》に差した朱をさっと消し去って、史世は拳に力を込めた。一発お見舞いしないことには、腹の虫が治まらないという顔で。

「誰がなんだって？」

低い声で凄《すご》んでみせる。

けれどそんなもの、貴彬には通じない。繰り出された拳を軽く受け止めて、摑んだ手首を強く引く。胸に倒れ込んできた細い身体をしっかりと腕に抱き締めると、暴れるかに思われた史世は、小さく抵抗してみせただけで、すぐに力を抜いてしまった。


本当は、こうされたかったのかもしれない。

素直に抱き締めてほしいなんて言えないから……。

史世の心を読んだかのように、貴彬が抱き締める腕に力を込めてくる。息苦しいほどに抱き竦められて、史世はそっと広い背に腕を回した。

「最初に言ったはずだ」

腕のなかの、まだ幼さの残る身体を抱き締めながら、貴彬が低い声で告げる。

「おまえは俺のものだと」

史世のすべてを自分のものにしたとき、何があっても放さないと決めた。

年齢に不似合いなほど、暝く強烈な光を宿す瞳をした少年が抱えたものがなんなのか、そのときはわからなかったけれど、それでも少年のすべてを受け止める覚悟があった。

それほどに、魅入られたのだ。

ひとまわりも歳の離れた少年に。

「今日、月命日だったんだ。ホントの命日は来月だけど」

亡き妹の月命日。父の実家のあるこの土地に眠る妹に、さすがに毎月毎月会いに来ることはかなわなくて、家族そろっての墓参りは年に一度の正命日のみになっている。そのぶん月命日には、今でも当時のまま残されている妹の部屋で、亡き妹にいろいろなことを話して聞かせるのが、史世の決まったすごしかたになっていた。

「幾つだったんだ？」

史世の小さな頭を抱き、やわらかな髪を梳《す》きながら、貴彬が静かに尋ねる。

「……六つになる前」

「七世か……綺麗《きれい》な名だ」

その言葉に返すように、史世は腕をまわしていた貴彬のスーツの背中を、ぎゅっと握り締めた。

「これからは、毎月来よう」

「……え？」

日帰りでくるにはなかなかにきつい距離だが、それでも不可能ではない。

「一緒に」

ひと月の間にあったことを妹に報告して、この緑豊かな潮の香りのする長閑《のどか》な土地で、新鮮な空気を胸いっぱいに吸い込んで。そうしたら、内に溜めこんだいろいろなものが、きっと綺麗に浄化されていくような気がする。

「暇なやつっ」

嬉《うれ》しさの裏返しにひとつ毒づいて、史世は背伸びをして貴彬の首に腕を回した。

「サービスがいいな」

「今日だけだっ」

ニヤけたセリフに拗ねた声で返しながらも、自ら唇を寄せてくる。

背を抱く腕のたしかさが、史世の心を蕩《とろ》かせていく。

もう、ひとりで強がる必要はないのだと……。

未《いま》だ行為に慣れない細い身体を気遣って、貴彬が常に己を抑えていることはわかっていた。

乱暴にされたのは最初のときだけ。それでも男はやさしかった。史世の身体を傷つけることなどなかったのだから。

けれど、それを悔しいと感じる。

自分では、男のすべてを受け止めきれないと言われているようで。

庇護されるべき、この力強い腕に守られるべき、

ひ弱な存在なのだと言われているようで。

「遠慮、すんなよ」

荒い呼吸に薄い胸を喘《あえ》がせながら、史世が貴彬を睨み上げる。

「何を……」

史世の指摘を笑い飛ばそうとした貴彬の肩を押し返して、誤魔化《ごまか》されはしないとばかり、言葉を遮る。

「だったら、そんなこと言えないようにしてやる」

我を忘れられないくらいにつまらないのだろうか？　とか、結局女のものとは違うこの身体では貴彬を満足させられないのだろうか？　とか、本当は素直に聞けたらいいのだけれど、あいにく史世はそんな素直な性格はしていない。

身体を入れ替え、貴彬が何ごとかという顔をしている隙《すき》に、滾《たぎ》る欲望に手を伸ばす。貴彬が史世の意図に気づいたときには、逞《たくま》しい欲望は艶めく桜色の唇に捕らえられていた。

「史世……っ」

やめさせようとする貴彬の抗議の声にも、耳は貸さない。

どこで覚えたのかと問い質《ただ》したくなるような絶妙な舌遣いで欲望をしゃぶる白い顔には、たまらない色香が滲《にじ》んでいる。欲情に烟《けむ》った瞳は細められ、長い睫がうっすらと朱に染まった頬に影を落とす。ときおり、少しうざったげに長めの髪を掻き上げながら、淫《みだ》らな行為に耽《ふけ》るさまは、どんな高級娼婦《しょうふ》だろうとも舌を巻いて逃げ出すに違いないと思われるほどに、妖艶だった。

ひとまわりも歳の離れた少年に、虜にされる快感。

史世に出会うまで、これほどの執着心と独占欲を感じたことなど、貴彬はなかった。

日本屈指の極道の嫡男として生まれ、望むと望まざるとにかかわらず、任侠道《にんきょうどう》の裏に巣食う裏切りや、血なまぐさい駆け引き、社会構造の歪《ゆが》みなどを間近に見て育った。

そんななかで強《したた》かに生きていく者と、やさしさゆえに切り捨てられていく者。

少年だった貴彬のなかに目覚めたのは、組織の頂点に立とうとする野心や欲望ではなく、どうしたら弱者を救えるのだろうかという葛藤。力では、結局何も解決はできない。

それに気づいたとき、社会と戦うことを決めた。そのために、守るべきものは持たないようにしてきた。何かに心囚われることなどないように……。

なのに、嵌《はま》ってしまった。

夢中にならないようにと自身を諫《いさ》めても、どうにもならない。

懸命に抑えていた激情をわざわざ揺り起こされては、さすがに行為に手馴れた男でも、理性など利かなくなってしまう。

「馬鹿《ばか》が……煽《あお》りやがって」

自嘲《じちょう》気味に笑って、貴彬は史世の前髪を乱暴に摑むと、無理やり顔を上げさせた。

「な……っ」

不満げな声を上げようとして、しかし史世は口を噤む。

見上げた先にあったのは、それまで見たことのない男の顔。肉食獣のそれのような、見るものを威嚇せずにはいられない、鋭い瞳。

ゾクッと背を悪寒が突き抜ける。本能で逃げようとする身体を叱咤《しった》して、史世はその目を見返した。

「いい目だ」

はじめて会ったときにも、貴彬は同じことを言った。

決して逃げない、誰にも何にも媚《こ》びない、平伏《ひれふ》すことなど決してしない、強い瞳。貴彬の本気の威嚇にも、史世は怯まなかった。

「壊れるまで抱いてやる」

言うなり、摑んでいた史世の髪を引っ張ると、濡《ぬ》れた唇を抉《こ》じ開けるようにして欲望を捻《ね》じ込む。史世が苦しげに眉根を寄せても許さず、乱暴に揺さぶった。

「ん……っ、ふっ」

息苦しさに、長い睫に涙を溜めながらも、史世はその行為を受け入れる。男の表情《かお》が喜悦に染まっていくのが、たまらなく嬉しい。

やがて弾《はじ》けた男の情欲を必死に受け止めて、史世は濡れた唇を拭《ぬぐ》いながら顔を上げた。ニヤリと満足げな笑みを浮かべ、力強い腕に擦り寄る。そして、白い指先で逞しい胸板を愛《いと》しむように撫《な》でて、さらに男を煽った。

「末恐ろしいな」

「誰が教えたんだか」

肩を竦めて零した貴彬に、史世が片眉を上げて責めるように言う。

「誰だったかな」

史世をシーツに引き倒しながら、男が笑う。それにつられて、史世も少しだけ少年らしい笑みを見せた。

ひとしきり笑い合って、静かに唇を重ねる。

はじめ、たしかめるように穏やかだったそれが、やがて濃密さを増していって、気づいたときには広い背に縋って、史世はすべてを奪われるような激しい口づけに思考を蕩けさせていた。

先の明言どおり、貴彬は荒々しく史世の身体を拓《ひら》いていく。

拭いきれない罪悪感に苛まれながらも、その細い身体に不似合いなほどの芳醇《ほうじゅん》な色香を立ち上らせる強烈な存在感に抗うことなど、できはしなかった。

のめり込んでいくのを、感じる。

史世は貴彬に。

貴彬は史世に。

欠けた部分を補うように、同じものを抱えた者同士が引き合うように。

たしかな言葉などなくても、ふたりはもう、放れることなど、できそうになかった。

［4］

「……なんだって？」

結局明け方まで抱き合っていたふたりが目覚めたときには、ホテルのチェックアウト時間までいくばくもない時間になっていた。

とりあえず新見の携帯電話にメールを入れて、サボりの理由は適当につけておいてもらうことにした。家のほうは昨夜のうちに連絡を入れてあるから問題はない。

フロントに延長を申し出て、ルームサービスを頼み、ゆったりとリゾートホテルのブランチに舌鼓を打っていた史世は、貴彬のひと言に啞然《あぜん》として顔を上げる。

「やっぱり誤解していたのか？　おまえ」

史世の反応に、貴彬のほうが眉根を寄せた。

「だって……ヤクザの息子なら、当然組を継いでヤクザになるもんだって、思うだろうっ!?　フツー!!」

乱暴にフォークとナイフをテーブルに置いて、史世が身を乗り出す。

「ヤクザは一子相伝じゃないし、世襲制でもないぞ」

「……そうなのか？」

史世が驚いたのも無理はない。

当然貴彬が黒龍会を継ぐものだと思っていたから、史世なりにいろいろと考えて、いつかは覚悟を決めなくては…と思っていた。なのに貴彬は、「自分は組を継がない」と言い出したのだ。

「何度も何度も、俺は善良な一市民だ、と言ってるだろうが」

善良かどうかは知らないが、そんな言葉、真に受けるやつなどいるはずがない。

恋人がヤクザの……しかも大きな組織のトップに、いずれは立つのだとしたら、自分も裏社会で生きていく覚悟が必要になる。だからこそ、とんでもない相手に魅入られてしまったものだと、自分で自分に呆れていたというのに……。

だが、つづいて貴彬が口にした言葉に、史世は今度こそ完全に固まってしまった。

「…………は？」

「『は？』じゃないだろう？　弁護士だ。司法修習も終わったし、二回試験にも受かった。春から所属する事務所も決まってるぞ」

似合わぬ顔をした史世に、さすがの貴彬もバツの悪そうな顔をして、早口に捲《まく》し立てた。

「べ、弁護士～～～～～!?」

力いっぱい叫んで、思わず立ち上がる。その拍子に昨夜いささか無茶をされた腰が痛んで、史世は呻いた。

「あっ、痛ぁ……」

「おい、大丈夫か？」

原因張本人に気遣われても、イマイチ嘘《うそ》くさい。

「大丈夫じゃないよっ」

キッと睨み上げて、それでも忘れずに話をもとに戻した。

「なんでヤクザが弁護士になれるんだよっ」

「だから、俺はヤクザじゃないと言ってるだろうが」

てっきり黒龍会傘下の組のひとつでも任されて、組長あたりに収まっているものだとばかり思っていた史世にとって、貴彬の話はまさに寝耳に水。冗談ではない。今まで自分が悩んでいたのはなんだったんだ！　と叫びたくもなるというものだ。

弁護士になるためには司法試験に受からなくてはならない。――というのは、まぁ誰もが知っていることだろう。しかしその司法試験の「受験資格」に、年齢や経歴といった類の制限がないことを知っている人間は、果たしてどれほどいるだろうか？

大学生だろうが社会人だろうが、法科大学院過程を修了していれば、司法試験は受けられる。たとえ合格率がどんなに低かろうが、合格者の平均受験期間が五年以上あろうが、初受験で受かる率が数％しかなかろうが、受けることはできるのだ。

では、受かったらすぐに弁護士や検察官、裁判官になれるのかと言ったら、そうではない。

弁護士になろうと思ったら、司法試験に合格したあと、さらに一年に及ぶ「司法修習」という研修が待っている。そしてさらに、ハードな修習期間を終えたのち、一般的に「二回試験」と呼ばれる「考試」……つまりは最終の国家試験を受けて、それに受からなくてはならない。

　では「考試」に受かったら弁護士を名乗れるのかというと、まだステップは残っている。

　日本《日》弁護《弁》士連合《連》会の弁護士名簿に登録し、全国に五十二ある弁護士会に所属しなくては、あの有名な「金のヒマワリ」……つまり「弁護士記章」は貰えないのだ。

　つまり、貴彬の話をまとめると、早々に司法試験に受かり、順調に司法修習も終わらせて、春から弁護士として働く場所まで、すでに決まっている、ということ。

「……あんた幾つだっけ？」

　昨日誕生日だった男に尋ねるには、あまりにもあんまりな質問だ。

「おまえ……」

　さすがの貴彬も、肩が落ちる。

「だって、計算合わない……」

　法学部でのハードであろう学生生活と、さらにもっとハードなのであろう司法修習とを両立できるとは思えない。ということは大学は卒業しているということになる。けれど、そう考えると自分の知っている貴彬の年齢と辻褄《つじつま》が合わない。

「高校から、アメリカにいたからな」

　高校大学とスキップで卒業して、少しでも早く弁護士資格を取りたくて、帰国したのだという。

　そこまで聞いて、史世はどこか釈然としないものを感じた。

　なぜ貴彬は、そんなに急いだのだろうか。自身の将来の展望を早々に決めて、そのためだけに渡米したとしか思えない。

　弁護士になるには、普通に就職するのに比べて時間がかかる。たぶん今の史世と変わらないくらいの歳ごろに、貴彬は先々のことまで計算して、留学したのだろう。

「なんで？」

　言葉足らずな問いではあったが、貴彬には史世の訊《き》きたいことが伝わったらしい。その鋭さに少し驚いた顔をしたものの、まっすぐに史世を見据えて、静かに言葉を返してきた。

「ヤクザはヤクザだ」

短い言葉には、言い知れぬ苦さが潜んでいた。

任侠だなんだと、いくら大義名分を並べたところで、世間の目には暴力団と映る。たとえどれほど仁義を切ろうとも、昔ながらの義理人情を重んじようとも、何か問題が起きれば、それまで笑いかけてくれていた人も背を向ける。

それがヤクザという生き方だ。

ヤクザは職業ではないと、貴彬は父から聞かされて育った。

その生きざまが、ヤクザなのだ。

だから決して、ヤクザと暴力団はイコールでは結ばれない。けれど、昔のようなやりかたが通じなくなってきているのも事実なら、本当の意味でのヤクザが絶滅しかかっているのもまた事実。

けれど、父をはじめとして、貴彬が幼いころから間近に見てきたのは、生きるのが不器用なだけの、社会からはみ出してしまった弱い人間たち。

もちろんなかには、手のつけられない悪《ワル》もいる。けれど昔は、そうしたどうしようもない若者を更生させ真っ当な躾《しつけ》を施すのもまた、ヤクザだったのだ。

厳しい上下関係と組織の規律のなかで、礼節を身につけ自身を磨き、そして生きる術《すべ》や意味を見出していく。足を洗う仲間に対しては、涙を浮かべてその門出を祝う。

けれど、ヤクザとしてしか生きられない者もいる。斯界《しかい》にしか己の居場所を見つけられない、淋しい男たちも多い。

貴彬の父は、まだ黒龍会傘下の小さな組を率いていたころから、そうしたヤクザ者たちに手を差し伸べてきた。

「素人《しろうと》さんに迷惑をかけるんじゃない」

「税金の払えるヤクザになれ」

そう言って、社会からはみ出した者たちに、社会と向き合って生きる術を教えてきた。

そんな父の姿を見て育った貴彬には、疑問だった。ヤクザという肩書きゆえに、迫害を受ける組員たち。それでも父は、力で解決しようとはしなかった。極道同士の抗争ならいざ知らず、素人相手に手を上げるなど下衆《げす》のすることだと言って、御法度にしていた。もちろんクスリや拳銃《けんじゅう》など、法に触れるシノギなど言語道断。

稼業を営みながら、社会の片隅で懸命に生きる組員たち。一度は過ちを犯したのだとしても、懸命に更生しようとがんばる者たち。なのに社会は、そうした人間たちを、無情にも切り捨てる。

貴彬自身、ヤクザ者の子として生まれ、生きてきて、理不尽な思いは数えきれないほど経験した。何も悪いことなどしていないのだと大きな声で叫んでも、その言葉に耳を傾けてくれる人間などいやしない。

裏で何をやっているかわからない政治家や官僚よりも、真面目に生きようとしているヤクザ者のほうが〝悪〟だと言うのだろうか？

ただ黙って耐える父の背を見て育った。

懐いていた舎弟頭の男が、無実の罪で塀の向こうへ消えるのも見送った。

だから、自分はヤクザにはならないと決めた。

ヤクザとかかわり合いたくないという意味ではない。ヤクザになっては、ヤクザを救えないと考えたのだ。

自分に、父とは違う力があれば、世間の目にただ耐えるしかない組と組員たちを守ってやれる。

ヤクザという生きものを、この身をもって知っている自分なら、性質《たち》の悪い暴力団に苦しめられている人々を、本当の意味で救ってやれるはずだ。

父の人柄のなせるわざなのか、組織はどんどん大きくなる。暴対法も施行された。悠長に学生をやっている時間はなかった。だから、急いだのだ。

「来年は、ちゃんとチョコ、用意しておいてやるよ」

明るい陽射《ひざ》しのなか、史世がやわらかな笑みを見せる。

「それはバレンタインの贈り物だろう？」

イベントが重なることを、このときほど貴彬は悔やんだことはない。

それに少し考えて、史世はニヤリと笑った。

「バースデープレゼントなら、やっただろ？　あれじゃ不満なのか？」

上目遣いに覗き込むように言われて、貴彬は史世の言葉の意味を理解する。つまりは昨夜のご奉仕が……？

ということは、バースデープレゼントとしてしか、アレは貰えないということだろうか？

眉根を寄せ、「ううむ」と唸《うな》って、貴彬はなんとかほかのモノにしてはもらえないだろうかと提案を口にした。しかし、史世の反応は冷たい。

「やーだね。年に一回。充分じゃないか」

この先、ふたりが生きていく道のりを考えたら、何十回とそのチャンスはある。

言葉にはしない、甘い甘い意味を込めて。

「冷たいやつだな」

腕組みをして、貴彬が少しだけ拗《す》ねたような顔をする。単なる照れ隠しだったものがあとには引けなくなって、史世も艶めく唇をへの字に曲げた。

「エロオヤジ。あんだけ好き勝手しといて、よく言うぜ」

そんなふうに茶化しながらも、史世は内心ひっそりと胸を撫で下ろしていた。

いつかは、覚悟を決めるつもりだった。

だのに、貴彬が黒龍会を継がないと聞いて、ホッと安堵《あんど》した自分がいる。

棘道を避けられるのなら、それにこしたことはない。自分を愛してくれる人々を泣かせることになるのは、目に見えているのだから。

けれど、拭いきれない不安。

胸に巣食う漠然とした不安感は、なぜかしら消え去ってくれない。

他愛ない話に興じながら、史世はそっとガウンの胸元を握り締める。

消えない不安の原因が、自分の幼さと未熟さにあるのだと、己に言い聞かせて……。

[risk : warning]

いつものように、携帯電話にメールが入る。

いつもの、待ち合わせの公園。

シルバーメタリックのベンツのボンネットに腰をあずけて、男が佇《たたず》んでいる。

誂えられた真新しいスーツの胸元には、明るい春の陽射しに反射して光る、金のヒマワリ。

桜の舞い散るなか、男に駆け寄ろうとした史世は、突如襲った突風に髪を押さえた。ザワザワと枝が音を立てて強風に煽られ、視界が花吹雪に覆われる。

一瞬にして散った桜の儚《はかな》さに胸を痛めながらも、史世は顎《あご》を上げ、道路の向こうに立つ男を、まっすぐに見据えた。

薄紅の舞い散るなか、一歩を踏み出す。

男に向かって。

迷いのない足取りで、しかし、一抹の不安を、その胸に抱えながら……。

unending, continued on next text.

奪われる唇

[risk : prologue]

これが宿命《さだめ》なのだろうか。

だとしたら、なんという皮肉だろう。

望まぬ者が、力を手にする。

それが両刃《もろは》の剣であることを知っていて、傷を負うことを承知で。

捨てられないものがある。

守りたい存在《もの》がある。

逆らえない運命《さだめ》なら、その流れに身を任せるほかはない。

たとえ、行き着く先が地獄であったとしても。

愛《いと》しいからこそ、手放さなくてはならないものがある。

血の涙を流しても。

何を捨てても、この腕に抱きたい存在《もの》がある。

たとえ、この命と引き換えても……。

[risk 1]

鳴らない携帯電話を握り締めて、史世《あやせ》は溜息《ためいき》をつく。

――何やってんだよっ。

今日は特別な日だというのに、入るはずの連絡は一向に入らない。

史世にとって大切なこの日を、貴彬《たかあき》も大切にしてくれている。だから、どんなに仕事が忙しくても、この日だけは、いつも自分のために時間を割いてくれていた。

その貴彬から、連絡が入らない。

急な仕事でも入ったのだろうか。それにしたって、メールの一本もないというのが、どうにもおかしい。

「……ちゃん……ねぇ、あっちゃん！」

腕を揺すられて、史世はハッと我に返った。

史世の顔を覗《のぞ》き込むようにして、蘭生《ゆう》の大きな瞳《ひとみ》が様子のおかしい幼馴染《おさななじみ》を案じている。その愛らしい顔を視界に捉《とら》えてやっと、史世は自分が幼馴染の部屋にいることを思い出した。

いつもなら学校の近くまで貴彬が車で迎えに来てくれる。けれど、全然連絡がつかないことに焦《じ》れて、帰ってきてしまった。自宅にいても気分が腐るだけなので、可愛《かわい》い可愛い幼馴染の顔を見にやってきたのだ。

「どうしたの？」

「いや……」

曖昧《あいまい》に首を横に振る史世に、蘭生は少し考えてから口を開く。

「今日は、七《なな》ちゃんに会いに行かないの？」

妹の七世《ななせ》の月命日。

二年ほど前、ふたりの間にできた月に一度の決めごと。貴彬とふたり、妹の眠る土地へドライブに出かける。ひと月の間にあったことを妹に報告して、他愛ない話をして、それからふたりきりの時間を海辺のホテルですごす。

その大切な日に、貴彬からの連絡が入らない。先週会ったときには、いつもどおり連絡をくれると言っていたのに。

少し下降気味の史世の感情に呼応してか、蘭生も俯《うつむ》き加減に膝《ひざ》を抱えて、ベッドに寄りかかる。そしてテーブルの上からリモコンを取って、テレビをつけた。この歳で自室にテレビやＤＶＤなどのＡＶ機器がひととおりそろっているのは、やはりひとりっ子の特権だろう。

夕方の中途半端な時間帯。放映しているのはドラマの再放送かニュース番組くらいだ。とりたてて見たい番組があるわけでもなく、蘭生は次々とチャンネルを切り替えていく。

だが、あるチャンネルから別のチャンネルに切り替わる直前、画面に映ったニュース速報に、史世はハッと視線を止めた。そして、見たい番組を探してザッピングしていた蘭生の手からリモコンを奪い取ると、そのチャンネルに画面を戻す。

「あっちゃん……？」

ただならぬ史世の様子に、蘭生が首を傾《かし》げる。

そんな蘭生に構う余裕もなく、史世はそのほかのニュース番組をザッと確認すると、慌てた様子で腰を上げた。

「ごめん蘭生。今日は帰るよ」

「う、うん……」

極めて冷静な声を繕って、幼馴染に心配をかけまいとする。しかし、その声が震えていることに、自分でも気がついていた。


——まさか……っ!?

自室に戻って、パソコンを立ち上げ、ネットニュースを確認する。速報で流れているニュースは、先ほど史世が蘭生の部屋で確認した、テレビのニュース速報とたいして変わらない程度の内容だった。

貴彬の携帯電話にかけてみる。

しかし、繋《つな》がらない。

連絡が欲しい旨メールを入れて、別の番号にかけなおした。

こちらは、話し中。

——くそっ。

相手は組のナンバー2だ。たぶん事後処理に追われているのだろう。

しかたなく、もうひとつだけ思いつくナンバーにコールしてみる。意外にも、それはアッサリと繋がった。

『はい』

見た目から受ける印象そのままに、冷たい声が応じる。

「花邑《はなむら》です」

『……早かったですね』

相手は、貴彬の乳兄弟であり黒龍会《こくりゅう》の幹部でもある、帯刀《たてわき》。貴彬に紹介されて何度か顔を合わせたことはあるが、同族嫌悪とでもいうのか、史世にとっては天敵のような相手だ。だが、えり好みしている余裕はない。

「どういうことだよっ！　あのニュース……！」

『もう流れたんですか』

少し呆《あき》れたような、忌々しげな声が返ってくる。

「帯刀……っ」

『……本当です。正式な発表はまだですので、くれぐれも発言には気をつけてください。――聞こえてらっしゃいますか？　史世さん!?』

息を呑《の》んで言葉を失った史世に、帯刀が問いかける。

「……聞こえてる」

唇を嚙《か》み締め、低く呻《うめ》く。

「貴彬は？」

『ご遺体についてらっしゃいます。喪主ですからね』

「そうか……」

訊《き》きたいことは山ほどあるのに、言葉にならない。そもそも帯刀相手では、訊いたところでまともに取り合ってはもらえないだろう。

『あぁ、それから、貴彬さんから伝言です。連絡があったら伝えるようにと言われていました』

さも、たった今思い出したかのような口調で言う。

――最初に言えよっ！

内心毒づいても、貴彬など比ではないほどキツネな帯刀に何を言ったところで、聞き流されるのは目に見えている。

「なんだよっ」

『〝こちらから連絡するまで動くな。葬儀にも来なくていい〟』

「な……っ!?」

『脚色はしてませんよ。言われたとおりにお伝えしているだけです』

「どういう意味だよっ!?」

『これからしばらく慌ただしくなります。貴彬さんには総長の実子として、黒龍会顧問弁護士として、処理していただかなくてはならないことが山ほどあるんです。素人のあなたが口を挟むことではありません。よろしいですか？　くれぐれも余計な首を突っ込まないでください』

「おい……っ！」

問い質そうとした矢先、通話は一方的に切られた。

そのあと何度かけなおしても、着信拒否《ちゃくきょ》されてしまったのか、繋がらない。

――ふざけんなよっ!!

携帯電話をベッドに投げ捨てて、表示したままのネットニュースの画面を更新する。新たに追加された情報に目を通して、それから頭を抱えた。

蘭生の部屋で史世が目にしたニュース。

それは、黒龍会総長……つまりは貴彬の父が襲撃されたという、衝撃的なものだった。

嫌な予感がする。

見えていたはずの道が、遠く靄《もや》の向こうに霞《かす》んでいくような。

今、このとき、貴彬の傍《そば》にいられない自分がひどく哀《かな》しい。

――〝動くな〟だって?

首を突っ込むなということは、ハッキリと部外者だと言われたに等しい。そして、黒龍会が……いや、貴彬自身が、それだけ危険な状態にあることを、暗に伝えていた。

[risk 2]

「しばらくは、私が代紋代行を務めさせていただくことになりました」

綺麗《きれい》に飾られた祭壇の前で、じっと父の遺影を見つめる貴彬に、大柄な男が頭を下げる。

「やめろ。俺《おれ》は組の者じゃない。俺に頭を下げて報告する必要などない」

「しかし……」

礼節に厚い男は、なかなか頭を上げようとしない。

「親父《おやじ》の遺言状は、葬儀のあとで開く。それまでは滅多なことは口にするな」

父の死に目に、背後の男が聞いたという最期の言葉も……今は語るときではないと、言外に匂《にお》わせる。チラリと男を見やって、貴彬はすぐに視線を戻した。

「……かしこまりました」

たった今諌《いさ》められたばかりだというのに、男はやはり恭しく頭を下げて踵《きびす》を返す。その後ろ姿に小さく溜息をついて、貴彬は誰《だれ》にも聞こえない程度の小さな声で、ポツリと呟《つぶや》いた。

「何やってんだよ、親父」

やっと、手助けをしてやれるようになった矢先の出来事。

父には、聞きたいことも学びたいこともたくさんあった。ひとりの男として息子として、話したいことが、まだまだたくさんあったのに。

それはもう、二度とかなわない。

ザッと祭壇を見渡して、貴彬は父の偉大さを知る。

総長の訃報《ふほう》に、真っ先に香典を持って駆けつけたのは、友好関係にある組関係者ではなく、地元の住民たちや父が更生に助力した元不良少年たちとその両親たち。

「人を信じすぎるのもどうかと思うぜ」

だから、あんな弾を避けきれなかった。

カタギ者と一緒にいるところを狙われたのだ。父が楯《たて》にならないはずがない。

そのカタギ者も、そのあと姿を晦《くら》ましたとあっては、やはりすべて仕組まれた襲撃だったのだろう。

裏切るより、裏切られたほうがいい。

騙《だま》すより、騙されたほうがいい。

そう言って笑っていた、在りし日の父の穏やかな笑顔。それを思えば、こんな最期も〝らしい〟のかもしれないと、貴彬はひとり、静かな笑みを零《こぼ》した。


幹部会。

黒龍会傘下の組を率いる組長クラスの最高幹部ばかりが顔をそろえたその場所で、貴彬は三つの肩書きを背に、決断を迫られていた。

ひとつは、黒龍会顧問弁護士として、抗争をしかけてきた組と警察への対応をどうするか。

ひとつは、亡き総長の嫡男として、父の残した最期の言葉と遺言に対して、どういう答えを出すのか。

そして最後のひとつは……次期総長候補として、跡目を継ぐのか否か。

公表された父の遺言状の内容に一番驚いたのは、ほかならぬ貴彬自身だった。

組織の顧問を引き受ける弁護士事務所の所長である神崎《かんざき》のもとで作成されていた遺言状。

一家の顧問に就任したときにすべて把握しているから、もちろん父が遺言状を作成していることは知っていたが、記載内容など知る由もなく、いくらかある個人資産の分配と、今は別の場所で暮らしている貴彬の腹違いの弟の処遇に関する遺言だろうと踏んでいた。

もちろんそうした事柄に関しても記されているのだが、よもや跡目の指定までしているとは考えもしなかった。

ヤクザにはならないと言ったとき、一番賛成してくれたのは父だった。

なのに、なぜ今になって自分に跡目を継がせようなどと考えたのか、貴彬には父の考えが見えない。

博徒の流れを汲《く》む組織にとっては、何よりもシマが大事。関西方面では組の名前を大事にする傾向があるが、黒龍会はそうではない。

シマを守るためには養子縁組をしてでも、力のある者に組を継がせる。たとえ先代の血縁だろうと、その器がなければ容赦なく切り捨てる。そうでなければ、シマは守れない。

だからこそ、貴彬には首を縦に振ることなどできない。

黒龍会には有能な幹部がそろっている。なかでも、今現在代紋代行を務める河原崎《かわらざき》は、全国に名が轟《とどろ》くほどの、男のなかの男。いくらでも跡目を継がせられる人材がいるにもかかわらず、なぜ門外漢の自分が出ていかなくてはならないのか。

遺言を聞かされた幹部たちにしたところで、納得がいかないだろう。いくら慕ってやまない先代の息子だろうと、貴彬はヤクザではないのだから。

盃《さかずき》を受け、親子の契りを交わしていなければ、ヤクザにとっては血縁ではない。たとえ生物学的に血が繋がっていようとも、貴彬は先代の〝子〟ではないのだ。

なのに、傘下の組の長にならまだしも、そのすべてを統べる黒龍会のトップに、貴彬を指定した。遺言状が公開されるまでは、誰もが河原崎の三代目を確信していたに違いない。

「先生、どうされるおつもりだ？　まさか、胸に金のヒマワリをつけたまま、代紋頭はるなんてぇおっしゃるわけじゃあるまいな」

年嵩《としかさ》の組長のひとりが、口火を切る。

「今回の件、落とし前をどうつけるかも、まだ決まっちゃいないときてる。下の者《もん》、抑え込んでおくのにも、限界がありますよ」

誰にも慕われた大総長が凶弾に倒れたのだ。若い組員たちはいきり立っている。

「それに関しては、さきほど話したとおり。血で血を洗う抗争は、絶対に避けなければならないという総長の最期の言葉を……」

それまで黙っていた河原崎がフォローを入れても、しかし幹部連中は収まらない。

「そんなことはわかっている！　綺麗すぎるくらいにお綺麗な組だよ、黒龍会は！　けどな、総長の仇《あだ》討《う》ちさえできねぇなんて、そんなことが許されるのかっ!?」

慕っていたからこそ、その言葉に従いたい。

けれど、だからこそそれに逆らってでも、この手で仇《かたき》を討ちたいのだという男たち。だがその行為は、結果犯罪にしかならない。

「抗争は、なんとしても避けろ」

それまで黙っていた貴彬が、口を開いた。

その声の持つ重みに、百戦錬磨の男たちが気圧《けお》される。そして皆一様に、貴彬の鋭い眼光に金縛りにあったように、身動き取れなくなっていた。

「貴彬……さん……？」

貴彬の変貌《へんぼう》ぶりに、河原崎が驚きの声を漏らす。

「親父の言葉は絶対だ。破った者には、容赦なく破門を言い渡す。いいか、下衆《げす》相手に自分の貫目《カンメ》落とす必要などかけらもない。組織も組員たちも、俺が守る」

〝貫目〟……それはつまり〝男の重さ《度量》〟。

地位が上がれば貫目も上がるわけではない。決断力、実行力、政治力、経済力、指導力、統率力、義理人情の厚さ……そういった様々なものの総合力の値として、その言葉は使われる。だから、〝安目《ヤスメ》〟を売ってはならないのだ。何があっても、相手の威圧に負け、腰を折ってはならない。礼儀も欠いてはならない。

安目を売る……つまり貫目を落としたが最後、もう極道として生きていくことはできない。

そうして今、貴彬自身の貫目も、量られている。

ひとりの〝男〟としての器量が、この場にいる斯《し》界《かい》の勇《ゆう》たちによって、量られているのだ。

貴彬の言葉には、静かだが、誰も口を挟めない強さがあった。

偉大な総長の血を色濃く受け継ぐ男。

目の前の若造が、どれほどの器なのかを、幹部たちは一瞬にして感じ取った。そして、なぜ一度はカタギとして生きることを許した我が子を、極道にしようなどと先代が考えたのかも……。

ヤクザとて人間だ。我が子には、真っ当に生きてもらいたいと願うのが普通の親心というもの。自分がヤクザだからといって子どもまではみ出し者にしたいと考える親など、いはしない。

けれど、生まれ持った器だけは、どうしようもない。

どんなに努力したところで、もともと持ち合わせていない者には、決して得ることのできないもの。それが、千人もの漢《おとこ》たちを指先ひとつで動かすことができるだけの、カリスマ性だ。

男が漢に惚《ほ》れる。

この男のためなら、命を賭《と》しても構わないと思わせられるだけの魅力がなくては、総長など務まらない。

長くこの世界で多くの極道たちを見てきた老齢の組長たちの目にも、貴彬はついぞお目にかかったことのないほどの、逸材に映ったに違いない。

けれど、貴彬の放つオーラに呑まれたその場の空気を、当の貴彬自身が打ち破ってしまった。

「……ま、弁護士として、だがな」

肩を竦《すく》め、口の端を上げて苦笑する。

「跡目は継がない。たとえ親父の遺言でも、だ。俺には俺の仕事がある」

「貴彬さん……っ!?」

慌てた河原崎が止めに入っても、貴彬は聞かない。

「跡目は、幹部会で決めるがいい。継承披露の日程は俺に任せてもらう。警察もうるさくなっているからな。あまり派手にはするな」

そして、引き止めようとする男たちに背を向けたまま、この場の空気を断ち切るように、呟いた。

「この状況で組織を守れるのは弁護士だけだ。下手に動けば組ごとお上《かみ》に潰される。そうなったら、何もかも敵の思う壺《つぼ》だ」

それだけ言って、貴彬は部屋を出た。

「貴彬さん！　お待ちください！」

河原崎の声に一瞬歩みを止めながらも、貴彬は構わず車のロックを外し、ドアに手をかける。

「貴彬さん!!」

二の腕を摑《つか》まれて、しかたなく男を振り返った。

「騒ぐな。おまえらしくもない」

「あなたでなくてはダメなのです」

苦渋の顔で、河原崎が訴える。

「おまえが継げばいい。それが一番丸く収まる」

「若！」

厳しい口調の河原崎に、貴彬も適当に誤魔化《ごまか》すことはできそうもないと、考えを改めた。

「その呼び方はやめろ」

「……申し訳ありません。しかし……っ！」

「河原崎。おまえはもう俺の世話係でもなんでもない。黒龍会の幹部だ。代紋代行だ。顧問弁護士相手にヘコヘコするな」

腕を組んで溜息を零した貴彬の背後で、嘲《あざけ》りを含んだ笑い声が零れた。

「それは無理でしょう。根っからの極道にそんな理屈は通りませんよ」

いつからそこにいたのか、姿を現したのは、帯刀。前総長の秘書的役割も担っていたこの男は、若いながらも組織一の切れ者だ。

情に厚い昔気質《むかしかたぎ》の河原崎とは正反対に、無表情で冷徹。一見、エリートビジネスマンにしか見えないスレンダーで整った容姿の持ち主だが、顔色ひとつ変えずに長脇差《ながドス》を抜けるのもまた、この男の本質だ。

「ですが私も、あなたが継がれるのが最良の選択だと思いますね」

「帯刀……」

貴彬よりひとつ年上で兄のような存在。乳兄弟として育ったせいもあって、貴彬はイマイチ帯刀に弱い。疲れきった声で零す貴彬に悠然と歩み寄って、帯刀は手にしていた社用封筒をつきつけた。

「なんだ？」

「今回の件で滞っている書類です」

ヤクザだからといって、〝賭博〟や〝みかじめ料〟などといった昔ながらのシノギで稼いでいるわけではない。黒龍会がここまで大きくなった理由も、法に触れるような裏家業を営んでいないにもかかわらず、近隣の組織にとって脅威にもなり得るほどの資金源を有しているのも、組織そのものが企業の形態をとっているからだ。

先代から手をつけはじめた組織改革だったが、最近になってやっと順調にまわるようになってきた。そのことは、顧問弁護士である貴彬ももちろん知っている。

「なんで俺が……」

「顧問弁護士でしょう？　あなた以外の誰に処理できます？」

おまえがやればいいだろう！　と怒鳴りたい貴彬だったが、ぐっとこらえる。言ったところで、たかが幹部のひとりでしかない自分には、そんな決済権などないとつき返されるのがオチだ。河原崎にふったところで、結果は同じだろう。

しかたなく書類を受け取って、車の助手席に投げ入れる。そのまま乗り込もうとした貴彬に、諦《あきら》め悪く河原崎が追い縋《すが》った。

「帯刀の言うとおりです。私のような古いタイプの極道では、このさき生き残っていけません。あなたでなければ、この大きな組織を率いていくことなど無理です！」

　任侠界しか知らない者では、どんどん生きにくくなる現代社会で、黒龍会を引っ張っていくことは難しい。経済に通じ、法のスペシャリストでもあり、そして何より、貴彬は王者の血を引いている。

「黒龍会という拠《よ》り所《どころ》がなくては生きていけない者たちを、お見捨てになられるのですか⁉」

　拳《こぶし》を震わせながら、河原崎が訴える。しかし、

「情けねぇ声出すな、河原崎。俺を切ってでも代紋背負《しょ》おうとは思わねぇのか？」

　河原崎を睨《ね》めつけたその眼光は、さきほど幹部連中を黙らせたときに見せたのと、同じもの。その迫力に射抜かれて、河原崎がハッとする。

「総長になることだけが、組織を守る方法じゃねぇだろ」

　それだけ言い置いて、貴彬はアクセルを踏み込む。河原崎の言葉を毅然と撥《は》ね除けながらも、幼い日に思い描いた人生の道筋が、思わぬ方向へ軌道修正されはじめていることに、気づけない貴彬ではなかった。

[risk 3]

メールを受信して即、駆けつけた。

けれど、その事実を知られたくなくて、少し手前で足を止め、荒い息を整える。深呼吸をして、それから今度はゆっくりと一歩を踏み出した。

公園脇《わき》のパーキング。

車のボンネットに腰をあずけて佇《たたず》む長身。

歩み寄って、五十センチほどの距離を置いて、見つめ合う。

会えたら言ってやろうと思っていた言葉の数々が、見つからない。男の顔を見てしまったら、もう……。

史世が広い胸に飛び込もうとするより早く、男が動いた。

力まかせに二の腕を掴まれ、乱暴に抱き寄せられる。そして、ここが天下の往来であることなど気にもせず、荒々しく唇を奪われた。

久しぶりに与えられた温もりに、目頭が熱くなる。

けれど瞼《まぶた》をぎゅっと閉じて、込み上げる熱いものをこらえた。

言葉の代わりに、広い背を力いっぱい抱き返す。悔しさを訴えるために、その背に爪《つめ》を立てた。

ややあって解放されて、そのまま広い胸に抱き締められる。やわらかな髪に口づけを繰り返しながら、貴彬はやさしくやさしく史世を抱き締めた。

こんなに甘ったるく抱き締められたのははじめてで、史世は顔が上げられない。もちろん史世がこんなにおとなしくされるがままになっているのも、かつてないことだ。

「心配かけたな」

額に口づけを落としながら、貴彬が詫《わ》びる。それを甘んじて受けながらも、史世は気丈に男を睨《にら》み上げた。

「誰が心配なんか……っ」

連絡を寄越《よこ》すなと言われて、それに従うしかない子どもの自分が歯痒《はがゆ》くて悔しくてならなかったなんて……、

——口が裂けても言うもんか！

きゅっと唇を噛み締めて、言葉を呑み込んだ。

そんな強がる唇を宥《なだ》めるように、触れて離れるだけの口づけが降らされる。何度も何度も。

やがて史世の肩から力が抜け落ちて、その腕が背に縋るばかりになったころ、静かな声が真摯《しんし》な言葉を告げた。

「愛してる……おまえだけだ、史世」

その言葉に応《こた》えるように、縋る指先に力を込める。広い胸のなかでただ黙って頷いて、史世は熱い抱擁を受けつづけた。


「やぁ……っ、あ…ぁ……っ」

激しい抽挿《ちゅうそう》に、キングサイズのベッドがギシギシと悲鳴を上げる。細い身体をギリギリまで拓《ひら》かれて、史世は貴彬に貫かれていた。

乱暴な愛撫《あいぶ》。容赦のない突き上げ。食い尽くされてしまうのではと恐怖を覚えるほどに激しい口づけに、零れる悲鳴をも貪《むさぼ》られて、酸欠に思考が霞む。

史世をスッポリと包み込んでしまう大きな身体にのしかかられ、胸につくほどに膝を折られて、無理な体勢に骨が軋《きし》む。

それでも懸命に男を受け止めて、必死に広い背を掻き抱いた。

「たか…あ……き……っ」

呼ぶと、それに応えるように触れるだけの口づけがもたらされる。もっと欲しくて、背を抱いていた腕で、逞《たくま》しい首を引き寄せた。

無意識に甘える仕種《しぐさ》。

ベッドのなかでしか見せない、欲情に裏打ちされた素直さが、男を煽《あお》る。

「ん……あ…あぁ……っ」

甘い声を上げ震える喉元《のどもと》に、男の愛撫が落ちてくる。痛いくらいに吸われて、それに応えるように、史世は受け入れた男の欲望を、締めつけた。

いつの間にか、自分のなかに入り込んでいた男。力ずくで身体を奪われて、はじめて出会った真に強い男の存在に、心まで奪われた。

気づかぬうちにジワジワと心を焼き尽くした想《おも》いは、根が深いから厄介だ。浅いかと思われていた傷口は思った以上に深くて、どんな治療も効きはしない。

そう、まるで、低温火傷《やけど》のようにジクジクと、傷口が疼《うず》きつづける。

出会って三年弱。三度目の冬。

子どもの史世にとって、三年弱という月日は長くて早い。心も身体も大きく変化して、ありとあらゆるものを吸収していく。

けれど、三年経っても、まだ子どもであることに変わりはない。

未だ義務教育すら終えられていない。自分ではなんの責任も負うことはできない。

そして、自分を支配しようとする男と対等でありたいと願う心が、史世を急《せ》かす。たとえ女のようにこの身を差し出していたとしても、守られたいわけではない。ただ愛されたいだけでもない。

背を支える逞しい腕に縋りたいわけではない。

この腕で、男の背を抱き返したい。

男の苦しみを、背負ったものを、ともに支えたいと願う。

けれどできなくて、だから男の望むままに、この身体を差し出すしか手がないのだ。

史世と出会うまで貴彬を癒《いや》してきたであろう女たちのように、やわらかく豊満な女の身体ではない。背をあずけてもらえるような、しなやかで強靭《きょうじん》な大人の男でもない。細くて骨ばった、男が本気になったら折れてしまいそうな子どもの身体。

けれど、そんな自分を欲してくれる男の激しい独占欲。それが史世にとって、何よりの拠り所となる。

なんの力も持ち合わせていなくても、今この男を癒せる存在は、自分しかいないのだと……。

「……ぁ……あぁ……っ！」

貴彬の力強い腕に組み敷かれ、深く穿《うが》たれて、たまらず喘《あえ》ぎが零れる。萎えることなく最奥を苛《さいな》む貴彬の灼熱《しゃくねつ》は、史世の官能を激しく翻弄《ほんろう》して昂《たか》みへと

誘う。

逞しい背に爪を立てながら、史世は熱い飛沫《ひまつ》を受け止める。それと同時に貴彬の腹筋に擦《こす》られた屹立《きつりつ》は弾《はじ》け、ふたりの腹を濡らしていた。

「ぁ……ん……っ」

情欲の証《あかし》を注ぎ込まれる感触に身悶《みもだ》え、下肢をピクピクと痙攣《けいれん》させて、小波のような快楽に眉根《まゆね》を寄せる。その凄絶《せいぜつ》なまでの痴態に、放ったばかりの貴彬の欲望が再び質量を増した。繋がった場所でリアルにそれを感じて、史世は荒い息の下、不満気な声を上げる。

「もうっ……何回ヤるつもり…だよ、いいかげん…に……っ!!」

言い終わらぬうちに突き上げられ、唇を塞《ふさ》がれる。粘着質な音がベッドルームに響いて、男の欲望に引きずられるように、史世の官能が焚《た》きつけられた。

言葉とはうらはら、男に慣らされた身体が、悦《よろこ》びを訴える。

身体の一番奥まった場所で男の存在を確認して、その熱さに淡い色の欲望が反応した。きゅっと切なく牡《おす》を締めつける柔襞《やわひだ》が、もっともっとと男を誘う。

「あ……んっ、だ…め……そこ……っ」

啜《すす》り泣く淫《みだ》らな声も、男好みに教え込まれた素直な身体も、貴彬を煽ってやまない。

「史世……っ」

すぎた快楽に、髪を振り乱して身悶える。細い身体をシーツに押さえつけられ、折れよとばかりに細い腰を揺さぶられる。奥の奥まで欲望が突き立てられて、甘い芳香を放つ幼い身体に、男が溺《おぼ》れていくのを感じる。

いつもの余裕を失くした男の目に、情欲の光が宿る。獣じみた、欲望の色。

細い腰を揺さぶる抽挿がいっそう激しさを増す。悦楽の淵《ふち》に落とされて、史世は自我を手放した。


目覚めたとき、隣に自分を抱き締める温もりはなかった。

まだ薄暗い部屋に視線を巡らすと、わずかに開いたカーテンの隙間《すきま》から都会のネオンを見下ろしながら、男が紫煙《しえん》を吐き出している。

その横顔に、隠しきれない翳《かげ》りを見取って、史世はぎゅっと枕《まくら》の端を握り締めた。

一般に報じられるニュースでは、組織の内情まではわからない。インターネットや街に屯《たむろ》する少年たちの情報網を駆使して集めても、史世が得られた情報は、大したものではなかった。

「貴彬」

ベッドに上半身を起こし、男の背に声をかける。

「組は？　大丈夫なのか？」

その問いにすぐには答えず、貴彬はカーテンを閉めると、ソファセットのテーブルに置かれた灰皿に、煙草《たばこ》を揉《も》み消した。

史世の声が掠《かす》れていることに気づいたのだろう、部屋に入ってすぐに頼んだルームサービスのワゴンから、ミネラルウォーターのペットボトルを手にベッドに戻ってくる。

「大丈夫だ。おまえが心配することじゃない」

「……そっか」

ペットボトルを受け取って、一気に半分ほどを飲み干す。勢い余って口許《くちもと》から零れた水を手の甲で拭《ぬぐ》って、それから大きく息をついた。

「大丈夫だ」ということはつまり、全然「大丈夫じゃない」ということだ。

自分に話したところで、なんの解決がみられるわけでもない。部外者である史世に心配をかけまいとする貴彬の気遣いはわかるが、しかし、なんの力にもなれない自分が、やはり歯痒い。

昨日の貴彬の様子を思い起こせば、彼の心情がいかほどのものか、察してあまりある。唯一の肉親であった父親を、失ったのだ。それも病気や事故ではなく、銃弾で。

妹を交通事故で亡くした史世も、たとえ向こうに非はないのだと、飛び出したのは妹のほうだったのだと説明をされても、それでも七世を轢《ひ》いた車の運転手を、憎んだ。

負の激情が何も生まないとわかっていて、それでもそんな綺麗事ではすまされない苦い思いに苛まれつづけた。

それを思えば、ただ金や利権に絡《から》む醜い争いのために凶弾に倒れた父を思う貴彬の、行き場のない怒りと哀しみは、いったいどれほどのものだろう。

事件の詳細を知りたい気持ちはあったが、気安く尋ねられるようなものではない。貴彬は、父親の死に目に会えたのだろうか。それさえも、聞けなかった。

「親父さん、会いたかったな」

どうしようかと考えて、ずっと心に引っかかっていたことを口にした。

あまり多くを語らない貴彬の口から聞き齧《かじ》る彼の父親像には、同じ男として興味をそそられるものがあった。いつか貴彬の隣に並んで恥ずかしくない男になれたら、会いたいと思っていた。

「俺も……会わせたかったんだがな」

ヘッドボードに背をあずけるようにしてシーツに包《くる》まる史世の肩を、大きな手が抱き寄せる。

「けど、会わせなくてよかったかもな」

「……え？」

貴彬の言葉の意味をネガティブに受け止めかけた史世だったが、その口調が明るいことに気づいて首を傾げた。

「酒も博打もほどほどな親父だったんだが、美人にゃめっぽう弱くて……女には、よく騙されてたな」

根っからのヤクザほど、カタギ者によく騙されるという。義理人情に厚いヤクザ者は、詐欺師の恰好《かっこう》の的なのだ。

「酒乱のダンナと乳飲み子抱えて、生活費に困って水商売に足突っ込んで、ついでに借金も背負ってる……とか？」

茶化して言った史世に「よくわかったな」と笑って、貴彬は新しい煙草に手を伸ばす。

「おまえに会わせたりしようものなら、イイ歳をして貢ぎまくりそうだ」

さすがに色ボケした総長の姿は、舎弟たちに見せられたものではない。

――自分だって似たようなもののくせに。

咄嗟《とっさ》に脳裏を過《よぎ》ったセリフに自分で笑いを誘われて、史世は込み上げる笑いを噛み締める。肩を揺らして笑いをこらえる史世を、貴彬が怪訝《けげん》な顔で覗き込んだ。

「なんだ？」

「なんでも」

「……気に入らねぇな。言えよ」

「言ってもいいのか？」

それでも笑いつづける史世に少しムッとして、貴彬は腕のなかの身体を組み敷く。

「言ってみろ」

「そんな怖い顔で凄《すご》まれたら、言えないな～」

可愛くない口調で躱《かわ》す史世に、男の悪戯《いたずら》心が刺激された。

「じゃあ、やさしくしてやろう」

言いながら、いたるところに鬱血《うっけつ》の痕《あと》の滲《にじ》む白い肌に、大きな掌《てのひら》を這《は》わせてくる。まだツンと尖《とが》ったままの胸の飾りに舌を絡めながら、男は意地悪く笑った。

「おいっ。意味が違うだろっ」

「言う気になったか？」

「たいしたことじゃないってっ！」

屈強な肩を押し返しながら、史世が苦笑する。

まさか、貴彬がこんなに気にするなんて思わなかった。

「そっくりだなって、思ったんだよ」

史世の言葉に、貴彬が微妙に眉根を寄せる。

「あんたと親父さん」

いいところも悪いところも、きっと似ている……。

似ているから、逃れられない現実がある。

史世の言葉に、貴彬がフッと瞼を伏せた。そして、自嘲《じちょうぎ》気味《み》に呟く。

「……そうだな」

史世を抱き締めたまま、体重をあずけてくる。逞しい男の肉体をその胸に受け止めて、史世は広い背としなやかな黒髪に白い指を這わせた。

「愛している」と、何度も告げられた。

そのたび史世は、頷きはするものの言葉で返したことはなかった。守られるだけの存在に甘んじるのが嫌だったから。「愛している」という言葉には、甘いだけではない重みがある。

ふたりの年齢差や立場、そして何より男同士であることを考えれば、その言葉を口にするのに並々ならぬ覚悟を伴う。その上、貴彬の背負ったものを思えば……出会った当時の史世には、とても返せない言葉だった。

けれど、大丈夫だと思っていた。

貴彬は弁護士への道を歩みはじめ、自分も自分の決めた未来を目指して歩んでいけば、いつかは胸を張って告げられる言葉だと思っていた。

しかし……、

「お袋が死んだときの記憶は、ないんだ。ふたつのガキだったからな」

静かな、声。

「あのクソジジイ、言いたいことだけ言って、さっさと逝《い》っちまいやがった」

最期の言葉に、言い返す隙も与えず。

貴彬が病院に駆けつけたときには、父には白い布が被せられていた。

『あとを、頼む』

組織の将来を、カタギとしての道を歩んでいたはずの息子に託し、偉大な総長は息を引き取った。

「組、継ぐの？」

冷静さを装って、尋ねる。

できることなら、「ありえない」と笑い飛ばしてほしかった。愛しい男を、誰が笑って危険な場所へと送れようか。しかもそれは、本人が望んだ道ではないのだ。

史世の問いには答えず、貴彬は黙ってベッドを出ると、ソファに放り投げてあったシャツに手を伸ばす。

「帰るの…か……？」

こんな真夜中に。

いつもなら、朝までずっとその腕に抱いて放さないでいてくれるのに。素直に甘えられない史世の本心を見透かしたように、ずっと朝まで……。

「精算はすませていく。おまえはゆっくりしていくといい」

「……貴彬？」

史世を振り返ることもなく、男は身支度を整えていく。

無言のなかに感じる、男の決意。

ハッキリと拒絶の意の感じ取れる背に、史世は苛《いら》立《だ》ちを投げつけた。

「貴彬っ!!」

鋭い、責める声が理由《わけ》を問う。

それに小さく溜息をついて、男はやっと史世を振り返った。

「しばらく会えなくなる」

「しばらく……？」

都合のいい、言い逃れにしか聞こえない。

「今回の事件が解決したら……」

「ふざけんなよっ!!」

遠回しの別れなら、いっそスッパリ切り捨ててくれたほうがいい。曖昧に期待させるような言葉など、欲しくない。

「あんた、何するつもりだ？」

自身を睨み上げる気丈な瞳の輝きに、貴彬が目を細める。

「力じゃなんの解決もできない！　だから法というフィールドで戦うんだ！　二年前、あんたそう言ったよなっ!?」

「今でもそう思ってるさ」

キャリアは浅くとも、貴彬は優秀な弁護士だ。組関係者や暴力団絡みの事件でなくても、その評判を聞きつけて、弁護を依頼しに来る人もいるほどに。

ここで組織同士の抗争に力を貸せば、確実に弁護士会から除名されるだろう。やっと手に入れた〝力〟を、貴彬は失うことになるのだ。

あとに残るのは、泥沼の血で血を洗う抗争。

どちらかの組織が潰れるまで、それはきっと終わらない。そうなったとき、貴彬に命の保証はない。

「そんなことにはさせん。そのために顧問弁護士《俺》がいるんだ」

　史世の言葉に返しながらも、どこか己に言い聞かせているように聞こえる貴彬の言葉から、それが希望的観測でしかないことを感じ取る。

　こういうときに己の聡《さと》さを呪《のろ》っても、どうにもならない。

「俺はあんたのものじゃないのか？」

　低く抑えた声で問えば、貴彬の肩がわずかに揺れる。

「……俺のものだ。何度も言ってる」

「じゃあ、あんたは？」

「史世……」

　苦渋に満ちた声が、その先の言葉をとどめようとする。しかし、その制止を振りきって、史世は言葉を吐き出した。

「俺のものじゃないのかよっ!?」

　すべてを奪われて、すべてを奪い尽くしたいと感じて。対等でありたいと、願いつづけてきた。

　けれど、この状況下で、真っ先に切り捨てられる自分。守られる立場の、女や子どもと変わらない扱いの自分。

　史世が「貴彬のものになる」ことに首を縦に振ったのは、決して男の情夫《もの》になることを受け入れたという意味ではない。ましてや「恋人」などという甘ったるい単語で表現されるような、そんな関係に甘んじた覚えもない。

　互いが、互いにとってなくてはならない存在たるに相応《ふさわ》しいと、そう感じたからだ。

　なのに、男は本心を明かさない。

　史世に危険が及ぶことを苦慮して、距離を置こうとしている。「俺」と「おまえ」は生きる世界が違うのだとでも言うように、史世が足を突っ込もうとするのを許さない。

　自分が子どもであることは百も承知だ。

　けれど、それでも男を癒すことはできると思っていた。

傷ついて倒れても、その身体を助け起こしてやれるくらいの力は、持ち合わせているつもりだった。

なのに、それさえも貴彬は許さない。

「おまえは、陽《ひ》の当たる道を生きろ」

——……っ⁉

それは、最後通告。

なのに、ハッキリと別れを切り出さない、狡《ずる》い男。

あんなに熱く抱くくせに。

「俺のものだ」と言うくせに。

史世の心だけを持ち去って、一生自分という存在に縛りつけようというのだろうか。だとしたら、なんて残酷な……。

「……ざけんな…よ……っ」

震える手でシーツを握り締め、吐き出す。

伏せた顔にかかる長めの前髪の奥で、血が滲むほどに唇を噛んだ。

常に「覚悟」という言葉を心の隅に抱えて、貴彬を想ってきた自分のこの三年弱は、いったいなんだったというのか。「おまえのためだ」なんて綺麗事で切り捨てられる程度の想いなら、「俺のものだ」なんて、言わなきゃいい。

そしたらはじめから、「その程度」のつもりで付き合ったのに。

自分の「はじめて」を与えるに足る男。たとえベッドの上だけとはいえ、オンナになっても許せると思えた相手。

はじめから「その程度」のつもりなら、情欲に彩られた行為はただ互いの欲望を満足させるだけのもので、それ以上でもそれ以下でもない……決して深入りしない冷めた関係なのだと言い聞かせて、惹《ひ》かれる心を叱咤《しった》しながら、〝その程度〟の感情のまま、自身を保つことができたはずなのに。

「今さら、都合のいいこと言ってんなよっ」

震える唇を懸命に宥めながら、気丈にも男を睨み上げる。

「史世……」

はじめて出会ったとき、ひと目で男を虜《とりこ》にした、強靭な光を宿す瞳。それが今、哀しみに彩られた激情に、揺れている。

怒りの炎を宿す瞳に魅入られかけて、貴彬はぐっと拳を握った。

乱れたベッドの上で怒りに肩を震わせる史世の傍らに歩み寄ると、細い肩を摑んで荒々しく抱き寄せる。そしてそのまま、乱暴に唇を塞いだ。

「やめ……っ！　ん……ふ……っ」

自由にならない腕で男の背を叩《たた》き、この行為を詰《なじ》る。それでも緩まない拘束に、史世の怒りがマックスに達した。

「――――っ！」

口腔《こうこう》に、鉄錆《てつさび》味が広がる。

血の滲んだ口許をわずかに歪《ゆが》めながら、それでも貴彬は史世を解放しなかった。骨が軋むほどに抱き締める、腕が熱い。

重い静寂のなかで睨み合う。

ややあって、ベッドに突き飛ばすように史世を解放すると、貴彬はスーツのジャケットを手に背を向ける。ドアノブに手をかけて、足を止め、思い出したように呟いた。

「高校の合格祝い、考えておけ」

最後の最後まで、ふざけたセリフ。

咄嗟に拳を握り締めた史世が振り返ったときには、部屋のドアは閉められたあとだった。

繰り出されることのなかった拳が、ワナワナと震える。

「合格祝いだって……？」

――舐《な》めやがってっ!!

力いっぱい壁を殴りつける。骨の軋む音がして、その痛みにぐっと奥歯を噛み締めた。

痛い。

けれど、本当に痛いのは、拳ではない。

「こんなものっ!!」

どんなに腕っ節が強かろうが、なんの意味もない。この拳からもたらされる浅はかな自信さえなければ、こんな思いをすることもなかったろうに。

ふざけているとしか思えぬ言葉は、決意の現れ。

何もなければ、笑って聞けたはずの言葉の数々。

他愛ない言葉さえ発することが躊躇《ためら》われるほどの、厳しい現実。

聡い史世なら、すべて察することができるとわかった上での、それは貴彬の苦悩の現れだった。けれど、史世が欲しかったのは、そんな言葉ではない。

いい気になっていた。

自分は違うのだと。

自分は特別なのだと。

自分なら、大人の男と対等に渡り合えると、心のどこかで過信していた。

だから悔しいのだ。

子どもの烙印《らくいん》を押された自分が。

ほかの誰でもない、自分を一番認めてくれていると思っていた相手から告げられた最後通牒《つうちょう》が。

痛む拳を抱き締めて、荒い呼吸を整える。

部屋に静寂が戻ってきて、いい知れぬ後悔と淋《さび》しさに襲われた。

「ち…くしょ……っ」

泣くものか。

誰が泣いてなんかやるものか。

思えば思うほど、熱いものが込み上げてくる。それを必死に呑み込む。

悔しい。

悔しい悔しい悔しい――っ!!

なぜ、もっと早く生まれてこなかったのだろう。

なぜ、もっとあとに出会えなかったのだろう。

こんな非力な自分など、見せたくなかった。見られたくなかった。

子どもゆえに、足手まといになった自分。

自分がもっと大人だったら、「一緒に戦おう」と言ってくれたのだろうか。あの翳りの意味を、苦しい胸の内を、語ってくれたのだろうか。

唇を噛み締めて、誰に聞かれるはずもない嗚咽《おえつ》を必死にこらえながら、史世はその場にズルズルとへたり込んだ。

本当の強さとはなんだろう。

どうしたら、いつになったら、自分はそれを手にすることができるのだろう。

非力な自分を呪いながら、貴彬の態度を非難しながら、自分のほうこそ、決まらない「覚悟」を抱えている。

そのことが、何より一番悔しかった。

貴彬の力になれないことが、一緒に戦えないことが、こんなに悔しくて歯痒くてたまらないのに、それなのに、すべてを捨てる「覚悟」が決まらない自分。

そんなに悔しいなら、今からでも貴彬のあとを追えばいい。

怒鳴られても振り払われても、絶対に譲らなければいい。

なのに、自分はここにいる。

ひとり部屋に残されて、傷ついた拳を抱えて、溢《あふ》れそうになる涙をこらえているしかない。

何も持たず、孤独に生きてきたわけではない。

大切な人も慈《いと》しい人も、自分のために泣いてくれる人もいる。


そんな当たり前のことを知っているから……粋《いき》がるだけの馬鹿《ばか》な子どもではないから……性質《たち》が悪い。冷静な判断力を持っているがゆえに……。

血が滲むほどに唇を嚙み締めて、ともすれば歪みそうになる視界を凝視しつづける。

わずかに開いたカーテンの隙間から朝陽が射し込みはじめても、史世はその場から動けなかった。

冷えた身体が痛んでも、ただじっと、己の血で汚れた壁を、見つめつづけていた。

[risk 4]

「やはり、幸心会《こうしん》系山内組《やまうち》の仕業のようです」

帯刀の報告に、貴彬が眉根を寄せる。

「山内組？」

聞いたことはあるが、さほど大きな組ではない。

幸心会も、決して好戦的な組織ではない。そんなところが、関東でも指折りの勢力とシマを誇る黒龍会に喧嘩《けんか》を吹っかけてきたというのだろうか。

「喧嘩を売っておきながら、名乗り出てもこないような組です。頭《かしら》の力量も知れるというものです」

やったことへの落とし前はキッチリとつけるのが、極道のルールだ。義理を欠けば、それはただの犯罪へと成り下がる。

「この件に関して幸心会は？」

「申し入れをしましたが、一切関与していないし、そういった事実関係もないという返事でした。証拠がそろわなければ、幸心会上層部は動かないでしょうね」

テキヤ系の流れを汲む幸心会は、縦より横の繋がりが強い。系列の組とはいっても、黒龍会のようなピラミッド型の統制は取れていないのだろう。

それに、幸心会上層部が動けば、今度こそ黒龍会との全面戦争になる。向こうとしてもそれは避けたいに違いない。

「ということは、山内組の独断……か」

「幸心会の徳永《とくなが》会長はよく出来た人物です。あの方の指示なら、正々堂々とやるでしょう」

「しかも、理由がない」

貴彬の言葉に、帯刀も頷く。

幸心会と黒龍会の関係は、決して悪いものではない。シマ同士が隣接していることもあって、多少のいざこざが起きることはしょっちゅうだが、しかしそれらは、その都度円満に解決されてきている。

だいたい、博徒とテキヤでは、昔から〝稼業違い〟といって、争うような関係ではない。とはいえ、最近では、組のルーツなど関係なくなってきているというのが、実際のところなのだが。

「いまどき抗争なんて流行《はや》りません。どちらの組も得るものなどありませんからね」

ヤクザのものとは思えない言葉でバッサリ切り捨てて、帯刀が肩を竦める。

「おまえな……」

さすがに頭痛を催した貴彬が頭を抱えても、クールな乳兄弟殿は飄々《ひょうひょう》としている。

貴彬よりひとつ年上の帯刀は、貴彬の父が兄弟盃を交わした、さる組長の忘れ形見だ。大きな抗争で組ごと潰されて、その後の処理を引き受けたのが貴彬の父だった。

自分こそ根っからのヤクザだというのに、帯刀は常に冷静で、血の気の多いヤクザ者のなかでは、かなり異色な存在だ。インテリ然とした風貌《ふうぼう》も、一流企業に勤めるサラリーマンだと言われたら、疑う者はいないだろう。

もっとも、睨まれた者を瞬時に石化させるとまで言われるほどの剣呑なオーラをまとった男が、素人に見えるかと聞かれたら、答えは「ＮＯ」だ。それでも、黒龍会の若きブレーンと言われる男は、充分に世渡りも上手いから、善良な一般市民にうまく化けてしまうだろうが。

ひっそりと溜息をついて、貴彬は資料に目を通す。データと照らし合わせながら確認して、そしてあることに気づいた。

「ここんとこ、銃刀法違反と薬物不法所持でパクられてる数が急増しているな」

手にしていたペンの先で、パソコンのディスプレイを指し示す。

「まさか……山内組が関与していると？」

「たぶん。もしかしたら幸心会も」

大胆な言葉に、帯刀が眉根を寄せる。

「滅多なことは……銃はともかくクスリは……あの徳永会長が許すとは思えません」

徳永会長は、十数年前に薬物中毒でたったひとりの息子を亡くしている。それ以来、クスリにだけは手を出すなと、舎弟たちを戒めていると聞く。

「誰も徳永のオヤジさんがやっているとは言ってな

い。だが、これだけの逮捕者が出ているとなると、裏で相当な金が動いているはずだ。山内組にその資金力があるとは思えん」

「つまり、幹部の誰かが手引きしていると？」

「幸心会の金庫番は誰だ？」

「……調べさせます」

「あと、警察のほうも探れ」

「警察？　組織犯罪対策部《そたい》ですか？」

「所轄のな」

薬物や銃器を取り締まる部署を探れという貴彬の指示に一瞬「わからない」という顔をして、しかし帯刀は、すぐに眉を顰《ひそ》めた。

「こちらにも手引きしている者がいると……？」

押収物の横流し、もしくは密輸そのものの手引き。

「わからん。だが……」

「だが？」

「悪い予感がする」

ことはそんなに単純ではない。

黒龍会総長銃撃事件の裏に隠されたものの根が、思った以上に深いものであることを、貴彬は感じ取る。

敏腕弁護士として、そして、総長の血を引く者として。

「河原崎は？」

「その警察に呼ばれています」

父の遺言である代紋継承に、貴彬が首を縦に振ろうとしないために、河原崎は代紋代行としての仕事に追われている。

多くの時間は、近郊の組織に足を運び、今回の件に関して黒龍会のみならず、警察と司法からもなんらかの結論が出されるまで、動いてはくれるなと、話をつけに出向いているのだ。

なかには、仇討ちに出ない黒龍会のやり方に、「腑《ふ》抜《ぬ》けたか？」と嘲る者もいたらしいが、河原崎は黙って耐えた。

実直で情に厚い、根っからの極道《ヤクザ》。

自分以上に父親の血を色濃く受け継いでいるのではないかと思ってしまうほどに、河原崎は先代を慕っていた。盃を交わし、血よりも濃い絆《きずな》で結ばれた組長と舎弟は、実の親子以上にかかわりが深い。

中学時代に傷害致死の罪を犯し、親にも見捨てられた河原崎に手を差し伸べたのは、先代だ。河原崎が那珂川《なかがわ》本家に部屋住みをはじめたとき、たしか貴彬は小学校に上がる前だった。

もしかしたら、自分以上に先代の死を悼《いた》んでいるかもしれない男は、たぶん自分以上に組の将来を憂えている。

父の遺言には、貴彬が跡目を継がなかった場合の記述はない。だから、貴彬が継がなくとも黒龍会が潰れるわけではない。「おまえが継げばいい」と言う貴彬に対して、河原崎は無言で遺言の履行を求めてくる。そうでなければ、組織に未来はないとでも言うように。

ノックの音がして、外から声がかけられる。

『河原崎代紋代行が戻られました』

「こちらへお呼びしてください」

帯刀の言葉に応じる声が返されて、ややあって重厚な扉が開かれる。警護を兼ねた側近を扉の外に待たせたまま、河原崎は廊下に立つ舎弟にドアを閉めさせた。

「お疲れさまです。若」

室内にいるのが、貴彬と帯刀と自分の三人だけであることを確認して、河原崎のまとう空気が変わる。

「だから、やめろと言っている」

代紋代行と組織の顧問弁護士。

本来なら、貴彬のほうが敬語を使わなくてはならない立場だ。だというのに、何度言い聞かせても、河原崎にとって貴彬は、父と慕った男の息子であり、いつかは総長にと密《ひそ》かに心に決めていた存在でもあるようで、一向に聞き入れないのだ。

そう言う貴彬こそ、昔からの口調を改めようとしていないのだから、このやりとりは、ふたりの間の単なるコミュニケーションにすぎないとも言えるのだが。

貴彬はヤクザではない。ヤクザの血を引いてはいても盃を受けていなければ、ヤクザ者を親に持つだけのカタギ以外の何者でもない。しかも今は、弁護士の肩書きを持ち、組織の顧問という立場にある。

だが、貴彬がそのために積み重ねてきた努力やそれに要した時間など、極道として独自の価値観を持つ河原崎にとってはどうでもいいものらしい。

「早く私を元の肩書きに戻してください。でなけりゃ、先代も浮かばれません」

貴彬の訴えには耳も貸さず、河原崎は大真面目《まじめ》な顔で、そう零す。

ここのところ毎日のように繰り返されるふたりのやりとりに、帯刀は興味もないとばかり、パソコンに向かってしまう。誰ひとり助け舟を出してくれる存在も見当たらず、貴彬は曖昧に相槌《あいづち》を打ちながら、河原崎の繰り言を聞き流すしかなかった。

河原崎は、貴彬の置かれた立場や背負う肩書きの重さ、そしてヤクザではなく弁護士になることを選んだ真意を、理解していないわけではない。貴彬の苦しい胸の内を重々理解したうえで、それでも跡目を継いでほしいと男は言っているのだ。

もちろん貴彬だとて、そんな河原崎の気持ちを理解していないわけではない。父の遺言も河原崎の言うことも、わかる。けれど……、

「幹部連中はいい。だが、舎弟たちになんて説明するつもりだ？　いきなり部外者の俺が出ていったところで、組員たちはついちゃこないぞ」

貴彬の言うことももっともだ。

ヤクザは会社組織ではない。

たとえ、このさき生き残るためにその形態を取っていたとしても、それでもいわゆる企業とは違う。雇われ社長をトップに据えて、形だけのピラミッドを形成したところで、組織が運営できるわけではない。

どちらかと言えば、職人や匠《たくみ》の世界に近い。その人柄と男気に惚れ込んで、その存在のために忠義を誓う。トップに立つ者にそれだけの器がなくては、下の者は決してついてはこない。

とりあえず先代の襲撃事件の真相を究明するまでは、代紋継承は先送りにしてあるが、決して引こう

としない河原崎の姿勢や、組織の置かれた状況を鑑《かんが》みても、いい加減笑い飛ばせなくなってきていて、貴彬は頭を抱えるよりない。

代紋継承を渋る理由のひとつに、心の大半を占める存在が、ないわけではない。いや、もしかしたら、理由はそれだけなのかもしれない。

――なんてことだ。

自分の不甲斐なさに、知らず苦い笑みが込み上げる。

あの日、史世にはじめて出会ったあのときに、この手に抱くことへの責任も覚悟も、決まっていたはずだったのに。

――あの世で親父が笑っていそうだ。

「情けねぇ野郎だ」と。

誰を哀しませても、奪えるものなら奪いたい。けれど、誰も傷つけることなくともに生きられるのなら、それにこしたことはないだろう。

ふたりは、大切な存在を失う痛みを知っている。その傷が、いかに深いものなのかということを、その身をもって知っている。

だから、できることなら、誰も哀しませたくないのだ。

だが、河原崎の申し出をその都度撥ね除け、一弁護士として事態の収拾に駆けずり回りながらも、ふとした瞬間に過る、一抹の不安。

それは、予感。

人生の歯車は、本人の意志など構わず、まわりつづける。

いかに強靭な精神力をもってしても、望むままに舵《かじ》を取ることは不可能なのかもしれない。

ならばはじめから「極道になれ」と言ってくれたらよかった。

おまえの生きる道はこれしかないのだと、そう思い込ませてくれたらよかった。

そう思って、そんな他力本願な思考に捕らわれる自分を情けなく思う。

極道としての父は、自分に跡目を継がせたいと、ずっと思っていたのだろう。

その一方で、ヤクザである前にひとりの父親として、息子の願いを叶えてやりたいと、願っていたに違いない。

　だから、万が一に備えて遺言を残していた。

　土壇場になって、やはり跡を任せられるのは息子しかいないと思い至った。最期の最期に、組織をほかの誰でもない貴彬に託したのだ。

　父の信頼が嬉しくもあり、また憎らしくもある。

　これが、三年前……自分が史世と出会う前だったら、アッサリと跡目を継いでいたかもしれない。弁護士になる前にその夢を挫《くじ》かれても、これも運命かと受け入れることができたかもしれない。

　けれど自分は出会ってしまった。

　誰よりも、何よりも、愛しい存在に。

　あの美しい少年と、ともにありたいと思う。

　それは愛玩動物を愛《め》でるような、そんな生易しい感情ではない。彼自身、そんな立場に甘んじるような器ではないだろう。

　自分の言葉に傷つき、大きな瞳を怒りと哀しみに震わせた少年の、その怒りの意味も、充分に理解しているつもりだ。

　この先の人生、彼とともに在れるのなら、その成長を間近に見届けたいと思う。そのためにも、年若い少年が飽きないだけの男でありつづけなければならないと、己を律しながら。

　だが、この状況で己の欲望を貫き通すのには、言い知れぬ不安と葛藤《かっとう》がある。

　もし本当に山内組が……いや、幸心会が黒龍会のシマを狙って抗争を仕掛けてきたのだとしたら、向こうはこちらの出方を待っているに違いない。黒龍会が売られた喧嘩を買えば、近年稀《まれ》に見る規模の抗争へと発展してしまう。

　兵隊の数だけを見れば、山内組は黒龍会の敵ではない。組織の規模そのものが違いすぎる。だが、それを承知で、向こうは今回の一件を仕掛けてきている。だとすれば、何か裏があるはずだ。迂闊《うかつ》には動けない。

　父の最期の言葉どおり、逸《はや》る組員たちには自棄は起こすなと通達がされている。とはいえ、いつまでも抑え込んでおくのは不可能だ。たとえそれによって組織から追放されようとも、先代の仇討ちをしようと考える者がかならず出てくる。父は、それだけの漢《おとこ》だった。

抗争になれば、多くの血が流れる。跡目を継がなかったとしても、自分がその標的になることは充分に考えられる。代紋を継げば確実に。

そうして流れた血を、失われた命を、貴彬は間近に見た経験がある。

自分が狙われるのは構わない。那珂川の家に生を受けたときから、たとえヤクザにならなかったとしても、それなりの覚悟をして生きてきた。

けれど……。

想いの深さゆえに、天使と悪魔がせめぎ合う。

ともに果てる日が来たとしても、この腕に抱いていたいと願う、飾りも建前もない本音。

その一方で、聡明《そうめい》な少年の手を血で汚してはならないと、決して汚れないでいてほしいと望む自分。

なのに、少年のなかから自分という存在が消え、この手を放れていくことを、怖いと思う。

だから、決定的な言葉を告げられなかった。

無事今回の事態を収拾できたとしても、この不安と葛藤は、多分一生自分のなかにつきまとうだろう。

少年の未来を、この手で変えてしまったことへの後悔と、瞑《くら》い欲望に彩られた歓喜。

あの日、激情のままに史世を手に入れたことを、そのあと何度も貴彬は後悔した。

後悔して、未来ある少年を解放してやらなくてはとときおり覗く大人の分別に従おうとして、しかしできないまま。

想いだけがどんどん深まっていって、少々の危険を伴おうとも、このままでいられたらいいとさえ思うようになっていた。史世にも、そのつもりはあったはずだ。

プライドが高く気丈な少年は、決して甘い言葉を口にすることはないけれど、そのプライドを枉《ま》げてまで、自分に抱かれていることが、何よりの感情表現だ。

史世に何かあったら、自分はどうなるか、想像もつかない。

狂ってしまうかもしれない。

それほどに、囚《とら》われている。あの美しい少年に。

数カ月前、史世が高校受験を控えていることを聞かされて、知っていて当たり前のことのはずなのに、衝撃を受ける自分がいた。

まだ義務教育も終えていない少年。

そんな子どもに、自分は囚われている。

すべてを捨ててもいいとさえ、思うほどに。

大人の理性や分別など、捨ててしまえたらどんなに楽だろう。

組織の将来も、組員やその家族たちの生活も、何もかも切り捨てて。たとえ父の墓前に二度と手を合わせることができなくなっても、早くして他界した娘のぶんまで史世を溺愛《できあい》しているだろう彼の両親を泣かせても、奪って逃げることができたら……。

けれど、できない自分。

綺麗サッパリ別れてやることもできず、すべての柵《しがらみ》から奪い去ることもできない。

この身に流れる血が、それを許さない。

任侠の世界に生きた男の血が自分に色濃く流れていることを、貴彬は思い知る。河原崎や帯刀を、根っからのヤクザだと評した自分が、誰よりも一番、ヤクザなのだ。

血は争えない。河原崎はそれに気づいている。

貴彬のなかに眠る、ヤクザの血に……。

[risk 5]

「タルそうな顔だな」

入試の帰り道、声をかけてきたのは新見《にいみ》だった。

そういえば同じ高校を受験していたことを思い出して、史世は滑らかな眉間に皺を刻んだ。この先あと三年も腐れ縁がつづくのかと思ったら、溜息が出る。

「おまえがいたこと、忘れてた」

「忘れてたんじゃなくて、記憶から抹消してただけだろうが」

片眉を上げたおどけた表情で、新見はお見通しだとばかりに突っ込んでくる。

無理なく通える通学距離範囲内で一番魅力的な学園だから、受かれば確実に春からはここに通うことになる。この悪友の存在は、果たして凶と出るのか吉と出るのか。そんなことを考えて、史世は口許に笑みを刻んだ。

魅力という言葉には、いろいろな意味が含まれている。名のある進学校だということはもちろんだが、学生たちの気質が比較的のんびりしていておとなしいことも、史世にとっては重要なポイントだった。

自分自身があまり構われたくないというのもあるが、何より、自分を追うように一年後に入学してくるだろう、可愛い幼馴染の藺生のためだ。

「新入生代表のあいさつ、楽しみにしてるぜ」

この学園では、入試でトップの成績を取った生徒が、新入生を代表して入学式にあいさつをする決まりになっているらしい。

「バカバカしい。おまえに譲っておいた」

興味のない顔で、史世がアッサリと言う。

「……何？」

「ピッタリ十点分間違えておいた。五位くらいまでには入るだろうさ」

「おまえ……」

呆れた顔で返した新見に、史世がニヤリと笑う。

外面だけはいい顔で、優等生の仮面を張りつけ講堂の壇上であいさつをする史世の、その実、内心苦りきった顔を想像して、今から楽しい気分になっていた新見は、ガックリと肩を落とした。

中途半端なことが嫌いな史世なら、高校入試の問題くらいキッチリ満点で決めてくるだろうと踏んでいた新見は、当てが外れて渋い顔。

「そういうおまえは？」

「マイナス三点は確実」

史世が満点なら、その少しだけ下の点を取っておけばいいだろうと読んでいたのだ。

「わざと……だろ？」

さも愉快そうな顔で、史世が突っ込む。

「俺の読みが甘かったらしいな」

「入学式、楽しみにしてるぜ」

どうやらこのふたりには、入試には合格発表というものがあることを、まるっきり失念しているらしい。というか、自分たちが落ちるなんて、考えてもいないのだろう。事実、ふたりが受けているのは、一般入試よりも前に行われる推薦入試なわけで、当然落ちることなどありえないのだが。

「けど、試験の前に包帯取れてよかったな」

入試に面接はないが、試験官の目には、あまり良い印象を与えないだろう、史世の右の拳を覆った、痛々しい包帯。

新見はとりたてて何も聞いてこなかったが、聡い悪友は何かしら感づいているのかもしれない。原因がただの喧嘩だったとしても、史世が怪我《けが》を負うなんて、まずありえないことなのだから。

「たいした傷じゃない」

包帯は取れても、未だ傷痕の残る拳を、ぐっと握り締める。

あの日、ホテルの壁を殴りつけたときにできた傷は、骨にまで達してはいなかったものの、この受験の時期にはいささか厄介なものだった。なんといっても右手だ。史世は両利きだから右が使えなくても困りはしないが、やはり左だと多少動きが鈍くなってしまう。

それでも、身体の傷など、なんてことはない。

この胸の痛みに比べたら。

「なぁ、新見」

「なんだ?」

「おまえ、合格祝い何貰《もら》う?」

「……は?」

あまりに似合わないことを言い出した史世に、さすがの新見も面食らう。

この、溺愛する幼馴染の存在以外、何に対しても冷めた悪友の口から「合格祝い」などという子どもっぽい単語を聞く日がこようとは思いもしなかった新見の受けた衝撃は、計り知れない。

「史世」

「?」

「なんか悪いもんでも食ったのか?」

史世にこんなツッコミを入れられる存在など、新見のほかに数人いるかいないかだ。

「おっと、東京湾に浮かぶのは勘弁してくれ。どうせなら卒業旅行にバリにでも行って、青い海に浮かべてくれるとありがたい」

冗談半分に繰り出された拳を躱して、そんな軽口を叩く。

「……おまえに聞いた俺がバカだった」

かと言って、ほかの誰に聞けるものでもなかったが。

「まぁ、冗談は抜きにしても、親父が言うには、自社株がちょっとばかり俺の名義になるらしい」

「株? 生前贈与か?」

「さぁ?」

興味などないとばかり、新見は肩を竦める。親が勝手にレールを敷いているだけのことで、それに従う気など、毛頭ないらしい。

「大変だな。大企業の御曹司殿は」

「別に俺が継ぐって決まったわけじゃない。弟だっているしな」

たしか新見には、小学校低学年の弟がいる。父親の跡を継ぎたくないのだとすれば、弟が将来について考えはじめる前に、さっさとトンズラするのが得策だろう。人の良さそうな顔の下で、そのくらいのことは平気でやりそうだ。

そして考える。

もしも貴彬に兄弟がいたら、貴彬の負担は、もっと軽くなったのだろうか？

いや……、

――変わらないだろうな。

それどころか、抱えるものが増えるだけ、苦しみが増すような気がする。

「そうだ」

何を思い出したのか、新見が歩みを止めた。

「知り合いの総会屋の爺《じい》ちゃんから聞いた話」

「総会屋？」

企業にとっては、敵にも味方にもなりうる存在だが、厳しく取り締まられるようになって、株主総会が開かれる時期にもあまり名前を聞かなくなった印象がある。

なぜそんな知り合いがいるのか。妙に思ったが、あえて聞かないことにした。

「将棋の相手してやるとご機嫌でさ。いろいろ教えてくれる」

その「いろいろ」が恐ろしいんだと、史世はゲンナリと嘆息する。

「黒龍会が跡目継承を巡って内部抗争寸前らしい」

――……っ!?

「――て噂《うわさ》。まことしやかに囁《ささや》かれてるらしいぜ」

史世の口から直接、貴彬の存在について語ったことはない。けれど新見は知っている。いや、あると き気づかれてしまった。

外見が人畜無害なだけに、この悪友は余計性質が悪い。

「気をつけろよ」

それまでの楽しげな表情を消し去って、新見はらしくない真顔で忠告してくる。

「誰に向かって言ってる」

いつもの調子で返して、史世はひとりさっさと踵を返した。

「だといいけどな」

溜息とともに吐き出された新見の言葉を、その背で跳ね返しながら。

「噂の出所はわかりませんが、おそらく……」

「山内組……か?」

貴彬の言葉に、帯刀が無言で頷く。

「揺さぶりをかけてきたと?」

河原崎も眉根を寄せた。

「焦れてるんだろう。うちが動かない限り、どうにもできん。正面から戦争吹っかけるような度胸はないらしいからな」

そこへ、貴彬の携帯電話が鳴った。

「はい。那珂川です」

相手は弁護士として懇意にしている、組対課の暴力事件担当の刑事だった。

『出たぜ、先生。襲撃犯《ホシ》と……銃《チャカ》もな』

「それで?」

『弾《たま》は一致した。だが……』

「だが?」

『こいつじゃ話にならねぇな。ただの雇われだ』

つまりは、幹部の代わりに差し出されただけの三下。

「山内組の?」

『ぺーぺーの組員だったが……一カ月前に破門になってる。しかも盃交わしたのはその二カ月前だ』

やはり。

今回の事件を仕組むために、金で雇われた何も知らない手駒。それを差し出してきたということは、焦れた山内組が、抗争の火種を放って寄越したということだろう。

しかも犯人が破門になっている限り、表向き山内組の関係者ではない。組織のトップに使用者責任が向くこともない。

狡いやり方だ。

『下手に動くなって、あんたのうしろに立ってる男に言っておくことだ。戦争になったら、組、潰されるぞ。そうなったらおまえさんとこのシマを狙って手ぇ広げてくるのは幸心会だけじゃない。街の治安強化に協力してくれや』

「わかりました」

『じゃあな』

「あぁ、ひとつだけ」

『なんだ？』

「私は組関係者ではありませんので、お間違いのないように。ただの顧問弁護士にすぎません」

苦笑気味に言った貴彬に、今さらのように驚いた声を上げて、刑事は豪快に笑う。

『そういやそうだったな、先生』

刑事がヤクザに情報を流していたとあっては、大問題だ。

貴彬が弁護士だからこそ、言い訳も立つ。その弁護士が、たまたまヤクザと一緒にいたとしても、それは刑事の知ったことではない。

持ちつ持たれつ。警察がヤクザに情報を流すことは賄賂《わいろ》でも渡さない限りありえないが、ヤクザが警察の捜査に協力することは、現場では珍しいことではない。

最近では、なんでもかんでも癒着などと騒がれるが、警察だとてそれほど馬鹿ではない。そうやって互いに情報をやりとりするのも、昔ながらの捜査の一環だ。街の裏情報なら、警察よりもヤクザのほうが詳しいのだから。

本庁はどうだか知らないが、所轄の組対課にしてみれば、ここで黒龍会に潰れられてはたまらない、というのが本音だ。黒龍会がシマを治めているからこそ、大きな繁華街を持つこの街の平和が保たれているのだから。

暴対法だなんだと言ったところで、何もかも一度に一掃できるわけではない。

ひとつの組織が消えれば、そのシマを巡って、近隣の組同士で戦争が起きる。それだけはなんとしても避けたい。

だからといって、黒龍会側も、顔を潰されたまま黙っているわけにはいかない。血なまぐさい戦争など吹っかける気は毛頭ないが、なんらかのカタチで落とし前をつけなければならないのが、この世界のルールだ。

真っ正面からぶつかれば、向こうの思う壺。

だが、卑怯《ひきょう》な手は絶対に使えない。

だから、利口な手を考える。そのためのネタ集めに奔走していた貴彬だったが、やっと敵の尻尾《しっぽ》を摑めそうなところまできていた。

もう少し。あと少しの辛抱だ。

――親父の仇は、討つさ。

ただ、その手段を選んでいるだけにすぎない。

「河原崎。代紋代行の名で、幹部会を招集しろ」

「貴彬さん？」

「売られた喧嘩は買う。だが、無益な戦争はしない。一敵の血も流さずに、山内組を潰す」

それが、弁護士の俺《・》のやり方だ。そう言って、河原崎と帯刀を見据えた男の目には、戦うことを知る者だけが持ち得る、鋭い光が宿っていた。

その貴彬の表情《かお》に、まとう空気とオーラに、河原崎は再確認する。

組織を継ぐのは、この男以外にはいない、と。

たとえ本人にその気がなくとも、生まれながらに選ばれし者は、存在する。それが貴彬だ。

数えきれないほどのカタギ者もヤクザ者も見てきた河原崎の目に、唯一無二の男として映る存在。本人がそれを望んでいようがいまいが、王者たるオーラは消しようがない。

――もうダメですよ。

心のなかだけで、告げる。

――自分はあなたを諦めません。かならず代紋を継いでいただきます。

密かな覚悟とともに、河原崎は今すぐ告げたい言葉を呑み込んだ。

証拠は、そろいつつある。

事件の裏に潜む犯罪も〝ネタ〟は上がっている。

山内組は確実に潰せる。

「なかなか尻尾を摑ませない黒幕は、一筋縄ではいきません」

帯刀の言葉に、貴彬は「わかっている」と頷く。

ヤクザ社会の枠から大きく逸脱した犯罪を暴くのは、容易なことではない。

「それでもやらなきゃならん」

組織のためだけではない。社会のために、そして、自分自身のために。

［risk 7］

貴彬からの連絡はない。

自分を巻き込むことを恐れて、あれ以来、電話の一本も寄越さない男に内心毒づきながらも、史世は表面上、いつもと変わらぬ生活を送っていた。

多少変わったことと言えば、高校進学の準備のために、いつもの学年度末とは違って、少々慌ただしいことくらいだ。

「史《あや》、いい？」

部屋のドアがノックされて、声がかけられる。史世が返事を返すより早くドアが開けられて、母が姿を現した。

――ノックすりゃいいってもんじゃないだろう？言おうかと思ったが、今さら言って直るものでもないと思い直して、やめた。

「制服、注文しちゃっていいかしら？」

「気が早いんじゃないの？」

「だって、オーダーしてたら、それなりの時間かかるわよ」

どうやら大量生産の吊《つ》るしの制服を買う気はないらしい。

「裏地に昇竜《のぼりりゅう》の刺繍《ししゅう》とか入れなけりゃ、なんでもいいよ」

釘《くぎ》を刺しておかないと、この母親は何をやらかすかわかったものではない。

「制服学ランだし、あんただったら似合うのに」

実に残念そうに口を尖らせる。

「じゃあ……短ランとか長ランは？」

「いつの時代の話してんだよ」

自分の思いつきに目を輝かせた母の言葉を、情け容赦なく一刀両断する。

「つまんないコね」

「そんなもん作って、父さん、卒倒したらどうするんだよ？　それとも高校入ったら解禁なのか？」

史世のツッコミに、母はつまらなそうに肩を竦めた。

「まさか。あんたには一生、猫かぶっててもらうわよ」

「だったら、ごく普通の標準制服にしとけよ」

「……了解」

史世のこの腕っ節と気《き》っ風《ぷ》のよさ、そして肝の据わり具合は、多分に母の血だ。もちろん、史世に各種実戦武道を習わせたのも母。

その反対に、生真面目で人の好《い》い父は、史世の裏の顔を知らない。彼曰く、最愛の妻に似て（この件に関しては、史世としては一度じっくり父と話をしたいところだが）、美しく聡明な優等生だと信じきっている。父にとっては、自慢のひとり息子だ。

そして、あれこれ口煩《くちうるさ》く言わないかわりに、母は史世にひとつだけ約束をさせていた。

『お父さんを泣かせるようなことだけは絶対にしないこと』

そしてそれは、小さな子どもだった小学生時代から、もちろん中学の三年間も、ずっと守られてきた約束だったのだ。

「ところであんた、ヤバイことに首突っ込んでないでしょうね?」

制服云々は口実。一番訊きたいのは、それだったらしい。

「……別に」

誤魔化そうにも、なかなか厳しい相手だ。

「御木本《みきもと》に妙なこと聞いたそうじゃないの」

御木本というのは、母の古い知り合いで、少年課に勤務する刑事だ。

「口が軽いんだから」

溜息をついて、前髪を掻き上げた。

街に屯する少年たちから、最近クスリに手を出す者が増えていると聞いた。そして、その売人経由で銃まで手に入るらしいとも……。

補導された少年たちから何か情報が入っているかもしれないと思い、御木本に連絡を取ったのだが、今のところ、そういった情報は入っていないとのことだった。

あるいは、担当の部署では、水面下で捜査が進んでいるのかもしれない。

史世なりに考えて、あるひとつの図式を組み立てた。

貴彬の父が襲撃された事件の、その裏に潜むものに、そうしてなんとなく行き着く。

きっと、貴彬も気づいている。気づいていて、抗争という最終手段以外の方法で、事件を解決しようとしているのだろう。

そこまで理解できても、自分にはそれ以上どうすることもできない。

御木本にも、「お母さんに心配かけちゃダメだよ」と、まるっきり子ども扱いで諭されてしまった。

「あんたのこと心配してくれてるのよ。ありがたいと思いなさい」

史世の部屋のドアに背をあずけ、腕組みをして目を細める。昔はそのひと睨みで強面《こわもて》のチンピラをも黙らせたというだけあって、今でもその迫力は健在だ。

「両手がうしろにまわるようなことはしてない」

キッパリと言い放ち、史世は母を見返した。

「……わかったわ」

息子の言葉に頷きつつも、しかたないわねとでも言いたげに溜息をつく。

「けど、忘れるんじゃないわよ。自分がまだ子どもだってこと」

「……わかってる」

痛いところを突かれて、史世が眉根を寄せる。決して弱音を吐かないかわりに、睫を伏せ唇を嚙み締めて見せる息子に、母は表情を緩めた。

「子どもだからって、何も悪いことばかりじゃないわよ」

「……え?」

「子どもにしかできないことも、あるでしょう?」

大人の分別が、まっすぐな判断を誤らせることもある。子どもの無謀さゆえに、見えるものもある。大人の言うことばかりが正しいわけではない。

もちろん、世間知らずな子どもの判断で、道を誤ってはいけないけれど、それでもがむしゃらに突っ走ってても許されるのは、子どものうちだけだ。

身をもってそれを知る母の言葉が、史世の躊躇いを払拭《ふっしょく》した。

「親の言葉とは思えないな」

「人生の先輩の言葉よ。ありがたく拝聴しておくことね」

ニヤリと笑ってそう言うと、ウインクひとつ残して、母は部屋を出て行った。

ある部分で、男の何倍も、女はクールでタフだ。それが〝母〟ともなれば、もはや太刀打ちできないほどの強かさを身につける。

自分の様子がおかしいことくらい、どんなに隠していても、きっと母にはバレていたに違いない。なのに、あれこれ追及することもなく、逆に史世の迷いを断ち切るためのものとしか思えない言葉をかけてくる。

ならばもう、自分も迷っている場合ではなさそうだ。

［risk 8］

ふいに行く手を遮った影に、帯刀は足を止めた。

「……来るなと言われているのではなかったのですか?」

相変わらずの冷めた顔が、わずかな苛立ちを浮かべる。

「貴彬には会ってないさ」

「私といるほうが、さらに危険です」

帯刀の威嚇の視線を平然と撥ね除け、史世は話を切り出した。

「どこまで調べがついてるんだ?」

「――――!?」

「クスリと銃の密売」

カマをかけた史世の言葉は、静かに眼を瞠った帯刀の、次のひと言によって裏づけられた。

「……なぜそれを?」

「俺にだって、それなりの情報網はある」

どうせ腹を割って話す気など毛頭ないのだから、適当に色をつけておく。

「組のことには……」

「俺は関係ないさ。けど、学生たちを巻き込んでるんなら、話は別だ。組同士の問題なら、決まったルールがあるだろう? けど、貴彬はその手順を踏んでない。てことは、それだけじゃないんだろ?」

大半は、史世が出した推論にすぎない。けれど、表情を消し去った帯刀の冷めた目が、史世の発言の大部分が真実であることを教えていた。

「あなたって人は……」

肩を竦め、息をひとつついて、帯刀が口を開く。

「そこまでわかってらっしゃるのなら、邪魔にならないようにしててください」

史世の力量を認めながらも、帯刀にはそう言う以外に反応のしようがない。組織に仕える立場の男は、貴彬が決めた方針に従うのみだ。

「貴彬に……」

踵を返そうとした帯刀の背に呟く。

「きっちり解決してみせろって、言っておけよ」

そしたら、自分も覚悟を決めるから。


帯刀が立ち去ったあと、それを見計らったように、その男は姿を現した。

「あんたは、貴彬に代紋継がせたいんだろ?」

気配もさせず背後に立った大柄な男に、史世は静かに問う。

「反対されますか?」

その言葉に小さく笑って首を横に振り、史世は背後の男を振り返った。

「俺が決めることじゃない」

貴彬が出した答えなら、それがきっとどんなものでも、自分は受け入れることができる。

「あなたと距離を置いたのは、有能なあの方の、唯一の判断ミスだったかもしれませんね」

貴彬よりも、よほど吹っ切れた瞳をした少年から返された力強い言葉に、河原崎は表情を緩め、そして苦笑とともに零した。

そんな男に、史世は今一度首を横に振る。

「いや……」

貴彬は正しい。

子どもの自分では、なんの役にも立たない。

「せいぜい邪魔しないようにすっこんでるよ」

帯刀の言葉を借りて、肩を竦める。

ただ、端から何も知らされず、切り捨てられることが我慢《がまん》ならなかっただけだ。

貴彬が、貴彬なりのやり方で答えを出したのなら、自分も心を決める。

たとえそれがどんなに困難な答えであろうとも。

子どもなりに、精一杯の答えを。

[risk 9]

単身乗り込んできた貴彬を、男は歓迎した。

「那珂川の三代目のほうからわざわざお越しいただけるとは」

老齢の男は、実に愉快そうに笑う。

幸心会本部。もしかしたら、敵の本拠地かもしれないその場所に、貴彬は丸腰で足を踏み入れた。時が時なら、生きては戻れぬ場所だ。

襖《ふすま》の向こうに何十という兵隊の気配を感じながらも、貴彬は落ち着き払った顔で、言った。

「お間違いのないように」

胸ポケットから名刺入れを取り出し、そのうちの一枚を差し出す。そこに印刷されているのは、黒龍会の代紋でも三代目の肩書きでもない。

「今日は、黒龍会の顧問弁護士としておうかがいしました」

「ほぅ……」

深く刻まれた皺《しわ》をさらに深くして、男が小さく笑う。

銜《くわ》えていたキセルを肘掛けにトンッと鳴らすと、襖の向こうの気配がサッと消えた。

「話を、聞こうじゃないか」

黒龍会に並ぶほどの巨大勢力のトップに立つ男が、くだらない戦争を吹っかけてくるような小者のわけがない。

そう踏んだ貴彬の読みは、正しかった。

そして男は、貴彬が提示して見せたものにも、鷹《おう》揚《よう》に頷いてみせた。


「これで、お上《かみ》に恩を売ろうというのか、先生?」

楽しげな笑いを零しながら、徳永が目を細める。

「まさか。そんな大それたことなど、私は目論《もくろ》んでいません。結果どうなるかは、知りませんが」

恩を売るどころか、逆ギレされたら、黒龍会も幸心会も、終わりだ。

「お約束します。かならずそちらの不益になることはいたしません」

潰し合いではなく、共存を。

目先の小者を踏み潰すことで満足するのではなく、巨悪の心臓を握り潰さなければ、同じことが繰り返される。

貴彬は、徳永を説得した。

静かに語る貴彬に、徳永が穏やかな笑みを見せる。

「若いころの親父さんに、よく似ておる」

きっと褒め言葉として告げられただろう言葉には、貴彬はただ、目を伏せて苦笑するしかなかった。

[risk 10]

視線を感じる。

気配が徐々に増えていく。

明らかに殺気を帯びた気配が。

——玄人《プロ》……か？

未だにときおり、街で絡んでくるチンピラがいる。だが、ナンパ目的のそういった雑魚《ざこ》とは明らかに違う空気を、このとき史世は感じ取っていた。

普通の人間ならば絶対に気づけないような、場数を踏んだ気配の殺し方をしている。こちらが気づいているなどと、敵は思ってもみないはずだ。史世だからこそ、気づけただけのこと。

何食わぬ顔で状況を把握しながら、史世は道筋を選んで歩く。敵が仕掛けてくるとすれば、人気《ひとけ》のない場所だ。迎え撃つにしても、そのほうが都合がいい。

自分が狙われる理由があるとすれば、それは黒龍会絡み以外にはないだろう。いや、貴彬本人に揺さぶりをかけるため、と言ったほうが正しいかもしれない。貴彬と一緒のところを見られたのだろうか。そうでなくても、貴彬の近くに自分の存在があることくらい、容易に調べがつく。

今、自身に降りかかろうとしている事態こそが、貴彬の恐れていたものだ。

ならば、好きにされるわけにはいかない。

史世の身に何かあれば、今度こそ貴彬はハッキリと決別を申し出てくるだろう。

自分という存在が、そして那珂川の血が、史世にもたらした最悪の事態に、自身の夢も何もかも、捨ててしまうような気がする。

――させるかよ。

強面のその裏で、生真面目でナイーブな男の素顔。それを知っているからこそ、史世にも譲れない一線がある。守られているだけではない。自分だからこそ、守れるものが……あるはずなのだ。

このまま男たちの尾行を許しておくことはできない。そんなことをすれば、家族にも害が及ぶ危険性がある。

大通りを外れて路地を抜けると、公園の片隅に出る。

薄暗い路地からいきなり視界が開けて、しかしそこに追っていた華奢な背がないことに気づき、慌てたのだろう、史世の目論見通り男たちは姿を現した。

バラバラと四方から姿を見せたのは、黒服にサングラスの男たち。トップダウンの特命を受けているのだろう。決して三下ではない。

「くそっ、どこへ……」

リーダー格の男が呟いたときだった。

「物騒な面《ツラ》つき合わせてんじゃねぇよ。昼間の住宅街にゃ不似合いすぎるぜ」

気配の欠片《かけら》も感じさせず、鋭い声が男たちの背後から聞こえて、一瞬にして場が緊張感を帯びた。

「いかにも……なカッコ。もうちょっと頭使えよ」

学生服姿の子どもに鼻で笑われて、額に青筋を立てながら、男たちが歯軋りする。

「ガキが生意気な……っ！」

リーダーの制止も聞かず、ひとりが殴りかかってきた。

ひ弱そうな少年。こんな子ども相手に、なぜ自分たちが徒党を組んで包囲を固めなければならないのか……。きっとそんな疑念があったのだろう。思い知らせてやるとばかりに拳を繰り出した男は、しかし次の瞬間、己の身に何が起こったのかも理解できぬまま、史世の足元に崩れ落ちていた。

白目を剝《む》き、泡を吹いた大男の身体を邪魔だとばかり足蹴《あしげ》にすると、史世は今一度黒服の男たちに向き直る。

あと四人。

たぶん今のが、一番下っ端。

だとすると、残りの四人も同様にアッサリいくとは限らない。まがりなりにも、敵は玄人だ。それでも臆することなく男たちを睨み上げた史世の堂々とした態度に、男のなかのひとりが場の空気を煽るような口笛を吹いた。しかし、すぐにリーダー格の男にひと睨みされて、ぐっと顔を引き締める。

「ずいぶん物々しいじゃないか。喧嘩はサシでって、てめぇんとこの組長《オヤジ》は教えてくれなかったのか？」

美しい顔に冷徹な嘲笑《ちょうしょう》を浮かべて、男たちを煽る。そんな顔は、とても十五歳の少年のものとは思えない。

細い身体、薄い肩、学生服の袖《そで》から覗く白い手首。華奢な身体のどこにそんなパワーが秘められているのだろうかと男たちは我が目を疑った。その小さな身体が秘めた底知れぬ戦闘能力に、たかが子どもひとりとこの仕事を軽んじていた男たちは、一様に口を引き結ぶ。

三人が、ザッと史世を取り囲む。そのうしろでリーダー格の男が、不敵に笑った。

「たしかに、ただのガキじゃあなさそうだ」

間合いが、わずかにつまる。

一歩引いた場所で、男が顎《あご》を刳《しゃく》った。

同時に飛んできた三つの拳を紙一重で躱し、身を屈めた隙にひとりの足を払う。砂埃《すなぼこり》を立てて男が背中から地面に倒れるのを視界の隅に確認しつつ、背後から覆いかぶさってきた大きな影を投げ飛ばす。最後のひとりの腹に必殺の一撃を捩《ね》じ込んで、勝負はついた。

強《したた》かに背を打ちつけながらも受身を取った、最初に足払いをかけた男が起き上がろうとしていることに気づいて身を翻そうとしたとき、しかし、視界の端に捉えたものに、史世はギクリとして動きを止めた。

「そこまでだ！」

低い声が制止を促す。

リーダー格の男の手に握られた三十口径が、午後の陽射しに黒光りした。

——……っ!?

モデルガンなどではない。

ホンモノだ。

その形状から、密輸の代表格と言われる拳銃だとすぐにわかった。ニュース報道などで取り上げられることも多い銃だ。

その銃口が、史世を捉えている。

背筋を、嫌な汗が伝い落ちた。

いかな史世と言えども、ホンモノの銃を向けられたことなどない。

知り合いの刑事がスーツの下に携えているのを見たことはあっても、触ったことなどもちろんない。

「銃《チャカ》を向けられても、顔色ひとつ変えやしねぇ……肝の据わったガキだ」

憎々しげに感嘆の言葉を投げながら、銃口は史世の頭を狙っている。男の指はトリガーに添えられていて、これが脅しなどではないことを告げていた。

「そんなものまで持ち出して……正気の沙汰《さた》じゃないな」

史世の言葉に、男は答えない。

「何を企んでる？」

「ガキは知らなくていいことだ」

そして、史世の一撃で地面とお友達状態になっていた舎弟たちに「もたもたしてんじゃねぇ！」と檄《げき》を飛ばす。

「おとなしくしててもらおうか、ボーヤ」

じっと銃口を睨みつける史世の態度から、まだこの勝負を捨てていないことを見取って、男が一歩一歩距離をつめてくる。

しかし、一瞬の隙を突こうとした史世の耳に、甲高い声が届いた。

「ママー、こっちこっちー」

ぐっと汗の滲む拳を握り締める。

そう遠くない場所から、子どもの声が聞こえてくる。道具や砂場のある場所からは外れていても公園は公園だ。散歩に来たらしき親子連れの姿が、視界の端に映った。

わずかに眉根を寄せた史世に、男が勝ち誇った顔を向ける。

「さすがの俺も、そう何度もこいつをぶっ放したことはねぇからなぁ」

――下衆がっ。

自分の身体を楯にできればいいが、そもそも弾が逸れては意味がない。男の言葉が嘘だろうが本当だろうが、危険であることにかわりはない。

つまり、公園で遊ぶ親子が、流れ弾に当たる確率は、決して低くないということだ。

「関係ねぇ赤の他人巻き込みたくなかったら、諦めな」

ギリッと奥歯を噛み締めて、薄ら笑いを浮かべる男を睨めつける。

「…………っ」

うしろから、大男に両腕を拘束された。

「クソガキッ！　やってくれるじゃねぇか！」

史世に投げ飛ばされた男が、捻《ひね》ったのか打ちつけたのか、相当痛むらしい首筋を擦りながらにじり寄ってきて、容赦なく殴りつけてくる。

激しい音がして、口腔内に鉄錆味が広がる。咄嗟に歯を食いしばっても、ウェイトに任せて繰り出された衝撃はいかんともし難い。

それでも泣き言ひとつ零さず男たちを睨みつける史世の額に銃口を突きつけて、男がボソリと零した。

「恐ろしいガキだ」

そして次の瞬間、後頭部を強かに殴りつけられて、史世は意識を失った。

——貴彬……っ。

視界が歪む瞬間、脳裏を掠めたのは愛しい男の姿。

——……ち…く、しょ……っ。

結局、貴彬の手を煩わせることになるであろう事態を予測して、史世は薄れる意識のなか、唇を噛み締めた。

［risk 11］

最初にその電話を受けたのは、帯刀だった。

「何をおっしゃっているのか、わかりかねます。うちはまだ、三代目の継承披露はしておりませんが？」

いつもの調子で淡々と電話に応対していた帯刀の口調が、さらにオクターブ低くなる。目を細めて貴彬を見据えるその顔が、緊急事態であることを告げていた。

「……要求は呑めませんね。代紋代行と相談するまでもありません」

冷静に応じながら、窓際に置かれた執務机の傍らに立つ河原崎に眴《めくばせ》する。その意を汲み取った男が、電話機のスピーカーボタンを押した。

『三代目のオンナがどうなってもいいって言うのか!?』

——……っ!?

途端部屋に響き渡った濁声《だみごえ》に、貴彬が咄嗟に腰を上げた。その肩を河原崎が宥めるように押さえる。

「バカバカしい。オンナのひとりやふたりで、代紋が動くと思ったら大間違いだ」

「帯刀っ！」

鰾膠《にべ》もなく言う帯刀の冷めた顔に、それがポーズだとわかっていても耐えきれず、貴彬が一喝する。

その様子に、しかたないなという顔で眉根を寄せて、帯刀はスピーカーボタンをオフにしてくれるよう河原崎に視線で促すと、相手の要求に耳を傾けた。

涼しい顔で子機を置いた帯刀の胸倉を摑み上げても、それはアッサリと振り払われる。

「この程度のことで冷静さを失くしてどうしますか。三代目ともあろうお方が」

「俺は継がねぇと言ってる！」

「貴彬さん！」

河原崎に肩を摑まれて、貴彬が引いた。

「向こうは、あなたが代紋を継ぐものだと思っているようです。だから史世さんを狙ったんですよ」

組の中核を担う河原崎と帯刀が一歩引いて常に傅《かしず》いているのだ。傍から見れば、貴彬の代紋継承は時間の問題と映っても不思議はない。


総長が銃撃されるという、普通なら絶対に抗争の火種になるはずの事態にも、黒龍会は動かなかった。代紋継承で揉めているという噂を流しても、組の基盤は揺るがない。

焦れに焦れた山内組が最終手段に出てくるだろうことは予測していたものの、まさか史世にその矛先が向くとは思ってもみなかった。巻き添えになることがないようにと距離を置いたというのに、それが裏目に出てしまったということか。

「くそっ！」

ガンッと壁を殴りつけて、貴彬が歯軋りする。

あと少し。あと少しで山内組を解散に追い込み、幸心会内部に巣食うダニの掃除まで、まとめてできる手はずだったのだ。そしてチャイニーズマフィアに絡む薬物と銃の密売ルートまで、芋蔓《いもづる》式に暴《あば》けるはずだった。うまくいけば、そのさらに背後で手を引いているだろう、黒幕の存在までも……。

そのために、耐えに耐えて、水面下で動いていたのだ。

「要求はなんだ？」

河原崎が問う。

「黒龍会を解散してシマを寄越せ、と」

「ふざけたことを」

できるわけがない。帯刀の対応は正しかった。この街は犯罪の坩堝《るつぼ》と化してしまう。黒龍会だけの問題ではない。下克上を成し遂げた幸心会の反乱分子の手によってチャイニーズマフィアが大量に流れ込み、シマも何も関係なくなってしまう。そうしてできた組織は、もはやヤクザではない。ただの犯罪者の集団だ。

「黒龍会は、絶対に潰せません」

警察とは違う立場で、この街の治安を守っているのは黒龍会だ。マフィアの好きになどさせられない。薬物や銃の市場にされるなど、言語道断だ。

ややあって、貴彬が動いた。

椅子の背にかけてあったスーツのジャケットを羽織り、車のキーを手に取る。

「貴彬さんっ!?」

「……俺が行く」

「何を……っ」

「騒ぐな。要求は呑まん。どうせ俺は三代目でもなければ組員でもない。ただの顧問弁護士だ。そんな権限はない」

つまりは……、

「俺個人として、行く」

「バカな！　死にに行くようなものです！」

「数十の兵隊が待ち受けているはずです。無茶は……」

ふたりの制止に、貴彬が口の端を上げて笑う。

「惚れた相手ひとり守れなくて、漢《おとこ》が務まるか」

なんでもないことのように言って、緩めていたネクタイを締め直す。

「組は一切関係ない。いいな、手は出すな」

全面戦争を回避しようと思ったら、組として一切の手出しはできない。抗争になどなったら、今までの苦労が水の泡だ。

「俺は、史世を助け出せればそれでいい。例の証拠《モ》資料は全部そろってるか？」

「はい。しかし――」

時期尚早なのでは？　と帯刀が言葉を濁す。

「時間がない。やれるだけやれ！」

警察上層部にも揺さぶりをかけて、事態の収拾を急がせるしかない。

「わかりました」

「河原崎」

「はい」

ひと呼吸おいて、男と視線を合わせる。

「あとを頼む」

「――っ!?　貴彬さんっ!?」

「カタがついたら、おまえの継承披露だ。派手にやるぞ。空の上で親父が見てる」

それだけ言って、貴彬は部屋を出ていく。

その背には、迷いも憂いも一切見られない。

黒龍会幹部としての肩書きを持つ河原崎にも帯刀にも、そのあとを追うことは、決して許されないことだった。

[risk 12]

深夜の埠頭《ふとう》の端。

帯刀に教えられた倉庫の前で、貴彬は車を降りた。

そして、トランクから一本の脇差《ドス》を取り出す。柄に代紋の彫り込まれた鋭利な刃物を胸にしまい、そしてひとつ、深呼吸をした。


「来ました！」

若い舎弟の声が倉庫に響く。

両脇に多くの荷物の積み上げられた通路を行くと、ザッとチンピラたちが両脇に退いた。そのなかを、一見丸腰の貴彬が悠然と歩く。しかし、誰ひとりとして、往《ゆ》く手を阻めるものはいない。

貫目の差に、ぺーぺーのヤクザなら、慄《おのの》いて逃げ出す。いくらヤクザではないと言っても、貴彬には偉大な総長の血が流れているのだ。ヤクザの流儀なら、嫌というほどわかっている。

少し開けた場所に出ると、どこかで見たような顔が並んでいた。

面識はない。

帯刀が調べたデータのなかに写真があったことを思い出して、「なるほど」とひとり納得した。

「単身乗り込んでくるとは。さすがは那珂川の若殿だ」

「史世は無事か？」

「稚児趣味とは驚いたが、あれだけの美人《シャン》ならわからなくもない。おまえさんを片付けたあとでゆっくり楽しませてもらうとしよう」

下卑た笑みを零しながら、男が笑う。脂《あぶら》ぎったその顔には、任侠の「に」の字もない。

今、貴彬の目の前にいるのは、金の亡者だ。これならどんな不義理を犯そうとも、ヤクザ者として伸し上ろうとする輩《やから》のほうが数倍マシだ。

黙って男の馬鹿話を聞きながら、貴彬は史世の無事を確信していた。


「顔が見たい」

「組織を解散する気になったか」

「その話はあとだ。確認させろ」

貴彬の静かな声に促され、男がすぐうしろに控えていた黒服に顎を刳ると、奥から引きずり出された史世の華奢な身体が、突き飛ばされるようにコンクリートの床に倒された。

「――って。大事な人質だろーがっ。もっと大切に扱えよっ」

血の滲んだ口許と少し荒い息遣いから、相当痛めつけられたらしいことがわかる。それでも、史世は気丈にヤクザたちを睨みつけていた。

「お迎えだ」

「……何？」

言われて、やっと顔を上げる。その瞳に、数メートル先に佇む貴彬の姿を捉えた途端、男たちを見据えていたキツイ瞳に、絶望の色が滲んだ。

「なん…で……っ」

見捨てられることを望んでいたわけではない。けれど、来てほしいとは思わなかった。自分がなんのために拉致《らち》されたのか、充分にわかっている。

「ば…かやろ……っ！　なんで来るんだよっ！」

悲痛な声に込められる感情を、貴彬は正しく理解する。だが聞き入れてやるつもりはない。何を賭しても守りたいものは唯ひとつなのだ。

「おやおや。随分な言われようだな、那珂川の」

男の濁声が癇《かん》に障る。

「黙れよ、卑怯者っ！　おまえら、極道の風上にも置けねぇ、外道だっ！」

史世の言葉にカッとして、男が蹴りを繰り出した。

「―――ぐっ」

それをモロに腹に食らって、史世がのたうつ。

「やめろっ！」

貴彬の一喝が、それ以上の動作を阻む。敵であるはずの男の気に一瞬でも呑まれたことを誤魔化すように、男がワタワタと数歩あとずさった。

「おまえも、余計なことを言って挑発するな。らしくねぇ」

蹲《うずくま》る史世にも言い聞かせて、今一度男に向き直る。

史世が小さく舌打ちする音が聞こえてきたが、貴彬は無視した。無事ならそれでいい。見た目に似合わず鍛えている史世なら、この程度痛めつけられたくらいのことで、音を上げたりはしないはずだ。

「山内さん、何か誤解してるようだから言っておくが、俺は三代目じゃない」

「な、何を……」

「黒龍会は、あんたの申し出を受ける気はないそうだ。俺はそれを伝えにきた、ただの顧問弁護士にすぎない」

「な、なんだ…って……っ!?」

「あんたが企んだことは、もう全部ネタが上がっている。そろそろ警察も動きはじめる。あんたのバックにいる幸心会の最高幹部の存在も、徳永会長にバレてるぜ。もちろん、あんたたちがチャイニーズマフィアと結託して幸心会乗っ取りを企んでたこともな」

それまでシン…ッと静まり返っていた場が、ザワ

めいた。どうやら一部の幹部以外は、何も知らされていないらしい。

つまり、性根まで腐りきっているのは、目の前の数人の幹部連中だけ。周りを取り囲んでいる舎弟たちは、言われるままに動いていたにすぎない。

「こんな下衆《げす》に忠誠を誓う必要などない。徳永会長とは話《ナシ》がついてる。安心して傍観者になってろ」

言外に盃を返せと匂わせ、貴彬は年若い舎弟たちを一瞥《いちべつ》する。

盃は、惚れ込んだ親分と親子の契りを交わすための大切なものだ。しかし、自分が忠義を誓った相手が、実はそんな価値もない男だったと気づいたとき、舎弟のほうから逆破門《逆破門》を申し出ることができる。

暴対法施行以降、昔ながらのやり方が通じなくなったこともあって、金にモノを言わせて伸《の》し上がる輩も多くなった。山内組もそういった新興組織のなかのひとつだ。そんな男が任侠を語るなど、片腹痛い。

「黒龍会のシマでまで、クスリの売買をしてたようだな。その金で今度は拳銃の密売か？」

貴彬の指摘に、山内の顔が青ざめる。脂汗を浮かべて、憎々しげに目尻《めじり》を吊り上げた。

一応問いかけてはいても、貴彬の発言には裏づけがある。弁護士として警察に手をまわし、先代の息子として、知り合いの探偵からフリージャーナリストまで使い、ありとあらゆる情報を掻き集めた。

山内組の上部機関である幸心会のトップにも話をつけ、組織内部に巣食う膿《うみ》を一掃することと引き換えに、山内組を潰すことや黒龍会側の対応にも了解を取りつけた。

他所《よそ》の組織内部の問題に、本来なら首を突っ込むことはできない。それでも表向き、黒龍会に喧嘩を売ったのは山内組の独断であったという態度を取ってもらうために、貴彬は幸心会本部にまで頭を下げに出向いて行ったのだ。

片付けたい膿は、山内を筆頭に幸心会内部にだけ存在するわけではない。国家権力を笠に着た黒幕が、今回の事件にはかかわっているはずなのだ。それを挙げるために、貴彬は徳永会長とも手を結び、警察内部にまで揺さぶりをかけたのだ。

「全部ネタは挙がっていると言っただろう？　おまえの後ろ楯だった本部長は破門になった。幸心会内部でかかわっていたやつらも全員だ。いい加減諦めるんだな」

「き、貴様……っ！　幸心会の力などなくても我々は……っ」

「お待ちかねのチャイニーズマフィアなら、来ないぞ。国際捜査課が動きだした。ＩＣＰＯ《インターポール》にも連絡はいってるはずだ」

「な……に……？」

「鈍いやつだな。あんたは見限られたんだよ。幸心会にもチャイニーズマフィアにも」

　ニヤリと口の端を上げて不敵に笑う貴彬に、男はとうとう青筋を立てた。

「やれ！　やっちまえっ‼」

　その声に、貴彬を囲んでいた男たちのなかの数名が一斉に銃口を向ける。

「売り捌く前に試し撃ちしてみるか？　ちゃんと狙えよ。急所じゃなきゃ、弾は貫通してたいしたダメージにもならないぞ」

　悠然と構えたまま、あえて挑発的に言い放つ。

　その一方で、冷静に銃口の数を数え、ひとりひとりの様子をうかがって、貴彬は突破口を探っていた。

　ふたりは、セーフティさえ外していない。問題外だ。今日はじめて銃を持たされただけだろう。構える手も震えていて、見ているこっちが可哀想《かわいそう》になってくる。もうふたりは、なんとか構えてはいるものの銃口は震えていて、ダラダラと脂汗を流している。これも気にする必要はなさそうだ。

　残りのふたり……ひとりは山内のうしろに立つ男。こいつはたぶん、金で雇われたボディガードだろう。銃口は間違いなく貴彬の額を狙っている。一発必中。引き金を引かれたら、こちらは終わりだ。

　そして最後のひとり。それなりに構えてはいるものの、一番真っ直ぐな目をした青年だった。貴彬の口から聞かされる数々の信じられない事態に目を見開いていたのを、貴彬は確認している。

それでも、一度は盃を受け親子の契りを交わした男の命令に、咄嗟に従ってしまったのだろう。おそらくは根っからのヤクザ者だ。銃を渡され、鉄砲玉に抜擢《ばってき》されて、これで自分も漢《おとこ》になれると、誇らしい気持ちでいっぱいだったに違いない。ここに来るまでは。

貴彬は、この青年に狙いを定めた。ぐるっと銃を構える男たちを見渡して、ボディガードの男を一瞥してから、青年に向き直る。

「撃てよ。撃てるもんならな」

丸腰の相手に「撃て」と挑発されて、しかし青年は動けない。指が凍りついたように、トリガーを引けないのだ。

貴彬に真っ正面から睨まれて、青年はガタガタと震えはじめた。

「どうした？　撃たないのか？　当たらなくても発射罪で七、八年は刑務所に入ってられるぞ。うまく急所に命中すりゃ無期懲役だ。模範囚でお勤めすりゃ二十年かからずに出てこられる。そしたら……そうだな、幹部に抜擢してやるとでも言われたか？」

現実味を帯びた言葉と数字で、青年を挑発する。

「あ……う……っ」

銃を構えたまま凍りつき、青年は意味をなさない上ずった声を漏らしている。

「だが残念だな。出てきたときにゃ、組は間違いなくなくなってるぞ。それ以前に、撃ったが最後、破門されて捨てられるのがオチだな」

使用者責任が問われる今、撃った当人のみならず、その上の組長にまで累《るい》が及ぶ。ここでうまく貴彬の口を封じ、予定どおりコトが運んだところで、そんな責任を負う気が、山内にあるわけがない。

「もっとも、極道としてのケジメをキッチリつける気があれば……の話だがな」

すべてを闇《やみ》に葬れば、それは抗争でもなんでもなく、ただの人殺しだ。

スラックスのポケットに両手を突っ込んだ恰好のまま、チラリと山内をうかがう。その表情に明らかな嘲笑を浮かべて。それからゆっくりと青年に視線を投げた。

泣く子も黙る、鋭い視線。

何ものをも寄せつけない、王者のオーラ。威圧感。その場の空気圧が、増したかのような錯覚さえ覚える。

「ひ……っ」

小さな悲鳴を上げて、青年は銃を取り落とす。それからヘナヘナとその場に崩れ落ちた。

それが合図になったかのように、銃を構えていた男たちが、バラバラと腕を下ろす。その周りを囲んでいた若い衆たちから、覇気が消え失せるのを感じた。

勝負は、ついた。

あとは、ここにいるなかで、一番の雑魚の始末だけだ。

「貴彬っ！」

史世の声に振り返ると、どこから取り出したのか、山内が日本刀を構えていた。二進《にっち》も三進《さっち》もいかなくなって、誰も彼も道連れにしてしまおうということか。

その背後に、ボディガードの姿はない。きっと雇い主に愛想を尽かせて、さっさとトンズラしたのだろう。懸命な判断は、さすがはプロと言うべきか。いや、雇い主を見捨てたのだから、それはそれでプロの仕事とは言えないのかもしれない。

根は腐っていても、抜き身の扱いくらいは心得ているらしい。山内の手に握られた刀の切っ先が、貴彬に向けられる。

極道にあるまじき悪あがき。この時点でもう、男は組長でもなんでもない。盃を交わして忠誠を誓ったはずの舎弟たちは皆、すでにこの男を見限っている。

安目を売ったらお終《しま》いだ。

そんなこと、一度斯界に足を踏み入れたことのある者ならば、誰でも知っている。

貫目の差は歴然としている。山内は貴彬の眼光に射竦《いすく》められて、ガタガタと震えているのだから。

振り上げられていた山内の右腕が、覇気を失い、徐々に落ちていく。脂汗を浮かべギリギリと歯軋りしていた男が、ふいに気が触れたかのように笑い出した。耳障りな声が、倉庫中に響き渡る。

そして、突然の沈黙。

男が厭《いや》らしい笑みを浮かべる。

それに薄ら寒いものを感じた次の瞬間、鈍く光る刃は、別の方向に向いていた。

その意図に気づいて、反射的にほとばしった声。

「史世っ!!」

山内の狙いは、貴彬ではなく……、

「……っ!?」

咄嗟に身を翻して、両腕が自由にならない状態で、それでも山内に足払いを食らわせる。しかしそれがかえって仇になった。

よろめいた山内が、逆に史世との距離をつめて……、

「やめろ――――っ!!」

貴彬の声にハッとして振り返ろうとした史世の視界の端に、振り下ろされる刃が映った。鈍く光る刀身の動きが、スローモーションのように見えた次の瞬間、叩きつけられるような衝撃が、史世を襲った。

血飛沫で、視界が真っ赤に染まる。

「まとめてあの世に送ってくれるわっ!!」

血の滴《したた》る刀を手にした山内が、耳障りな笑い声を発しながら、今度は貴彬に狙いを定め、切りかかろうとしたそのとき、銃声が響いた。

――……!!

それは、貴彬が胸元の脇差《ドス》を抜こうとした、まさにその一瞬を邪魔するかのように放たれた、一発。

刀を構えていた右肩を撃ち抜かれ、男が悲鳴を上げながらその場に倒れのたうつ。

情けない声を上げブルブル震える男に歩み寄って、思いっきり蹴り上げた。

「弾が貫通したくらいで情けねぇ声出してんじゃねぇ！」

そのひと蹴りにとうとう意識を飛ばした男に舌打ちして、貴彬は血の海に倒れる史世を抱き起こす。

「わり……ドジ…ちゃ……た……っ」

「バカ野郎っ！　喋《しゃべ》るなっ！」

意識はある。

しかし傷が深いのか血が止まらない。

「河原崎！」

「救急車の手配ならしてあります」

すぐうしろで、山内組の舎弟から奪ったトカレフを手にしたまま、河原崎が冷静に応じた。

その間も史世の傷に止血を施しながら、貴彬はギリッと奥歯を噛み締める。

「なぜ撃った」

「やらなきゃ、殺《や》られていました」

淡々と告げる声が、貴彬の怒りを増幅させる。

「ふざけたことを……っ」

史世を腕に抱き、背後の男を睨み見上げる。

「てめぇ、俺の面子《メンツ》潰しておきながら、よくも……っ！」

「胸のものを、渡してください」

「……何？」

「代紋の入った脇差など、あなたに持つ資格はない」

貴彬の両手が塞がれているのをいいことに、スーツの胸元からサッと長脇差を抜き取り、指紋を拭き取る。

「河原崎っ!!」

そのまま背を向けた男に、貴彬の一喝が飛んだ。

「おかしなことをおっしゃる。あなたは極道ではないはずだ。この状況で潰されて困る面子などお持ちのはずがない。そうでしょう？　那珂川弁護士《せんせい》？」

「貴様……っ」

しかし、自分のワイシャツを摑んでいた指先から力が抜けていくのを感じて、貴彬は腕のなかの史世に意識を戻した。

「史世っ！」

「…か…あき……」

「しっかりしろっ！　この程度の傷で意識飛ばしてんじゃねぇっ！」

冷えていく指先を握ると、弱々しく握り返してくる。

「…い、い、い、厄介もんで…ごめ……俺……」

ヤクザが、妻を紹介するときなどに使う言葉。本来オンナの立ち入る隙のない、完全なる男社会である斯界で、守られ男を支える立場にある姐《オンナ》たちに使われる言葉だ。しかし、今史世が言っているのは、意味が違う。結局ただの足手まといにしかなれなかった自身を指して嘲っているのだ。

らしくない気弱な言葉に、貴彬は史世の状態を察する。

「バカがっ！　そんなわけがあるかっ！」

腕のなかの身体は冷たいのに、背から滴る血だけが別物のように熱い。ドクドクと、貴彬の指を滴り落ちていく。

遠くでサイレンが聞こえて、貴彬は史世を抱き上げた。

ただ呆然《ぼうぜん》とことの成り行きを見守るしかない山内組の組員たちが両脇に退いて道をつくるなか、史世を腕に抱いた貴彬が悠然と歩く。

倉庫の出口あたりまで来たところで、警察官が雪崩《なだ》れ込んできた。見知った刑事の顔も見える。自分のうしろを黙ってついてきた河原崎が、駆けつけた刑事に銃と長脇差、そして両手を差し出すのがわかった。

「山内は自分が撃ちました」

その言葉だけを聞いて、貴彬は駆けつけた救急車に乗り込む。ストレッチャーに史世を横たわらせようとしたとき、血に汚れた指先が貴彬の頬《ほお》を撫でた。

「史世……」

「泣くな……よ……いい大人が……さ……」

精一杯の、強気な言葉。

その瞳に映る己の顔を凝視して、貴彬が言葉を失う。

青ざめた唇が貴彬のそれにそっと触れて、そして今度こそ史世は意識を失った。

「史世っ!!」

「離れてっ」

救急隊員の鋭い声が飛ぶ。

史世の血に真っ赤に染まった両手を凝視して、それから爪が刺さるほどに握り締める。

――ちくしょうっ!!

これが俺か？

愛する者ひとり守りきれず、結局は血に染まるしかない、なんの力も持たぬ両手。

目の前で血飛沫を上げた華奢な背中。

我が身を楯にして、一瞬のうちにすべてを背負い込んでしまった仁義に厚い男。

あのとき一瞬でも早く自分が脇差を抜いていれば、事態は変わっていたはずだ。ひとりの男の情熱の前に、脆くも崩れ去った打算と計算。

それに、己の甘さを思い知る。

己の未熟さを痛感する。

これは罰だ。

力を手に入れた気になっていた。

すべてを守れる気になっていた。

思い上がった自分への、罰だ。

「笑えよ、親父」

――情けねぇやつだと、嘲《わら》ってくれ――――っ!!


その晩、広域指定暴力団幸心会系山内組組長山内益男《ますお》ほか五十七名逮捕。後日、幸心会本部長と山内組幹部を含む五名が拳銃と覚醒剤の密輸容疑で再逮捕され、しばらくの間、そのニュースがメディアを賑《にぎ》わせることとなった。

しかし、ひとりの少年が拉致監禁された事実について、報道されることはなかった。

もちろん、この事件の背後に潜む黒幕の存在など、明るみに出るべくもなかった。

「ごくろうさまです」

平然と腰を折る帯刀に、老齢の刑事は「やれやれ」という顔で、銜えていた煙草を携帯灰皿に揉み消す。

「かんべんしてくれや。ただでさえ癒着だなんだって、世間が煩いご時世なんだ」

「うちのような弱小組織のために組対課ご一同様においでいただいたとあっては、ごあいさつのひとつもしなくては総長に叱《しか》られます」

その言葉に、刑事がガハハッと豪快に笑った。

「何を言うか。今回の件で相当な痛手を負った幸心会とは逆に、おまえさんとこは河原崎を失くしただけ。しかも立派な跡目までいるだろうが」

それには帯刀も、曖昧に微笑んで返す。

その〝たったひとり〟が大きな痛手なのだと、わかっているのは、自分と総長だけなのかもしれない。

言葉を返さない帯刀に、ひとつ溜息をついて刑事が零す。

「俺が言うこっちゃねぇが、おまえさんとこには潰れてもらうわけにはいかねぇ。暴対法だなんだって、そんなものは何もわかっちゃいねぇお役人の決めたもんだ。黒龍会が潰れたら、統制のとれねぇチンピラが街を闊歩《かっぽ》するようになる。そんなことになったら、目もあてられねぇ。銃《チャカ》も薬《ヤク》も、今の比じゃなくはびこるようになる。だが……」

新しい煙草を取り出して口に銜える。刑事がポケットからライターを探している隙に、横から帯刀が火を差し出した。

「ありがとよ」

ひと息ついて、紫煙を吐き出す。

「山内のような外道にだけは、何があっても堕《お》ちるんじゃねぇって、三代目に言っとけ。いいか、何があっても、だ」

刑事の言葉に、帯刀がフッと表情を緩めた。

「ありえませんよ。あの方は根っからのヤクザですから」

その言葉に大きく頷いて、刑事は部下を促し通りの向こうへと消えた。一応は隠れた場所から見守ろうということらしい。

門扉の向こうには、ハイエナのようなマスコミの山。例の事件のせいで要らぬ注目を浴びることになってしまった。

「誰も組織を宣伝してこいなんて、言わなかったんですけどねぇ」

まったくどいつもこいつも……と、妙に口調だけは丁寧に嘆いて、帯刀は肩を竦める。

「お手並み拝見といきましょうか」

傘下の組長たちも舎弟たちも、三代目の言葉を待っている。

「あの悪ガキが総長とは、世も末と言うかなんと言うか」

楽しげに零して、それから帯刀は、慌しく駆けずり回る若い衆たちに、ビシバシと指示を出した。

[risk 14]

ノックの音を聞いて、手にしていたリモコンをサッと操作してチャンネルを変える。テレビ画面が、少し古くさい映画に切り替わったのと同時に、病室のドアが開いた。

「何か面白い番組でもやってる？」

「何も。くだらないワイドショーばっかりだよ」

嘯《うそぶ》いて、電源ボタンをＯＦＦにした。

静寂が戻った病室には、近所にあるのだろう公園で遊ぶ子どもたちの笑い声と、病院が面した大通りを行き交う車の音くらいしか聞こえてこない。

開け放たれた窓からは、心地好《よ》い春風が吹き込んでいる。どこからか、匂わないはずの桜の芳香が匂ってくる気すらしてしまう、長閑《のどか》な春の午後。

「担当医《せんせい》がね、入学式には間に合うでしょう、って」

「……そう」

ボーッと窓の外を眺めながら、機械的に返す。

「繭生ちゃんが心配してたわ」

「蘭生が?」

可愛がっている幼馴染の名に、はじめてまともに反応を返した。

「オタフク風邪《かぜ》が悪化してひどい顔してるから、治るまで我慢してって言っておいたわよ」

オタフクなんて、たしか幼稚園に上がる前にやってしまったはずなのに、母は機転を利かせてくれたらしい。

純粋無垢な幼馴染に、よもや刀傷を負っただなんて、言えるはずもない。

「七世に会いにいけなかったって、残念がってたわ」

事件のゴタゴタと史世の怪我とで、妹の正命日に墓参りに行けなかった。

「落ち着いたら、行ってくる」

史世の言葉に、母も頷く。それから窓際に歩み寄って、風に煽られて乱れたカーテンを整えた。

「お父さんが長期出張に出たあとでよかったわね」

肩を竦めながら、母が零す。

亡き娘の正命日に日本にいられないとわかった父は、ひと足先に墓参りをすませて、出張に出かけて行った。

たしかに、場慣れしている母はともかく、父が聞いたら卒倒しそうだ。それがわかっているから、母は当分黙っているつもりらしい。幸い、史世が山内組に拉致された件に関しては、神崎弁護士の計《はから》いで表向きなかったことになっている。病院関係者にも口止めされていて、医院長と担当医、そして師長しか、史世がなぜ入院しているのか知らない。

傷は、思ったほど深くはなかったが、決して浅いものでもなかった。

右肩上部から左脇腹へ、背中をザックリと斜めに横切る刀傷。下の方は浅かったが、刀の切っ先が入ったと思われる右肩上部のあたりは、骨に達するほどの深さだった。脊椎《せきつい》に損傷がなかったのは、不幸中の幸いだ。

それでも若い肉体は回復が速い。しかももともと鍛えている史世の自然治癒能力は、医者さえもが舌をまくほどだった。

しかし、表面上の傷は塞がっても、傷ついた肉体内部は、まだ痛みを訴える。

そして、もっともっと深い場所に負った傷は……決して癒されそうになかった。


史世が意識を取り戻したとき、すべては終わったあとだった。

結局、貴彬の負担にしかなれなかった自分。

あまつさえ人質に取られて、楯になるならともかく、一方的に切られたとあっては、情けなさすぎて涙も出てこない。

電源を落としたテレビ画面を見つめて、史世はひっそりと溜息をついた。

見ていたのは、ある組の代紋継承披露の現場をリポートするワイドショーだった。

自分は、何も聞かされていない。それどころか、あの日以来、顔も見ていない。声も聞いていない。


薄れる意識のなか、覚えているのは、苦しげに眉根を寄せて自分を見下ろす男の顔。連行される河原崎の背に密かに涙した、愛しい男の顔だけ。あとは切られた背中が、焼けるように熱かったことくらいしか、記憶にない。

銃声は、あまりに激しすぎて、咄嗟に銃声だと気づけないほどだった。


事件の起因は、金。

バブルが弾け、暴対法が施行されて以降、任侠界も相当な不況に立たされている。シノギの口を削られ、上納金と呼ばれる会費が上部組織に払えなくなって、廃業する組長さえ出るほどに。

その逆に、金さえ積めば出世できるような事態も、ここ何年かの間に、まかり通るようになっていた。

つい昨日まで不動産屋だったような男が、組長を名乗れる状況が、たしかにある。

山内も、金に困窮するようになって、御法度とされているクスリの密売に手を出した。いや、正しくは、金がないならつくれと、幸心会の本部長に唆《そそのか》されたらしい。

次期会長の座を狙って反旗を翻す時期を狙っていた男と、山内は手を組んだ。金庫番である本部長がバックにいるのをいいことに、クスリから果ては銃の密売にまで手を染め、どうやら欲を掻きすぎたらしい。

黒龍会と幸心会の間に抗争を勃発《ぼっぱつ》させ、その隙に自分たちは内乱を起こす。平和主義の黒龍会など取るに足りないというのが、山内たちの読みだったようだ。

そして、銃の密売の際に、チャイニーズマフィアとも付き合うようになった。いざとなったらマフィアと手を結べばいい。ヤクザとマフィアは違う。完全な犯罪集団の手にかかれば、抗争で体力を消耗したふたつの組織を潰すことも、不可能ではないと計算していたらしい。


その、すべての計画の引き金にするために、貴彬の父を襲撃した。計画段階では、怪我を負わせるだけでもよしとしていたようだが、運がいいのか悪いのか、銃の扱いに慣れているはずもない三下の撃った弾が、たまたま腹に命中してしまった。

貴彬の読みどおり、先代の気を逸らすために、買収したカタギ者に声をかけさせた。仁義に厚い先代が、咄嗟にカタギ者を庇うであろうことまで計算して。

そのカタギ者にしたところで、借金の形《カタ》に脅されてやったことだから、それはそれで被害者と言えるだろう。知らず、人殺しに荷担させられてしまったのだから。

そんなくだらない計画のために、貴彬が父を失ったのかと思ったら、やるせない気持ちでいっぱいになる。

幼いころに母親を亡くしている貴彬にとっては、父親だけが肉親だったのだ。

唯一の肉親を亡くし、そして今また望まぬ世界に足を踏み入れようとしている男の心情は、察してあまりある。

今回の事件に絡んで、事後処理のために訪ねてきたのは、いつだったかパーティの席で貴彬に紹介された、神崎弁護士だった。

責任感の強い貴彬のことだ。絶対に自分の手ですべての決着をつけるはずだと思っていた史世は驚いた。「なぜ?」と問う史世に、神崎は苦渋の顔で、真実を告げた。

「那珂川の坊《ぼん》は、弁護士会を除名された」

「じょ…めい……?」

いつだったか、史世が示唆した危険性のひとつ。

「日弁連の名簿からも、登録削除されたそうだ」

「そ…んな……っ、貴彬は何も悪いことなんて……っ!」

ありえないことではないと思っていた。けれど、今回の事件に限って言えば、貴彬は完璧な被害者のはずだ。

癒えぬ身体を、怒りに任せてベッドから起こそうとした史世の肩をやんわりと制して、老弁護士は黙って首を横に振った。

「しかたがない。あれだけの事件になってしまったのだ。どんな言い訳も真っ当な主張も、通りはしないだろう。ヤクザ者を弁護士にしておくのかと、マスコミも叩きはじめていた。いかに坊が優秀な弁護士であったとしても、どうにもならん」

「司法試験には、受験資格なんかないんだろうっ!? 試験受かって決められた修習も終えて、真っ当に弁護士してたやつが、なんで……っ!? 弁護士資格ってなんだよっ!? 裏で何やってるかわかんないやつなんて、世のなかいっくらでもいるのにっ!! なんで貴彬が……っ!?」

幸心会幹部のそのさらに背後に、もっともっと大きな力が存在していたはずだ。貴彬もそれに気づいていた。気づいていたからこそ、弁護士として、事件を解決しようとしていたのだ。

憤る史世の言葉を、しかし神崎はただ黙って聞くだけ。

「なんで……っ」

唇を噛み締めて、左腕で顔を覆う。

このときはじめて、史世は瞼を熱くさせるものが、パジャマの袖口を濡らしていることに、気づいた。

「なんでだよ……っ」

どんなときにも、溢れなかった涙が、零れた。

自分が捕まったりしなかったら、貴彬の狙いどおり、無血で山内組を潰せたに違いない。同時に薬物と銃の密売ルートも暴けて、もしかしたら背後で手を引いていた黒幕の存在やチャイニーズマフィアまで一網打尽にできたかもしれなかったのだ。

そのチャンスを、すべて潰してしまった。

それだけではない。

自分は、貴彬の未来を奪ったのだ。

思い描く理想のために、貴彬は弁護士になった。その夢も望む未来も、自分はすべて知っていたのに。誰よりも理解していたはずなのに。その自分が、すべてを潰してしまっただなんて――――っ!!

背中が痛い。

この傷が、きっと一生史世に教えてくれる。

何が大切で何が真実なのか。

癒えない傷痕が、己の犯した罪を、一生忘れさせてくれない。

忘れてはならない。

この痛みを。

胸に抱えたこの想いを。

男の望みどおり、きっと自分は縛られるのだ。

一生、その存在に……。

「神崎弁護士《せんせい》から連絡がありました」

「どんな様子だ？」

「なんとか過剰防衛にもっていきたいとおっしゃっていましたが……わかりません。場所が倉庫地区でしかも深夜近い時間でしたから、発射罪の適用はなんとか免れそうです。史世さんの証言があれば、あるいはもう少し」

「それは……」

――何があっても、できない。

史世は、今回の事件とは一切かかわり合いがないことになっている。警察の調書にも史世の名は載っていない。あの場には、いなかったことになっているのだ。

「警察のほうも、今回の件に関してはこちらも相当な協力をしましたから、上層部への口利きは頼んでありります。例の件も……揺さぶりはかけていますが、現段階では揉み消されるでしょう。今回はそれと引き換えに引くのが得策かと」

「……わかった」

「それから」

「まだなにかあるのか？」

「組織のことですが……」

「直参《じきさん》希望か？ うちはそういうシステムは取ってないんじゃないのか？」

「組織強化のためにも、すべて盃直しをしたほうがいいだろうと、幹部会でも意見が出ていたと思いますが？」

「俺はどっちでもいいぞ」

「それはあなた個人の見解です。いいかげん諦めてください」

冷たく言われて、貴彬が眉根を寄せる。

「これ以上組織をでかくしてどうする？」

「そういえば、幸心会の徳永会長から、縁組《さかずき》の申し出がありましたよ。どうやらずいぶんと気に入られたようですね。なんなら、丸々うちの傘下に入ってたようですね。なんなら、丸々うちの傘下に入って自分は引退してもいいとまでおっしゃってらっしゃいましたが」

「そんなもの、さっさと断れっ！」

だいたい幸心会と黒龍会では稼業違いではないか。

「ご自分でされたらいいでしょう？　交渉ごとはお得意のはずでは？」

「た〜て〜わ〜き〜〜っ」

憎々しげに乳兄弟の名を呼んでも、シベリアの冬よりもクールな帯刀の反応は、相変わらず冷たい。

「いいですか？　あなたのおっしゃる大々的な組織改革を行うには、並々ならぬ体力と精神力が必要なんです！　あなたの愚痴《ぐち》に付き合っている暇《ひま》はないんですよ！」

組織幹部の総長への態度とは思えない口調で言い放ち、帯刀は大量の資料と書類を、貴彬の前に積み上げた。

言い出したのが自分であるから、貴彬も嫌とは言えない。

「若い恋人に鼻の下を伸ばしている暇があったら、さっさと片付けてください」

さらにキツイ釘を刺して、貴彬に反論する隙も与えず、帯刀はドアの向こうに姿を消した。どうやら、こっそり抜け出して病院に行ったことがバレているらしい。

「鼻の下なんか伸ばしてねぇぞ」

小さく毒づいて、セットした髪を掻き上げる。クッションの利いたプレジデントチェアに背をあずけて、胸ポケットから煙草を取り出した。帯刀から禁煙を言い渡されていることなど無視して、火をつける。

——史世……。

真っ赤な鮮血に染まった、細い身体が思い出される。

史世のことを思うとき、決まって脳裏に浮かぶのは、青白く血の気の失せた美しい顔。払拭しようとすればするほど、冷たい唇の感触ばかりが蘇ってきて、息苦しくなる。

「ヤクザのオンナになど、させられるかっ」

吐き出すように言って、まだ半分も吸っていない煙草を、揉み消した。


やらなければならないことが、山ほどある。

今回の事件で、もともと指定を受けていた幸心会はもちろん、今までなんとかそれを免れていた黒龍会も、暴対法の対象に名前が挙げられるようになってしまった。今後は、警察の厳しい監視の目が向けられる。昔ながらのシノギだけでは、台所は賄えなくなる。

人員を整理して、警察がフロントと呼ぶ企業舎弟を増やすしかない。事業も拡大させなければ、いつまた山内のように金に困って最悪の事態を引き起こす輩が出てこないとも限らない。合法的な収益を上げて組織を運営していかなければ、こっちの首がまわらなくなる。

だからといって、今まで黒龍会が非合法の仕事をしていたのかと言えば、そういうわけではない。警察があとから勝手に「非合法」だと決めつけただけのことだ。

〝守《も》り料〟などと呼ばれる〝みかじめ料〟は、シマに大きな繁華街を持つ黒龍会にとっては、大きな割合を占めるシノギだった。もちろん強要したことはない。あくまでも店からの依頼で、問題が起きたときに仲裁に入ったり、ボディガードの代わりをしたり……そういった仕事と引き換えに、決まった金額を納めさせていただけのこと。

バブルの時代には、地上げ屋や示談屋など、不動産屋だか暴力団だかわからない輩が横行して、結果として自分たちの首を絞めることになってしまった。民事介入暴力《ミンボー》によって、そういった脅しまがいの行為すべてを警察が取り締まるようになったからだ。

そうしてシノギの口を失くした者たちがカタギになったのかといえば、そうではない。逆にもっと性質の悪い犯罪集団を形成して、銃やクスリの密売に手を出したり、恐喝行為を行ったり。組という囲いがなくなった分、手のつけられないチンピラばかりが街に増えていく。暴対法によって、たしかにヤクザの人口は十年前の10分の1に激減したが、それによって街の治安がよくなったかと問われれば、答えは否だろう。

もちろん貴彬だとて、ヤクザを、胸を張ってやれる仕事だなどと、思っているわけではない。戦後の混乱期の日本ならいざ知らず、極道など存在しなくてすむのなら、それにこしたことはない。結局、犯罪者だと烙印を押されれば、それまでだ。

けれど、そう簡単に割り切れないものが、たくさんある。

数年間弁護士をやってみて、わかったこともたくさんあった。法がすべてではない。法では守れないものも世のなかにはある。踏まなくてはならない手順が多すぎて、法に頼っていたら時間がいくらあっても足りないという事態も多かった。

そうした法の隙間で泣き寝入りするしかない人々が最終的に頼ってくるのが、ヤクザだったのだ。

だがそうした行為も民暴《ミンボー》が取り締まるようになってしまった。ヤクザのみならず、ヤクザにそういった依頼をする側の一般人までもが、摘発の対象になってしまった。

では、そうした人々は、どこへ行けばいいのだろう？　弁護士を雇う時間もない。金もない。ヤクザに依頼すれば両手がうしろにまわる。

理不尽な現実だ。

黒龍会は潰せない。長年守ってきたシマは、どこにも譲ることはできない。

長年、地元住民との間に築いてきた絆は、絶対に切ることはできない。

たしかにヤクザに怯える生活を送っている人もいる。一方で、黒龍会という大樹を、必要としている人も多いのだ。

ならば、守らねばならない。そうした人々を。

義理だ人情だと言っているだけでは、この先やっていくことはできない。そのための、組織改革なのだ。

それでも、警察が「非合法」だというのなら、そのときはしかたない。できる限りのことをして、それでもダメなら、おとなしく摘発を受け解散するしかないだろう。

　それでも、組織がなくなったときに構成員たちの生活を守れるだけの準備はしておかなくてはならない。拠り所を失くして、犯罪に手を染めるような者を出さないためにも。

　代紋代行だった河原崎が警察に連行され、入れ替わりに自分が代紋を継承したことで、組に内乱が起きるのではと、貴彬は懸念を抱いていた。

　自分を認められない者がいても、それはしかたないと思っていた。シマさえ守れれば、組織の規模が縮小しようが構わない。それでも組織とシマを守っていく方法ならいくらでもある。

　これを機にカタギになろうが、盃を返してほかの組に行こうが、貴彬は誰ひとりとして引き止める気はなかった。つい昨日まで一応はカタギだった自分を総長と認められなくても、むしろそのほうが自然だと思っていたからだ。

　そう思って案内状《チラシ》の用意をさせようとした貴彬に、帯刀は呆れた顔を向けた。

「何をおっしゃってるんですか？　足抜けするような者など、ひとりとしていませんよ」

「………」

「鳩《はと》が豆鉄砲を食らったような顔をなさって……どうせ、あわよくば組織を縮小しようとでも考えていたんでしょう？　甘いですね」

　グサッと釘を刺されて、ぐうの音も出ない。

「こればっかりは、史世さんに感謝するしかなさそうですね」

「……？　どういうことだ？」

「彼がいなければ、あなたが単身乗り込んで行くようなこともなかったでしょうし。いくら時代が変わったと言っても、頭脳戦に派手さはありません。逆にあれだけ派手に立ちまわったとあれば、ハクがつきます。連行された元山内組の構成員たちが、『出所したら黒龍会に』と、口をそろえて言っているそうですよ」

「……要らん」

組を大きくしようなんて気は、貴彬にはかけらもない。

「受け入れたらよろしいのでは？　あれだけの男たちを一度に惚れさせたんです。なかなかできることではありません」

「俺は何もしてねぇぞ」

結局、ケリをつけたのは、河原崎の撃った一発だった。

たしかに最悪の幕引きではあったが。

「そう思われるのでしたら、ご自由に」

代紋継承披露にしたところで、可能な限り地味に終わらせようと目論んでいた貴彬だったが、しかしそうは問屋が卸さなかった。

警察の目もあるため、全国から名だたる総長や組長、その名代たちを呼ぶことこそできなかったものの、内々とはいえ充分に派手なものになってしまった。しかも媒酌人は幸心会の徳永会長。全国規模で大注目される継承披露となってしまったのだ。

案内状や芳名録《ほうめいろく》にしたところで、「そんなものメールでまわせ」だの「ROMに焼いちまえ」だの、やる気を見せない貴彬に、幹部会のほうが頭を抱えたほどだ。

いくら時代が変わって、ヤクザ事務所にもパソコンが普及して久しいとはいえ、やはり綿々と受け継がれた伝統や格式というものがある。そういったものを全部省いて、簡略化してしまおうとした貴彬の目論見は、アッサリと挫かれてしまった。

「バカバカしい」

と零しても、

「すべてはあなたと組のためです」

と諭されれば、首を縦に振るしかない。

なんでこんな自分に周りはついてくる気になったのか、実に不思議でならない。そう言って零したら、代替わり後も顧問弁護士を引き受けてくれた神崎は、

「〝蛙《かえる》の子は蛙〟さ」と笑っていた。

この身体に流れるヤクザの血というものがあるのだとしたら、それはたしかにそうなのかもしれない。

あの日、史世を救出に向かった先で、弁護士だと名乗りながらも、自分の取った態度は、ヤクザとしてのそれだった。いや、代紋のついた長脇差を持ち出した時点で、弁護士としての自分など、捨てていたのかもしれない。

自分でそうと自覚しないうちに、貴彬は弁護士であることを捨て、ヤクザになっていた。土壇場に立たされて、はじめて知った己の本性。

それはもう、隠しようのないもので……河原崎に窘《たしな》められるまで、気づきもしなかった自分に呆れる。

河原崎の狙いなど、すぐにわかった。

自分が組織にいられなくなれば、貴彬が跡目を継ぐしかなくなるだろう。組では御法度の銃使用。使った銃が、山内組のものであったとしても、発砲したことに変わりはない。

あの時点でヤクザではない貴彬には、面目を潰されたなどという事態も起こり得ない。何十人という敵が待ち受けるなか、単身乗り込んでいったという事実だけでも、充分にその器量が知れる。代紋を継ぐに充分な器量が。

「あ…の、大バカ野郎がっ！」

組織にとって、河原崎は必要な人材だった。それを失った痛手は大きい。その穴を自分に埋められるのか、やってみなくてはわからないが、充分に困難であることが知れる。

あの場に史世がいて、組織とは無関係なひとりの少年を助けるために河原崎が撃ったのだということにすれば、ずいぶんと状況は変わってくるだろう。しかし……。

史世の白い背を縦断する刀傷。

若いから、回復は速いだろうと言われても、一生消えることはないだろう酷い傷だった。

一生消せない烙印を、背負わせてしまった。

まだ、歳若《としわか》い少年に。

何を賭《と》しても守りたいと、そう思っていた愛しい存在に。

この手で、己の不始末で、傷を背負わせてしまったのだ。

何より許せないのは、自分だった。

守れる気になって、未来ある少年に手を出した。

どうしようもない衝動のままに。

たかが十五歳の少年と、他人《ひと》は嘲《わら》うだろう。いくらでも上等な女を好きにできる立場にある男が、少年ひとりに何を囚われているのか、と。

けれど、違うのだ。

史世を想う感情は、そんな生温《なまぬる》いものではない。

執着？

独占欲？

いや、違う。

もっと深い、もっともっと狂おしい想い。

何よりも、あの美しい魔性の少年に囚われたいと、男の本能が訴えるのだ。

――史世……っ！

けれど、もう会わないと決めた。

これ以上、傷を負わせることはできない。

それでも、史世を想わない日はない。

己の未練がましさに、笑いさえ込み上げてきて、貴彬は新しい煙草を銜えた。口寂しい気がして、煙草の量は増える一方。

帯刀に言われた禁煙など、当分できそうもなかった。

貴彬は、きっともう来ないつもりなのだろう。

史世は気づいていた。

「合格祝い、くれるって言ったくせに」

小さく呟いて、手にしていた高校の教科書を閉じる。入学式当日に提出しなくてはならない問題集が渡されているし、入学式翌日から即実力テストが行われる。それなりに準備をしておかなくてはならないのだ。

けれど、手が止まってしまう。

自力で起き上がれるようにはなったものの、背中の傷はまだ痛む。包帯も取れない。

それでも、外傷はいつか癒えるだろう。

けれど、心にポッカリと空いた傷は……やはりどうにも癒えそうもない。

「史世」

気づくと、ドアのところに母が立っていた。

気配に敏い史世が気づかなかったことで、心がここにないことを、母は感じ取ったようだ。

小さく溜息をついて、ベッドに歩み寄ると、母はバッグからふたつの封筒を取り出した。

「どうしようかと思ってたんだけど」

そんなふうに言いながら、手にしたものを史世に手渡してくる。

「あの男が、持ってきたわ」

「……っ!?　貴彬が？　いつ!?」

「三日前」

なんてことはない、ただの茶封筒。しかし片方は異様に分厚いし、もう片方は表書きがあって、封がしてある。

分厚いほうの封筒を開けると、なかから帯のついたままの札束が五つ。もうひとつの封筒の表書きには、病院と医者の名前が記されていた。この字は、貴彬のものだ。

「こ…れ……」

呆然と札束を見つめる史世に、母が淡々と言う。

「慰謝料《手切れ金》じゃないそうよ。あんたの背中の傷の治療費《実費》。

その筋の医者らしいけど、腕のいい整形外科医がいるからって、紹介状と一緒に置いていったわ。慰謝料に関しては、弁護士を寄越しますって」

「……っ⁉⁉」

「あんたの好きにしなさい」

「……母……さん……？」

「あの男とあんたがどんな関係だったかなんて、野暮《やぼ》なことは聞かないわ。彼が何者なのかってことも ね。私は自分が腹を痛めた息子を信じてる。私が決めることじゃないわ。あんたが決めなさい」

懐広い言葉に、史世は目を瞠り、それから長い睫を伏せた。

札束を握り締めて、唇を噛み締める息子の姿に、母は目を細める。いつの間にか、大人になっていた我が子の姿に……。


三日前。


訪ねてきた男は、ただ黙って自分に頭を下げた。

詫びの言葉を口にしようとした男に、「謝ってほしいわけじゃないわ」とそれを遮ったのは、自分のほう。

「会っていかれる？」

尋ねると、少し驚いた顔をして、やはり黙って首を横に振った。

追い返されることを覚悟して来たのだろう、肝の据わった母親の応対に、毒気を抜かれたというのが本当のところだったのかもしれない。

ただじっと、史世の病室のドアを眺めて、何も言わず帰って行った。

静かな、そして大きな男の背を思い浮かべて、母も覚悟を決める。

きっと今、息子が決めたであろう覚悟を、受け入れるために。

手にしていた札束を封筒に戻し、紹介状の入った封筒と一緒に、史世は自分のバッグにしまった。

「ありがとう、母さん」

ニッコリと微笑む。

それは、史世が久しぶりに見せた、心からの笑顔。

「大丈夫」

安心させるように、言う。

誰も泣かせない。

誰も傷つけない。

自分が強くなれば、きっと大丈夫。

そして何より、自分が幸せになるために。

欲しいものを手に入れるために。

自分が強くなればいい。

後悔を、後悔で終わらせないために。

背負った傷を、負の感情で膿《う》ませてしまわないために。

きっと自分と同じだけの罪を背負った男と、その罪を分け合って、支え合って生きていくために。

いつかそうした痛みが、浄化される日のために。


「筋肉、落ちちゃったな」

パジャマの袖を捲って、自身の腕を眺めながら、不満げに言う。

「ずっとベッドの上なんだから、しかたないでしょう？」

母も、明るく返した。

「元気になったら、相手してあげてもいいわよ」

そもそも史世を鍛えたのは母だ。その男勝《おとこまさ》りなところにひと目惚れしたのだと、いつだったか父が語っていた。その父も、相当な変わり者だと史世は思う。

「もう、敵じゃないんじゃないの？」

不敵に言う史世に、母がムッとする。

「言ってくれるじゃないの！　なんなら賭《か》ける？」

いつの間にか、親子を包む空気は、いつものものに戻っていた。

高校の入学式まで、あと数日。

そろそろ本格的なリハビリでもはじめようかと、史世は背伸びをする。まだ塞がりきっていない背の傷がピリリと痛んだが、そんなものはもう、気にならなかった。

[risk 17]

新入生代表のあいさつは史世の目論見どおり、新見の役目となった。ニヤニヤと嫌～な笑みを浮かべて見送る史世を一瞥して、苦虫を噛み潰した顔で壇上へ向かう悪友の背中に、小さな笑いを零す。

新しい生活の幕開け。

中学時代の裏の評判はどうしようもないにしても、今度こそ猫をかぶっていようと心に決めて、史世は足を組み替える。

来年には、きっと藺生が入学してくる。藺生の前でだけは常にやさしいお兄さんでいなくてはならない。

――とりあえず、煩いハエとオオカミだけは、始末しておかないとな。

刹那《せつな》、冷酷な笑みを浮かべる。

そんな自分の姿に、すでに熱い視線が数多く注がれていることに、一抹の不安を覚えながらも、

――ま、なんとかなるさ。

存外と呑気《のんき》に、内心ひとりごちた。いざとなったら、全部新見に押しつければいい。

壇上の新見が、原因不明の悪寒を感じて背を震わせる。そして、なんとなく楽しそうな悪友の美しすぎる顔が目に入ったのだろう、ゲンナリと肩を落とした。

「なんか食ってこうぜ」

新見の誘いに「また今度な」と素《そ》っ気《け》なく返して、帰り道とは逆方向へ足を向ける。

「入学祝い、貰いに行かないと」

史世の言葉に「ふ――ん」と気のない返事を返して、どこまでわかっているのかよくわからない悪友は、好きにしろという顔で肩を竦める。それから、

「あんま無茶するなよ」

とても本気で心配しているとは思えないひと言を、少しだけ細くなった背に、投げた。

[risk 18]

廊下から騒音が届いて、貴彬は顔を上げた。帯刀も何ごとかと手を止める。

ノックもなく、執務室のドアが開けられて、ドドドッと警備に当たっていたはずの舎弟たちが雪崩れ込んできた。

「何ごとだっ!?」

帯刀の一喝が飛ぶ。

よもやデイリではなかろうが、それにしたって、どいつもこいつもズタボロではないか。

「いったい誰に……」

帯刀がドアの外に足を向けようとしたそのとき、さらにもうひとり、部屋のなかへ突き飛ばされるようにして倒れ込んできた。よく見れば、新たに舎弟頭になった、まだ若い青年だ。

「た、帯刀さんっ！」

帯刀に助けを求めた青年の声を遮るように、呆れたような声が廊下から聞こえてきた。

「黒龍会の看板背負《しょ》ってるわりに、情けなさすぎるんじゃないか？」

パンパンと汚れた手を払いながら執務室に姿を現した史世は、脇に学生鞄《かばん》を抱えた悠然とした態度で、足元に転がった男たちを睨めつける。軽い口調とはうらはらの鋭い眼光に、最初に雪崩れ込んできた舎弟たちは一様に竦みあがり、ワタワタと部屋を出ていった。

「あ…の、役立たずどもがっ」

帯刀の吐き捨てる声よりも、目の前の少年のほうが、男たちにとっては脅威だったらしい。

「お怪我のほうは？　もう起きても大丈夫なのですか？」

この状態を見て大丈夫も何もないだろうに。

本気で心配しているのか嫌味なんだかよくわからない帯刀の言葉に、「まぁね」と短く返す。笑顔を向けてはいるが、目は笑っていない。

どちらも並外れて美しい容姿をしているがゆえに、その笑顔がなんとも恐ろしい。背後にベタフラッシュが飛ぶのが見えて、なんとかこの場を見届けようと壁の花になっていた青年が、とうとう音を上げて逃げ出した。

無言のままの睨み合いがブリザード化しかけた瞬間、それまで唖然《あぜん》呆然としていた男が、やっと我に返ったかのように、素直な疑問を口にする。

「史世……なぜおまえが……？」

そんな恋人の姿に、史世はさらに呆れた表情を浮かべて歩み寄ると、憤然と腕を組んで顎を刳った。

「入学祝い、貰ってないんだけど？」

それは貴彬のよく知る、高飛車な態度と口調。史世に似合いの、棘のある美しさ。

「席、外してくれる？」

うしろに立つ帯刀に、チラリと視線を投げる。

「……一時間だけです。それ以上は執務に影響が出ますからね。ですが……」

史世にも負けない、食えない顔で貴彬を見やり、帯刀は意味深な笑みを見せる。

「抜け殻になっていて使い物にならない三代目の手

綱を締め直していただけるのでしたら、今日はこれで終業にしてさしあげますが？」

最後の疑問符は、史世に向けて言う。

「その話、乗った」

「では私はこれで失礼致します」

一礼して帯刀が部屋を出る。そのドアに鍵《かぎ》をかけて、史世は貴彬に向き直った。

「責任、取ってもらうぜ」

「責任？」

幅広い意味に取れる言葉の真意がわからず、問い返す。

「未成年に手ぇ出して、ただですむなんて、思ってないだろ？」

「その話なら……」

慰謝料なら、いくらでも支払うつもりがあった。あの傷のことだけではない、史世の将来のために。

言いかけて、貴彬は言葉を切った。

脇に抱えていた鞄から史世が取り出したものに、目を奪われる。


「ずいぶんふざけたことしてくれるよな」

史世が手にしていたのは、貴彬が史世の母親に渡した、ふたつの封筒。

「史世……おまえ……っ!?」

封筒が、自分が渡したときのままの状態であることを見取って、貴彬が目を見開く。紹介状も金も使っていないということは、史世の傷は……？

「史……っ!!」

バシッ!!

貴彬が問おうとしたのと、史世の手から分厚い封筒の中身が貴彬の顔面めがけて投げつけられたのは、ほぼ同時だった。

帯の切れた札束がバラけて、万札が乱れ飛ぶ。執務室中に散らばった五百万円を呆然と視界に映しながら、その向こうから睨むように自身を見据える大きな瞳に、貴彬の視線は釘付けになった。

万札の最後の一枚が床に舞い落ちる前に、もうひとつの封筒——形成外科医への紹介状を、史世が破り捨てた。ビリビリと、跡形もないほどに細かく刻んで、まるで手品でも披露するかのような芝居がかった仕種で、空《くう》にバラ巻く。

それが紙吹雪《かみふぶき》となって舞うなか、ふたりはただ無言で見つめ合った。

「この程度で責任だ？　舐めてんじゃねぇよっ！」

先に静寂を破ったのは、史世。

きっちり着込んでいた真新しい学生服の金ボタンに手をかける。

史世が何をしようとしているのか読めず、ただ見つめるしかできない貴彬の視界のなかで、ゆっくりとひとつひとつボタンを外すと、学ランを手近にあったソファの背に投げた。そして今度は、シャツのボタンに手をかける。

「史世、やめ――――っ」

「目ぇ逸らすなっ!!」

ようやく史世の行動の真意を汲み取って、止めようとした貴彬に、史世の一喝が飛んだ。

シャツを脱ぎ落して、身体のほとんどを覆うように巻かれた包帯を乱暴に剝ぎ取る。そして、未だ痛々しい傷痕の残る白い背を、貴彬の視界に曝して見せた。

「見ろよ、ちゃんと！　逃げんじゃねぇっ！」

「史世……っ」

「この傷が消えたら、責任取ったことになるのか？　傷が綺麗サッパリ消えたら、それで全部なかったことにできるのかっ!?」

苦い顔で眉根を寄せる男に、史世はなおも言い募る。

「俺は認めないからな。逃げるなんて、許さない」

自分だけを責めつづける弱い男に覚悟を促すように、史世は背を向けつづける。この傷が、この傷だけが、今はふたりを繫ぐ絆だ。

「傷は、消さない」

それが、覚悟の、証。

この男とともに、この傷を背負ったまま生きていくと、決めたから。

自分のために男が背負ったものを、自分も背負って生きていくと、決めたから。

だから、逃げるなんて許さない。

ひとりですべてを背負い込んで、大義名分を建前に自分を捨てるなんて、そんなこと、絶対に許さないっ！

「責任取れよ」

静かな声が、男に覚悟を促す。

組のため、地域の人々のため、己を捨ててすべてを背負う覚悟を決めたのなら、背負った数多くのもののなかから、自分ひとりだけ放り出すなんて、そんなことさせない。絶対に。

たとえそうすることで、貴彬の苦しみが増したとしても、その分自分が支えになればいい。

ゆっくりと、男が腰を上げる気配がする。

硬質な足音が、部屋に響く。

そして、

「史世」

耳元に低い声が落とされた。

力強い腕が、空気に曝されて冷えた身体を包み込む。


「史世っ」

癒えきらない傷が痛むほどに、きつくきつく抱き締められて、はじめて身体が震えだした。深く抉《えぐ》られた右肩の傷口に、啄《ついば》むような口づけが落とされる。腕のなかの存在をたしかめるように、大きな手が、細い身体を弄《まさぐ》った。

「史世……史世……っ」

確認するように、何度も何度も名を呼ばれる。

貴彬の唇が、史世の背の傷を辿《たど》る。端から端まで。愛しむように。左の脇腹まで辿り着いて、寒さではないものに震える身体を、反転させた。

その足元に跪《ひざまず》き、騎士が忠誠を誓うように、貴彬は白い手の甲に口づける。

くしゃっと、史世の顔が歪んだ。

「ば…かや…ろ……っ、さっさと迎えに来いよっ！」

溢れる涙を長く伸びた前髪で隠して、悔し紛れに史世が叫ぶ。

「都合のいいときばっか、大人ぶりやがってっ!!」

罵声に勇気づけられながら、摑んでいた手を引くと、待ちかねたように華奢な身体が倒れ込んでくる。全身でぶつかるように胸に飛び込んできて、細い腕が首に回された。

「貴彬っ！」

噛み締めて赤く腫《は》れた唇が、自身の名を紡ぐのに、たまらない愛しさを覚えた。

涙に濡れた唇を塞いで、腕のなかの温もりを抱き締める。あの日、腕のなかでどんどん冷えて青白くなっていった肉体は、今、燃えるように熱い。

「貴彬……、貴彬……っ」

触れ合えなかった長い時間を埋めるように、貪るように口づけ合う。広い背を掻き抱き、男の温もりをたしかめる。

肉厚な舌に翻弄されて、史世の身体が艶《つや》めいた熱を帯びはじめる。白い肌の感触をたしかめるように蠢く男の掌の動きに、史世が身を捩《よじ》った。

「ん……や……っ」

散々貪られ痺れた舌では抗議の言葉もままならない。

背の傷に気を遣いながらも、貴彬の愛撫が白い首筋を伝い落ちる。扇情的に尖る胸の突起を捏《こ》ねながら、低い声が厭らしい言葉を囁いた。

「肉が落ちたな。これ以上細くなったら、壊しちまうぞ」

「バ…カっ、もっと大事に扱えっ」

毒づいて、抱き寄せた男の肩に爪を立てる。

「死なない程度に大事に扱ってやる」

胸の突起を吸うと、白い喉を仰け反らせて、史世が甘い声を上げる。そのまま床に押し倒そうとして、貴彬は動きを止めた。

「貴…彬……？」

不満げな声が、腕のなかからかけられる。

乱れて頬にかかった髪を梳《す》いて、露《あら》わになった額に軽く口づけた。未だ慣れない甘ったるい触れ合いに、史世がカッと頬を染める。気丈な少年の、そんな初々しい表情も見慣れないもので、貴彬はらしくもなく理性の箍《たが》が外れる音を、聞いた。

数段軽くなった身体を抱き上げ、革張りのソファへ場所を移す。

筋肉の落ちた華奢な肉体は、史世が病み上がりどころか、まだまだ癒えきっていないことを如実に伝えていたけれど、それでももう、止められそうになかった。

「おまえは、俺のものだ」

細い腰を抱き寄せ、啄むだけの淡い口づけを繰り返しながら、囁く。

「そのセリフなら聞き飽きた」

甘えるように男の首に腕をまわして細い身体をすり寄せ、素直な態度とはうらはら、いつもの小僧らしいセリフを吐く史世に、貴彬は「そうか?」と楽しげに返した。

「ボキャブラリー貧困な男で悪いな」

「そんなの、いいよ」

クスクスと笑いながら、貴彬のネクタイの結び目に手をかけてくる。

「この身体で誓ってもらうから」

自分だけだと、誓ってもらうから。

だから自分にも、所有の証を、余すところなく刻めばいい。

この背の傷のように。

「煽るな。やさしくできなくなる」

「〝死なない程度〟でいいさ」

ニヤリと笑って自ら口づける。

史世の背にまわされた貴彬の指先が、いまだ疼《うず》く傷口を辿る。それさえもが抑えきれぬ快感となって、身体の芯《しん》を焼く。

「貴彬……」

凄絶な色香を含んだ声音で呼ばれて、瞬間、男は、獣になった。

［risk 19］

聞くに耐えないほどの甘い睦言《むつごと》を耳朶《じだ》に囁きながら、男は白い肌に愛撫を落としていく。羞恥《しゅうち》に耐えきれず、それを遮ろうとしても、隙間なく与えられる口づけが、それを許さない。

いつも以上に乱暴な、けれど熱い指先、甘すぎる唇。

求められる歓喜に、白い肌が熱を上げていく。最奥を弄る男の指先の的確な動きに、細い背がビクビクと撓った。

「ん……ふぁ…あ…ぁ……っ」

一糸まとわぬ姿で膝の上に抱き上げられ、逞しい欲望に貫かれて、淫らな声が溢れる。

史世の身体を気遣ってか、貴彬はソファの上の組み敷いたりはしなかった。かわりにより羞恥を煽る恰好を強いられ、結果貴彬を楽しませているだけのような気がして、少し悔しい。

しばらく行為から離れていた身体は慎ましく閉じてしまっていて、貴彬の欲望を受け入れるのには、少なからず苦痛を伴った。どんなに丹念に解されても、やさしくされても、本来は受け入れる機能を持たない身体だ。けれどこの痛みこそが、数多くのことを教えてくれる。

「ちゃんと……もっと…奥まで来い、よ……っ」

荒い息に胸を上下させながら、はだけられたワイシャツから覗く逞しい胸板に、誘うように指先を這わせる。

貴彬自身は、すべて収まりきっていない。ギリギリのところで、それでも理性を保っている。史世の身体を激しく貪りながらも、挿入の段階になったら、無意識なのかもしれないが急にやさしい気遣いを見せるようになった。

我を忘れるほどに、夢中にさせられないのが、悔しい。

「平気、だ……死にゃ、しない…から……っ」

細い腰を揺さぶって、もっと奥へ男を迎え入れようと身を捩る。

「あ……は…ぁ……っ」

「史世……っ」

「もっと、奥……っ、こんな…じゃ、足りな……っ！」

みなまで言わせず、貴彬が激しく突き上げた。

「あぁっ！」

細い背を撓らせて、白い喉から悲鳴にも似た嬌声《きょうせい》が零れる。背の傷が引き攣《つ》った痛みを訴えても、それでも繋がった場所から感じる激しい快感のほうが、勝っていた。

繋がった場所から、濡れた音が響く。耳を塞ぎたいほどの羞恥に駆られても、史世は己を隠さない。男を受け入れた場所を淫らに蠢かせて、もっともっと奥へと誘う。

「貴彬……貴彬……っ」

男の名を呼ぶたびに、受け入れた欲望がグンッと力を増すような気がして、史世は男の名を呼びつづけた。

「史世っ」

切羽つまった声とともに、乱暴に腰を引き寄せられる。

「や……あぁっ！」

一際深く穿たれて、史世は細い背を撓らせ、白い下肢を男の腰に絡ませた。熱い奔流が最奥に放たれたのと同時に、貴彬の腹筋に擦られて、史世も白い蜜を吐き出す。

余韻に震える身体を抱き締める、逞しい腕の感触。ワイシャツ越しにも感じる、硬い筋肉の隆起。そして、身体の奥で脈打つ、男の欲望。すべてが愛しくて、史世はキスをねだるように唇を寄せた。

それに応える男の身体も熱いままで、収まらぬ情欲に流されるように、繋がった場所に指を這わせる。健気に身体を拓いて、男を受け入れている場所。火傷しそうなほどに熱い牡《オス》の昂《たかぶ》りが、ドクドクと脈打っている。

「あつ…い……っ」

吐息に近い掠れ声が、零れる。

「おまえの中が熱いからな」

少し困った顔でそれに応えながら、貴彬が白い喉

を啄む。まだまだ欲しいと思う気持ちと、この状態の史世に無理はさせられないと諭す理性とが……戦っている。

しかし、そんな貴彬の苦悩を、史世のひと言がものの見事に吹き飛ばしてくれた。

「もっと……」

唇を寄せ、真っ赤な舌先で、貴彬の唇をペロリと舐める。仔猫《こねこ》のような、けれど誘い慣れた娼夫のような婀娜《あだ》っぽい仕種。

途端、史世のなかで、貴彬自身が質量を増す。

「こ…の、バカ野郎がっ」

小さく毒づいて、貴彬は一旦身体を離すと、不満を口にしようとした史世の身体を反転させ、ソファの上で獣の体勢を取らせた。

「や…ぁ……っ」

細い腰を摑み寄せて、先ほど放った蜜に濡れそぼる秘孔に、乱暴に突き入れる。

欲しいと思う心に、体力の落ちた身体がついてこないのだろう。史世は上体を支えきれず、ソファに崩れ落ちてしまった。

貴彬のもとへ辿り着くまでに黒龍会の強面たちと一戦交えていたくらいだから大丈夫だろうと思っていたのだが、実際はそうでもないらしい。あるいはあれは、史世なりのパフォーマンスだったのかもしれない。貴彬に覚悟を促すための……。

「こんな身体で無茶しやがって」

そうは言っても、自分ももう手加減などするつもりはない。

発光するように白い肌。手に吸いつく肌の肌理《きめ》細かさ。その上に形のよい肩甲骨が浮かび、まっすぐな背筋が悩ましい。

その美しい背に痛々しい、刀傷。

細い腰を乱暴に揺さぶりながら、身を屈めて、その傷に舌を這わす。

「ひ……っ、や…ぁ……っ」

痛むのか、それとも痛みすら快感になるのか、史世が悲鳴を上げる。前に手をまわすと、腹につくほどに勃ち上がった欲望の先端からは、止め処なく蜜

の手のなか
れを愛しげ
。
厭らし
だから、がまん
のか？」
か……っ！」
キッと生理的な涙に濡れた眼差しで肩越しに睨んでくる気丈な瞳には、しかし、隠せぬ欲情が滲んでいる。
「もっと啼《な》くんだ」
言いながら、弱い場所を突き上げる。
「――っ!!　エロジジイっ!!……やぁっ!!」
「オレを満足させられるのは、おまえだけだ」
その言葉に応えるように、史世の内壁が切なく牡を締めつけた。
「――ったりまえ…だ……ばか……っ」

毒づく声も濡れていて、言い知れぬ甘さを含んだ睦言にしか聞こえない。

素直に告げられない言葉に代えて、細い身体が男の与えるものすべてに、敏感に反応を返してくる。

「史世……愛してる。この傷ごと……おまえのすべてを……っ」

欲望のままに細い身体を貪りながら、朱に染まった耳朶に、言い聞かせるように言葉を落とす。

それに、意味をなさない喘ぎを溢れさせながらも、ただただ頭《かぶり》を振って応え、史世は激しすぎる悦楽の淵へと落ちていった。

「やぁ……、あ…ぁ……あぁ――――っ！」

強く激しく抱き締めてくる男の腕に身を委ねられることに、絶対に口にはしない、安堵と愛しさとを感じながら……。

[risk : epilogue]

週末。携帯電話にメールが入る。

いつもの呼び出し。待ち合わせ場所として、史世は高校の近くの公園を指定した。駅に向かうのとは逆方向にあるから、学生たちがあまり足を向けないだろうと思ったからだ。

ホームルームを終えて早々に席を立つと、問いたげな顔の新見が、頬杖をついてこちらを見ていた。

「なんだ？」

「なーんでも」

ふざけた物言いをする悪友の脇腹あたりに、周りには気づかれないように軽く一発お見舞いする。

「余計な詮索《せんさく》する暇があったら、どっかの爺さんの将棋の相手でもしてろよ」

「以後、肝に銘じておく」

ホールドアップする新見にニヤリと笑って、史世は薄っぺらな鞄を肩に担ぎ、教室をあとにした。

その後ろ姿を見送って、史世のご機嫌がよければ、この学園もこの街も、どうやら平和らしいと、新見は本当にどこまでわかっているのかいないのか、よくわからない感想を漏らした。

「河原崎が釈放された」

史世が車に乗り込んですぐ、貴彬が口を開いた。

「ホント？」

「あぁ、おまえのおかげだ」

「そっか……よかった」

あのあと、史世は警察に出頭した。

河原崎の罪状を書き換えてもらうために。

たまたま〝弁護士の〟貴彬と知り合いだったために、何か勘違いされて拉致され、その自分を助けるために、貴彬も河原崎も来てくれたのだと、証言した。河原崎が銃を撃たなければ、自分は死んでいただろうし、貴彬も無事ではすまなかったかもしれないとも付け加えた。

もちろん貴彬は反対した。けれど、史世が譲らなかったのだ。

河原崎の行動の裏にどんな真実が隠されていようと、そんなことは関係ない。河原崎が刑に服することで、貴彬の心に一生残る傷を負わせることが嫌だっただけだ。

もちろん、史世の証言だけで、河原崎が釈放されたわけではない。山内の肩を狙って撃ったためにそれほどの重傷でなかったことと、帯刀が裏から手をまわして、警察上層部に圧力をかけたことのほうが、結果として大きかったに違いない。

貴彬たちの下調べがなければ、こんなに早く山内組の持っていた密売ルートは暴けなかった。それをそのまま警察の手柄にしてやったのだから、それくらいの見返りはあってしかるべきだろう。

だが、結局摑みきれなかった黒幕の正体。

いつかかならず暴いてみせると、貴彬が密かに決意を固めていることを、史世は知っている。河原崎の身と引き換えに、今回はその件から手を引いたのだろうということも。

「まあ、しばらくは監視の目があるが、それも大丈夫だろう」

河原崎なら、どんな世界でもやっていけるはずだ。

「やっぱり、破門……なのか？」

「いや、正式には除籍させた」

「除籍？」

「足を洗うってことだ。あいつも、それを望んでいたからな」

「河原崎さんが？」

あの、生粋のヤクザのような男が、カタギになることを望んだというのだろうか？

「女でもいるのか？　って聞いたら、笑っていたが……どうだろうな」

「そっか……」

聞けば、今の自分と同じ歳のころに、河原崎は極道になるべく那珂川本家に部屋住みをはじめたのだという。河原崎が何を思ってカタギになることを望んだのかはわからないが、人生の３分の２近くをヤクザとして生きてきた男には、史世や貴彬には見えないものが、見えているのかもしれない。

「で、例のものは用意できたのか？」

突如話を変えた史世に、貴彬が大きな溜息をつく。

「うしろのシートに封筒があるだろ」

史世は手を伸ばしてそれを取ると、なかから数枚の書類を取り出した。

「気に入らなかったら、遠慮なく言えよ」

「なんだよ、それ。気に入ったらまずいみたいに」

――実際問題まずいんだよっ。

内心毒づきながら、貴彬はズキズキと痛む眉間を押さえた。帯刀にバレたら、なんて嫌味を言われるかわかったものではない。

あの日、事務所に貴彬を訪ねてきて大啖呵《たんか》を切った史世に絆《ほだ》されて、貴彬が覚悟を決めたあと、史世が思い出したように言ったのだ。

「合格祝い」

両手をそろえて差し出して、に――っこりと満面の笑顔。

その笑顔に薄ら寒いものを感じた貴彬が話題を逸らそうとしても、すべては無駄な足掻《あが》きだった。

「だって、金額に上限があるなんて、聞いてないからな」

いけしゃあしゃあと言い放ち、史世が指定したものは……都内のマンション。

毎度毎度ホテルというのも今さら。かといって那珂川の本家に行くこともできない。ましてや組事務所のあのソファの上なんて、あの一回こっきりはともかく、言語道断。ふたりでゆったりできる空間が欲しいというのが、史世の希望だったのだ。

妹の死への贖罪と決別を決めた史世が、月に一度の決めごとを、「もうやめよう」と言い出した。

これ以上、過去に囚われている暇はない。ふたりとも。

ともに生《あ》るための術を、考えなくてはならないはずだ。

そのために、もっともっとふたりきりの時間を持ちたい……などと言われたら、男心としてやぶさかではない。ここで頷けないようでは男が廃《すた》る。二つ返事でOKした貴彬だったのだが……しかし……。

史世の提示した条件に合う物件を、組織の関連企業でもある不動産屋に探させたところ、いくつか見つかったのだが……その金額たるや貴彬の予想をはるかに上回るものだった。

「この不況の時代に億ションだぞ、億ション！」

煙草を銜えながら渋い顔で吐き出した貴彬に、史世の冷たいひと言が投げつけられる。

「それ、いまどき死語だよ。オヤジくさいなぁ」

グッサリ。

そりゃ、十五歳の高校一年生から見れば、すでに充分オジサンなのかもしれないが……。ほかの誰でもない、史世に言われると、傷口が通常の倍以上デカイような気がするのは、貴彬の気のせいだろうか。

――〝死語〟は死語じゃないのか!?

ツッコミ返したい気持ちに、ぐっと蓋《ふた》をする。

「おまえ……」

コメカミをピクピクさせる男になど目もくれず、史世は物件の資料に見入っていた。

「なぁ、今から部屋見られる？」

「見られなくはないと思うが……」

物件《もの》による。

「これ！　ここがいい！」

資料のなかから一枚を取り出して、貴彬に突きつける。ハンドルを握りながらそれをチラリと一瞥して、貴彬はガックリと肩を落とした。

――やっぱりそれか。

史世が選んだのは、不動産屋が提示してきた物件のなかでも、一番高額なもの。

けれど、それが一番史世の言った条件に当てはまっていて、多少（？）予算オーバーではあったが、貴彬も握り潰すことができなかった。

どうせ、ほかの部屋を見せたとしても、その物件が気に入らなければ史世の非難を受けるのは、自分なのだ。

「おまえ、その物件、ゼロが幾つついてるかわかってるか？」

悪あがきとわかっていても、ついつい言いたくなる。

「……二億五千万円《セっ》」

アッサリと言いきってくれやがった。

別に払えない金ではない。黒龍会を継いでいなかったとしても、それなりの個人資産は持っている。那珂川家そのものが祖父の代から手広く事業を行っていて、それなりの資産家なのだ。もちろん黒龍会とは無関係の資産ということになる。

貴彬が父から受け継いだのは黒龍会だけではなく、そうした資産管理を含めての那珂川〝家〟のすべて。史世もそれを知っているからこそ、こんなことを言い出したのだろうが。

いや、史世の狙いは別にある。それに気づけないほど、貴彬はボンクラではない。

史世が本当に欲しかったのは、ふたりでゆったりとすごせる空間ではなく、貴彬が息抜きできる場所。けれど、今はがむしゃらに突っ走るしかない貴彬に、そんなことを考えている余裕などない。だから、「合格祝い」などという大義名分を持ち出して、自分の我が儘《わまま》だということにしてしまおうと考えているのだ。

「見に行ってみるか」

いつでも入って見てもらって構わないと、鍵は渡されている。

「なんか買って行こうぜ。腹減った」

「部屋を見てからどこかへ行けばいいだろう？」

いつものように、どこへなりとも予約を入れればいい。

ハンドルを握る貴彬の手の甲に、意味深に白い指先を這わせて、史世が微笑む。

「夜景を肴《さかな》にスルのもオツなんじゃないかって、思ったんだけどな～」

上目遣いにチラリと視線を投げられて、貴彬は降参した。

――やれやれ。

厄介なのに惚れてしまったと後悔したところで、すべては後の祭りだ。

この魔性の瞳に囚われてしまったのだから、しょうがない。

史世の瞳に、自分以外の存在が映ることなど許せないとさえ思ってしまうのだから、重傷だ。

「ところで……おまえの母親、何者だ？」

そう言えば、もうひとつ解決してなかった疑問があったことを、貴彬は思い出した。

「何者って？」

「あの肝の据わり方、普通じゃねぇだろ」

言われてやっと、貴彬が何を問いたいのかを史世は理解した。

「十六、七年くらい前にさ、『紅《くれない》』って、ベタな名前の族《ゾク》があったの、知ってる？」

幹部のひとりから、そういえばそんな名前を聞いたことがあったような気がしなくもない。たしかその話をしていた幹部が率いていた族と敵対していた性質の悪いグループが、その女ばかりの族に潰されたとかなんとか……さらには、やたらめったら強い頭《女》がいて、ひとりで屈強な男たち相手に大立ちまわりを演じたというような昔話も……聞いたような記憶がある。

「そこで頭《ヘッド》やってたんだってさ」

キキッ!!

いきなり急ブレーキをかけられて、史世が前につんのめる。シートベルトをしていなかったら、フロントガラスに額をぶつけていたところだ。

「なんだよ、危ないなぁ！」

うしろを走っていた車が派手にクラクションを鳴らして通りすぎていったが、そんなものはどうでもいい。

「史世、おまえ……」

どこまで聞いているのか知らないが、自分の母親の衝撃的な過去を、なんでもないことのように話さないでほしい。

自分だって、ヤクザの子なのだから、他人《ひと》のことなど言えた義理ではないが。

「何？　俺、なんかヘンなこと言った？」

「いや……なんでもない」

同じ穴の狢《むじな》というか、引き合うべくして惹かれ合ったとでもいうのか……貴彬は頭を抱えて、大きな大きな溜息をついた。

「やっぱり、エライのに惚れたな」

聞き捨てならない言葉に、史世が片眉を上げる。

「捨ててほしいのか？」

「まさか。俺はおまえのものだろう？　そう簡単に捨てないでくれ」

軽い口調で返して、美しく危険な恋人に手を伸ばす。

「俺があんたの……って聞いたような気がするけど？」

大きな手に顎を摑まれて、史世が妖艶《ようえん》に目を細めた。

それに誘われるように、唇を寄せる。

「この俺に啖呵を切れるようなやつは、おまえだけだ」

だから、囚われたのは自分の方だから。

小さな火種に、胸を焼かれた。


いつの間にか傷口は大きくなっていて、もう誰にも癒せない。

この腕のなかの存在以外には……。


数週間後。

数発の銃弾が、元山内組組長山内益男ほか事件の中核にいたと思われる取り調べ途中の犯人たちの額を撃ち抜いた。

護送途中のできごと。

それは、口封じ以外の何ものでもない、一発必中、プロの仕事。

そうして事件の真相は、闇に葬られた。

ある暴力団が犯した、よくある事件のひとつとして……。

continued in next issue.

拘われる眸

[heat 1]

それと気づかれぬように背後を確認して、何食わぬ顔で商店街から外れる道を選ぶ。

——やだねぇ……物騒な面しやがって。

内心ひとりごちて、視線だけで物色した、よさげな小路へと足を踏み入れた。

ひとつめの角を曲がり、またすぐの角を曲がる。

すると思ったとおり、背後の靴音はバタバタと慌てた様子で、尾行《つ》けていたはずの存在を捜しはじめる。

そして、次の瞬間、ピタリとやんだ靴音にかわって、シ…ンッとその場の空気が緊張感を帯びた。

スーツ姿の大柄な男は、曲がり角に一歩足を踏み入れたところでギクリと身体を強張《こわば》らせ、苦虫を嚙《か》み潰《つぶ》した顔をした。

「いい大人が高校生尾行《つ》けまわして、ずいぶん暇そうだな。それとも何？　もしかして俺《おれ》の追っかけ？」

いかにも楽しげに、少し長めの前髪を弄《いじ》りながら、二十センチ近く下からスーツ男を睨《にら》み上げる。

片手で捻《ひね》り上げられそうなほど華奢《きゃしゃ》な少年に睨まれて、しかし男は動けない。額に脂汗《あぶらあせ》を滲《にじ》ませながら、ただじっとその場で身体を強張らせていた。

「いい。おまえは退《さ》がっていろ」

その男の背後から、今度は少し神経質そうな別の男の声がかかる。

すると男を押し退《の》けるようにして、スレンダーだが、鍛えられた身体つきの男が姿を現した。先に踏鞴《たたら》を踏んでいた男が肉体派なら、こちらは頭脳派といったところか。銀縁の眼鏡《めがね》が、いかにもインテリ風だ。

「花邑史世《はなむらあやせ》くんだね」

大柄な男をうしろに下がらせ、歩み出る。

「礼儀も知らない大人に、答える義務はないな」

「——このガキッ！」

粋《いき》がる部下と思しき男を一瞥《いちべつ》で黙らせ、インテリ風の男は、苦笑した。

「申し訳ない。我々は、こういうものです」

胸元から黒いバッジケースを取り出し、史世の眼前に開いて見せる。

「ＰＯＬＩＣＥ」と刻まれた金のエンブレム。それから、証明写真と所属、階級。

それらを確認して、史世は「ふん」と面倒《めんどう》くさげに頷いてみせた。

「麻布《あざぶ》署の桧室《ひむろ》です。こいつは風間《かざま》。図体ばっかりの空っぽ頭に見えがちだが、これでも優秀な刑事なんだよ」

「桧室さんっ！」

くだけた様子で少年に話しかける上司が気に入らないのだろう。風間と紹介された大柄な刑事が言葉を遮る。喚く部下《わめ》など放置して、桧室は史世に歩み寄った。

「――で？」

なんとか史世を懐柔しようとする桧室の思惑になど興味はないとばかりに、史世が端的に問う。

「なんの用です？」

冷淡に言い捨てる史世に、桧室は肩を竦《すく》めて大袈裟に溜息《ためいき》をついてみせる。しかし、それにも史世は無反応。しかたなく、桧室は口を開いた。

「最近、学生たちの間で薬物が横行していてね」

まるで子どもを諭そうとするかのような、慇懃《いんぎん》に見せてその実こちらを見下した桧室の態度に、史世が目を細める。

「……」

「その捜査をしているんだ」

「――それで？」

冷ややかな視線で刑事たちを見上げ、その先を問う。もちろん刑事たちが返答に窮するであろうことなど承知で。

案の定、刑事は、つづく言葉を紡げず、どうしたものかと思案に暮れている。

「クスリの密売ルートの捜査なら、夜の繁華街ってーのが定番だろ？　こんな真っ昼間の住宅街で何を調べることがある？」

「……〝レッド・ウィング〟というチームを知っているかい？」

「またベタな名前だな。族か？」

興味なさげに返した史世に、刑事は知らないはずはないだろうと言いたげな顔で、言葉を継ぐ。

「渋谷あたりを縄張りにしている少年たちのグループだ」

「俺には関係ないな」

「だが、彼らは君を知っている」

「……」

応《こた》える気力もなくなって、史世は小さな溜息をついた。

「君は彼らにずいぶんと顔が利くようだね」

「事情聴取なら、手順を追ってからにしな」

ピシャリ！　と言い放ち、桧室の言葉を遮る。

「日本警察も落ちたもんだな。現場も知らないキャリアのやりそうなことだ」

ククッと笑って、挑発的な瞳《ひとみ》で、刑事を見やった。

「……っ!!」

「善良な市民尾行《つ》けまわしてる暇があったら、もっと要領よく捜査しろよ。仮にも税金から給料貰ってんだろ？」

わざと煽《あお》った言葉に、計算どおり相手が反応した。

「ヤクザの情夫《イロ》が！　誰《だれ》のためにこんな……っ！」

正義感の塊のような、風間と紹介された若い刑事は、桧室が止める間もなく、史世に吠《ほ》えかかった。

ぐっと制服の襟元を掴《つか》み、殴らんばかりにどやしつけてくる。

「高校生《ガキ》は高校生《ガキ》らしく……！」

「ふーん……フェレなんか着ちゃって。見かけによらないじゃん」

茶化した史世に、風間が切れた。

「こ……の……っ！」

「やめろ……っ!!」

ブチ切れた風間が拳を振り上げる。桧室が止めに入ろうとした寸前、しかし、大きな風間の身体は鈍い音とともに路地の反対側に倒れ込んでいた。

「う…っ…ぐっ……」

気を失うほどではなかったが、したたかに背と後頭部を打ちつけて、風間が呻《うめ》く。

「部下の躾《しつけ》がなってないんじゃないの？　黒龍会《こくりゅう》の舎弟のほうが身のほどを弁《わきま》えてるぜ」

風間が口走った言葉から刑事が自分のことを調べ尽くしているらしいと察して、史世はそんなふうに嘲《あざけ》った。

まるで少女のように細い手首を学生服の袖口《そでぐち》から覗《のぞ》かせながら、美貌《びぼう》の少年が百戦錬磨の刑事を一喝する。

流れるようなその動きに目を奪われ呆然《ぼうぜん》としていた桧室は、史世の毒舌に返す言葉もなく、握った拳に汗が滲むのを感じていた。

刑事たちは軽んじていた。

この造り物のように美しい少年を。

ヤクザの愛人《イロ》。

その若さと美しさとで、粋がる男たちを顎《あご》で使える立場を手に入れた少年。

ただの、愛玩《あいがん》動物にすぎないと、高を括《くく》っていた。

多少腕が立っても、男の楯になる程度。

結局は、ただの娼夫《しょうふ》なのだと……。


しかし、目の前で大の大人をも黙らせるほどの冷えた瞳をして佇《たたず》んでいるのは、そんな生易《なまやさ》しい存在ではない。

美しく、気高い、獣。

血塗《ちぬ》られた爪《つめ》と牙《きば》を持て余す、危険極まりない存在だった。

呆然とする男ふたりをそれぞれ一瞥し、史世は背を向ける。

「捜査に協力してほしいんなら、礼儀を勉強しなおしてから来なよ」

風間を投げ飛ばしたときに地面に捨てた学生鞄《かばん》を拾い、埃《ほこり》を払う。そして、何ごともなかったかのようにそれを脇《わき》に抱えると、振り返りもせずその場をあとにした。

[heat 2]

「だれがヤクザの情夫《イロ》だって?」

刑事たちを置き去りにしてしばらく歩いてから、史世は思い出したように呟《つぶや》いた。

「しっつれいなっ!」

刑事たちに見せたものより少しだけ少年っぽい顔で口を尖《とが》らせ、大股《おおまた》に通りを横切る。そして、まっすぐ帰宅するつもりだった予定を変更して、地下鉄の入り口へ足を向けた。


有名私立高校に通うごくごく普通の高校三年生。

二年のときには生徒会長も務めた優等生。

肩書きだけなら、なんら特別なところはない。けれど、史世にはひとつだけ……いや、もっとかもしれないが、普通の高校生とは違うところがあった。

人並み外れた美貌の持ち主であることとか、その容姿からは想像もつかないほどの腕っ節の持ち主であることとか、そんなことはたいした問題ではない。

ある刑事は親しげに微笑みかけ、また別の刑事は恐怖を孕《はら》んだ侮蔑《ぶべつ》の視線を投げつけてくる。

その原因は、史世の恋人が、ここら一帯を仕切る任侠組織、全国にも名を轟《とどろ》かせる黒龍会《こくりゅう》の総長という肩書きを持っているからにほかならない。

広域なシマ《縄張り》と統制の取れた組織力。代替わりを機に盃直し《さかずきなおし》が行われ直参制を取り入れたこともあって、傘下の組とそれを統べる組長たち、そしてそれらすべてのトップに立つ総長とが、強い絆《きずな》で結ばれている。

昔ながらの任侠道を重んじ、義理と人情とを重んじるその生きざまは、まさしく〝極道〟。決して暴力団ではありえない。だからこそその影響力は大きく、近隣の組織はもちろん、警察でさえおいそれと手を出すことのままならないほどの巨大な組織の頂点に立つのが、ほかでもない史世の恋人、那珂川《なかがわ》貴彬《たかあき》という男だ。

傘下の組の組長クラスの肩書きに収まっているのが妥当な年齢にもかかわらず、そうした組織の屈強な組長までもが忠義を誓う、極道としてそれだけの器を持った男だが、二年前まで弁護士だったという、変わり種ヤクザでもある。

刑事は、史世のことを〝ヤクザの情夫《イロ》〟だと言った。端から見れば、そのとおりなのかもしれないが、ふたりの関係はれっきとした恋人同士《パートナー》。

相手の素性を知らずに惚《ほ》れたわけではないから、もちろん「ヤクザだろうがサラリーマンだろうが関係ない」なんて割り切れるようになるまでには、そうとうな時間も覚悟も要したけれど、そのぶん、生半可な気持ちで付き合えるような相手でもないわけで、〝情夫〟などという軽薄な単語で片付けられたくないというのが、史世の本音だ。

出会ったのは、五年前。史世がまだ中学に入ったばかりのころだ。

街でチンピラに絡《から》まれていたところを強引に助け出され、そのころから腕っ節には自信があって手助けなど不要だった史世としては、それだけでも気に食わなかったというのに、歴然とした力の差を見せつけられた上に強引に身体を奪われて、曰《いわ》く「今日からおまえは俺のものだ」ということにされてしまったのだ。

それでも、これ以上はないと言いきれるほど最上級の男に「俺のものだ」などと気障《きざ》ったらしいセリフで口説かれれば、嫌な気はしない。

どんなに腕っ節が強かろうが、ひと睨みで大の大人をも黙らせるだけの気丈さを持ち合わせていようが、そのときの史世は恋も知らない十二歳の少年だったのだから。

男の背負ったものの大きさに、正直恐れをなして覚悟を決められないでいた中学時代。子どもの自分に、この先、長い人生を、危険を背負った男とともに生きていくだけの覚悟があるだろうかと悩んで、けれど結局、史世は男とともにあることを選んだ。

そのために自分も多くのものを背負い込むことになったし、この先の人生が決して楽なものではなくなってしまったけれど、そんなものと天秤《てんびん》にかけられるほど、自分が選んだ男はお安くないと史世は信じている。

だから、何も知らない刑事から、どんな色眼鏡で見られようが、そんなことはなんでもない。何が善で何が悪なのかなんて、他人に決められることではない。


信じるのは、己の目。

真実を見抜く、鋭い感性。


その、史世の敏感なアンテナが、今、危険を感知していた。

刑事たちは、事件の核心には触れなかったけれど、自分を尾行していたことで、今現在黒龍会が何かしらの事件に巻き込まれているだろうことは容易に知れる。

刑事が自分に目をつけたのは、街に屯《たむろ》する少年たちから、史世の名を聞いたからではないはずだ。


「すんなり口を割るとは思えないけど」

ホームに滑り込んできた電車の突風に煽られて、乱れた髪を押さえる。

恋人同士だからといって、例えば社外秘の業務内容まで話すのかと言われたら、それは「NO」だろう。それとは多少意味合いが違うが、まだ高校生の自分を気遣って、恋人は組織内部の問題を、あまり史世に話したがらない。

それが、警察が出てくるような犯罪に絡む内容ならなおさら。

けれど、今回はすでに警察の目が向いているのだから、史世にも話を聞く権利はあるはずだ。

都心のビジネス街の駅で降りて、長いエスカレーターを登る。

恋人の肩書きは、黒龍会総長だけではない。

数々の企業を経営する、青年実業家。

そのオフィスビルが、都内の一等地にある。警備の行き届いたそのビルに顔パスで足を踏み入れて、史世は最上階への直通エレベーターに乗り込んだ。

［heat 3］

　届いた封筒から数枚の書類とデジタルメディアを取り出して、パソコンにセットする。

　メディアに収められているのは、数十枚に及ぶ写真と、一緒に封筒に収められていた報告書類のテキストデータ。

「大学生になった……か」

　パソコンの画面を眺めて、煙草《たばこ》を取り出す。ずいぶんと量は減ったものの、こういうときにはどうしてもニコチンが欲しくなってしまう。

　ノックの音がして、秘書の帯刀《たてわき》が姿を現した。コーヒーを載せたトレーを手に持っている。カップを貴彬の前に置いて、自分もパソコンの画面を覗き込んだ。そして小さな笑いを零《こぼ》す。普段、ほとんど表情の変わらない男だが、付き合いの長い貴彬には、微妙な表情の変化も読み取れてしまう。

「なんだ？」

「いえ……よく似ておられると思いまして」

「……そうか？」

　自分ではよくわからないが、幼いころからの付き合いの帯刀がそう言うのなら、きっとそうなのだろう。

「史世さんも、今年受験でしたね。どの道へ進まれるのでしょう？」

「あいつは医学部志望だったはずだが……」

「妹さんの関係で？」

　史世は幼いころに交通事故で妹を亡くしている。

「たぶんな。愚痴《ぐち》や泣きごとは言わんやつだから、わからんが」

「甘えてほしそうですね」

　突っ込まれて、貴彬が返答に窮する。

「そんなタマか？」

「たしかに」

　相槌《あいづち》を打ちながら、帯刀がプリントアウトされた書類を取り上げた。

「彼も、医学部ですか」

「……あぁ。トラウマというやつは、根が深いな」

短くなった煙草を揉《も》み消し、新しい一本に手をつけようとして、帯刀の視線を感じて肩を竦める。

「ほどほどにしてください。肺癌《はいがん》にでもなられては困りますから」

耳に痛いお小言を右から左に聞き流しながら、今一度パソコンの画面に視線を戻した。

そこに表示された画像を眺めて、たしかに似ているかもしれないと、思い直す。那珂川の血というのは、そうとう濃いものらしい。

そういえば自分も、同じ年ごろの亡父にそっくりだと、友好関係にある組織の老齢の会長に言われたことがある。

――貴透《たかゆき》……。

調査報告書の中身は、胎《はら》違いの弟に関するもの。

身辺調査をしているわけではない。弟の安全のために雇っている身辺警護を兼ねた興信所から、月に一度届く報告書だ。

二年前、貴彬が黒龍会を継いだときに、縁を切った弟。

極道とかかわらせないために、陽のあたる明るい道を歩ませるために、絶縁した。

男所帯の極道一家のなかで母の記憶もなく育った貴彬に、家庭の温かさを教えてくれたやさしい義母《はは》と、ただひとり血を分けた弟。父は厳しいながらも温かい人だったけれど、それでも貴彬にやさしい心と生活を教えてくれたのは、義母と弟だった。

一緒に暮らしたのは、義母が亡くなるまでのわずかな時間だったけれど、貴彬にとっては、実家が極道であることを忘れていられた時代の、穏やかで大切な思い出。

自分が黒龍会を継がなくてはならなくなったとき、血の絆というものの深さと怖さを思い知った。そのときに、一方的に縁を切った。父の葬儀に参列することも許さなかった。

いつ抗争が起きるかわからない状況下で、弟の存在を敵に知らせるわけにはいかなかったからだ。だから、「二度と那珂川の敷居は跨《また》ぐな」と伝えて、追い返した。

それが、貴彬にしてやれる、たったひとつ、兄らしいことだった。

その弟が、この春、大学生になった。

報告によれば、幸せに暮らしているらしい。

よかったと思う半面、一抹の淋《さび》しさは拭《ぬぐ》えない。

貴彬にはもう、家族と呼べる存在はいないのだ。

――そう言えば、史世に話してなかったな。

自分に弟がいることを、年若い恋人は知らない。

なんとなく言いづらくて、話す機会を逸してしまっていた。

弟と恋人。

どちらも大切な存在だが、比べられるようなものではない。しかし……。

大きな溜息をついて、表示ソフトを終了させる。

「ところで、例の件ですが」

帯刀が、本来の目的を思い出して、口を開く。

「読みどおり……か？」

「はい。やはりかなり根が深いかと」

帯刀の言葉の奥に秘められたニュアンスを感じ取って、貴彬が眉根《まゆね》を寄せた。

「売買組織自体は、独立したもののようです。ですが、クスリの出所がハッキリしません。外との取引もないようです」

「組織《ヤクザ》の者なら、わざわざうちのシマを荒らしたりはしない。もっと違う力が裏で糸を引いているはずだ」

帯刀がスッと目を細めて眉根を寄せる。

「二年前の残党だと？」

「ありえないことじゃないだろう？　末端の売買ルートは潰《つぶ》したが、結局黒幕までは暴けなかったからな」

貴彬の亡父、黒龍会先代総長が銃撃された事件に絡む、銃と麻薬の密売ルート。二年前、その核心にまで迫りながらも、貴彬はその黒幕を暴ききれなかった。あと少しのところまで迫りながら、大切なものと引き換えに、その事件から手を引かざるを得なかったのだ。

それでも、いつかかならず暴いて潰してやろうと、貴彬はその機会を待っていた。亡父の仇討《あだう》ちは、まだ終わってはいない。

一度甘い汁を吸った犯罪者は、時を変え場所を変え、同じ罪を繰り返す。だとしたら、今度こそ逃さない。二度と同じ犯罪を繰り返させないためにも、組織の根元を断つ必要がある。

「どちらにせよ、うちのシマを荒らしている限り、放ってはおけん。それなりの落とし前はつけさせる」

貴彬の言葉に帯刀が頷《うなず》いたとき、社長室のドアがノックされた。


「困りますね、史世さん。ちゃんとアポを取ってからにしていただかないと」

「遊びに来たわけじゃない」

冷ややかな視線を投げてくる帯刀を一瞥して、すぐに貴彬に向き直る。何を言っても無駄だと悟ったのか、帯刀はさっさと社長室の外へと避難を試みた。

自分のことを認めているのかいないのか、イマイチ本心の摑めない恋人の筆頭秘書は、史世にとっては貴彬など比にならないほど扱いにくい相手だ。たぶんこういうのを、同族嫌悪と言うのだろう。

「どうしたんだ？　おまえから来るなんて珍しいな」

いつも会う予定を入れてくるのは、貴彬だ。彼のほうが忙しい社会人なのだからという配慮もあって、史世のほうから「会いたい」と連絡を入れることは、まずない。

「なんか、ヤバイことになってないか？」

聞きたいことを、ズバリと切り込む。

「ヤバイこと？」

少し驚いた顔で史世を見やり、しかし口の端を上げてニヤリと笑う。

「ご期待に沿えなくて悪いが、うちは警察に目をつけられるようなことは何ひとつやってないぞ」

「そうじゃない」

じゃあなんだ？　と言いたげな視線を投げられて、史世の美麗な眉がピクリと反応した。ついでに声もオクターブ下がる。

「シマで、なんかヤバイこと起きてるんじゃないのか？」

「さぁ、特に大きな問題もないがな。いたって平和だ」

あくまでシラを切るつもりの貴彬に、史世の涼やかな瞳がすうっと細められた。

「へーぇ。なんにも起きてなくて、俺が警察に尾行《つ》けられるのかよ？」

その言葉に、貴彬の眉がわずかに反応した。

「所轄の組対だ」

組織犯罪対策部——略して組対。年々悪質化する組織犯罪に対応するために、暴力団対策課や銃器対策課、薬物対策課等が統合され設立された部署だ。所轄署に置かれているのは部ではなく課だが。

「所轄？」

「麻布署って、ここらの管轄だろうがっ」

「そうだな」

自分のひと言ひと言に飄々《ひょうひょう》と返してくる貴彬に、史世が切れる。

「誤魔化《ごまか》すなよ！　俺は巻き込まれてるんだぞ！」

ダンッと貴彬のデスクを叩《たた》いて、ついでにその胸倉を掴んで凄《すご》む。しかしそんなもの、貴彬に効くはずもない。可愛《かわい》いものだとでもいうように易々と手首を捻り上げられて、史世は唇を噛んだ。

「組の問題だ。首を突っ込むな」

——やっぱりなんか起きてるんじゃないかっ！

内心毒づきながら、ギリギリと締めつけられる手首を振り払う。真っ赤になった手首を擦《さす》りながら、それでも気丈に貴彬を睨みつけた。

「妙なことにかかわってる暇があったら、家帰って勉強してろ。受験生だろうが」

「……余計なお世話だ。心配されなきゃなんないような頭《オツム》じゃねぇよっ」

まだまだ言い足りない史世が口を開こうとしたとき、社長室のドアがノックされて、先ほど出て行ったはずの帯刀が資料らしきものを手に戻ってきた。

「おや、まだいらっしゃったんですか？」

いかにも……なセリフで史世を挑発する。

「そろそろテストの時期じゃないんですか？　学生は学生らしくしてらっしゃったほうが身のためですよ」

最近知ったのだが、帯刀は史世が通っている高校のOBらしい。歴史の長い学校ゆえに年中行事のスケジュールも長年変化はなく、卒業して十年は経《た》っているはずの帯刀にも、それらを把握されているあたりがなんとも悔しい。

しかも、自分を小馬鹿《こばか》にしたようなセリフの数々。ギリッと歯軋《はぎし》りして、うしろに立つ帯刀に視線を投げる。冷ややかなオーラのその下で、史世の堪忍袋は破裂寸前だ。

「そーかよ」

静かに息を吐き出す。

「邪魔したなっ！」

何も言わない貴彬の手から万年筆を奪い取ると、ガッ!!　とデスクの上に積み上げられた書類のど真ん中に突き刺して、サッと踵《きびす》を返す。

肩を竦める帯刀を一瞥して、抜けるかと思うような勢いでドアを閉め、大股に部屋を出た。


「……高かったんだがな、この万年筆」

有名な職人に作らせた特注品で、それはそれは書き心地が好《よ》くてお気に入りだったのに。

ウンザリと肩を落とした貴彬が呟く。

書類に突き刺さった万年筆のペン先はマホガニー製のデスクにまで達していて、金製のペン先は見事に潰れていた。

それでも史世の安全と引き換えにはできない。

そう思う貴彬の苦悩も、守られる立場に甘んじることをよしとしない史世には、理解はできても納得できるものではなかった。

[heat 4]

少し乱暴にドアベルを鳴らして姿を見せた史世に、カウンターの向こうでコーヒーを淹《い》れていた大柄な男が、穏やかな笑みを見せた。

「いらっしゃい、史世さん」

「……こんにちは」

ぶすくれた顔でカウンター席に腰を下ろした史世に、河原崎《かわらざき》は「おや?」という表情《かお》をする。

「どうされました? 喧嘩《けんか》でも?」

「だったらまだマシ。喧嘩にもならなかった」

頬杖《ほおづえ》をついて、溜息をつく。

「で、うちへ来たと?」

史世のために、専用のブレンドでコーヒー豆を挽《ひ》きながら、河原崎が笑う。

「河原崎さんくらい俺の味方してよ。あの帯刀《キツネ》は相変わらず何考えてんのかサッパリだし」

「あれはあれなりに、組のことを一番に考えてるんですよ。史世さんのことも気に入っているはずです」

「どうだか」

「気に食わない人間は、とことん無視するやつですから。ちょっかいをかけてくるということは、認めてるってことですよ」

穏やかな笑みを浮かべるこの男が、二年前まで極道だったなんて、常連客の誰に言っても信じはしないだろう。

大通りから少し外れた場所にある、小さな珈琲《コーヒー》専門店。

開店して間もないうちから、マスターの人柄とコーヒーの味のよさとで、客を摑んでいる。アンティーク家具で統一された、落ち着いた店の雰囲気も、オフィス街には不似合いながら、疲れたサラリーマンたちをひととき癒《いや》しているらしい。

香り高いコーヒーの入った、やはりアンティークなデザインのカップが目の前に置かれる。この店がコーヒー通にうけている理由のひとつに、自分好みのブレンドの豆をキープできるというシステムがある。今、河原崎が淹れて出してくれたのも、さして豆に詳しくもない史世が感覚で指定した味になるように、オリジナルでブレンドしてくれたものだ。

十五の歳からヤクザとして生きてきて、黒龍会の代紋代行まで務めた男の、意外な特技というか隠された才能というか……河原崎は専門家も舌を巻くほどのコーヒー通で、その知識は並外れている。

二年前、貴彬が黒龍会を継いだときに、河原崎は組を除籍し、カタギになった。誰よりも組の将来を案じていた男の選んだ結末に、誰よりも心を痛めたのは貴彬だったが、しかし貴彬が組を継ぐことを望んでいた河原崎は、充分に満足だったらしい。

そして今、彼は珈琲店のマスターに納まっている。

店そのものは、貴彬の口利きで、ビルやレストランなどをいくつも経営している資産家が出資したものだが、雇われマスターという立場を、河原崎は楽しんでいるようだった。

けれど、そこはやはり一度はその世界で道を極めた男。たとえ本人が完全なカタギになることを望んだところで、そうは問屋が卸さない。自然と街のありとあらゆる情報が、この男の元に集まってくる。

「所轄の刑事を投げ飛ばしたそうですね」

数時間前のことなのに、すでに河原崎の耳には入っているらしい。

「礼儀の〝れ〟の字も知らないからさ」

「あちらも、史世さんの見た目に騙《だま》されたんでしょう。大人を揶揄《からか》うのもほどほどになさったほうがよろしいですよ」

耳に痛いお小言に肩を竦めて、史世は本題を持ち出した。

「じゃあ、あの刑事たちが追ってる相手も知ってるわけだ?」

「……」

「あいつら、所轄の組対だった。てことは、またクスリか拳銃《チャカ》だろう？　ヤバイ組織でも動いてるの？」

史世の推察に「かなわない」という顔をして、河原崎は苦笑する。

「あなたに嘘《うそ》はつけませんね」

黙っていたところで何もいいことはないとわかっ

ている河原崎は、早々に口を開いた。

「ここ最近になって、大量に薬物が流通しはじめています。売人にはカタギの学生まで利用されている始末で……ヤクザではありません。専門の組織のようですが、まだ詳しくは……」

「密輸？」

「それもまだ……」

「売られてるのは黒龍会のシマなの？」

「いえ、もっと広範囲です。ほかの組も、警察に疑いをかけられて辟易《へきえき》しているはずですよ。まあ、なかには便乗しているところもあるかもしれませんが」

「なるほど」

ブラックリストに載っているであろう人間には、片っ端から疑いをかけて調べているということか。売人にカタギの学生まで使われていると知って、ここらの学生の間での史世の評判を聞きつけたのだろう。

徒党を組むわけでもなく、かといって一匹《いっぴき》狼《おおかみ》を気取るわけでもなく、学生たちに恐れられる存在。しかも調べてみれば黒龍会総長と付き合いがあることが知れたとなれば、容疑をかけられてもしかたないことかもしれないが。

「お門違いにもほどがあるよ。バカバカしい」

大きな溜息をついて、椅子《いす》の背に身体をあずけ、髪を掻《か》き上げる。

「おや？　それだけなんですか？」

「それだけ……って？」

「事件解決に奔走されるのかと」

史世がそんな正義感溢《あふ》れるタイプではないことを重々承知していて、河原崎はそんなふうに揶揄う。

「まさか。理由がわかればそれでいい。俺が口出すようなことじゃないだろ？」

気に食わなかったのは、何も知らされないこと。関係ないと突っぱねられて、なんの情報も与えられないことが我慢ならなかっただけだ。

「貴彬に任せときゃ組は大丈夫だろうし、ほかのことは警察の仕事だ。それにそんなに広範囲にわたってるんなら、本庁も動いてるだろうし」

史世の言葉に、河原崎も「もっともです」という顔で頷く。

「妙なことに組が巻き込まれてるんじゃなきゃ、俺はどうでもいい」

捜査がはかどらなくて警察が四苦八苦していようが、そんなことは一学生の自分が気にかける問題ではないだろう。それに警察だってプロだ。いつまでもモタモタしているはずもない。

「日本警察も、そこまで落ちぶれてないだろうし」

皮肉った史世の言葉に、カウンターの一番奥から、クスリと笑う声が零れた。

見れば、かなり派手めなスーツ姿の女性が、スリムの煙草を片手に楽しげな笑みを浮かべている。これだけ目を惹《ひ》く美女が、「人が座っている」程度に存在を消していたのだから、本人がそのつもりで気配を殺していたのだろう。

「いらっしゃったんですか？」

史世も知らない相手ではない。これまでにも、何度か顔を合わせたことがある。


だが、別の場所ならともかく、この場で——元極道である河原崎の店で——あえて互いの存在を認識させる言動をとったりはしない。そのほうが互いのためだと、暗黙のうちに了解しているからだ。だが今は、第三者——他の客の目はない。

「気づいてたくせに」

女も、食えない顔で返してくる。

コーヒーの味を楽しむために、カウンター奥だけが喫煙席になっているこの店で、女はいつも決まった席に腰を下ろしている。

歳のころは二十代半ばすぎといったところか。原色のスーツにピンヒール。一見水商売風にしか見えないが、その正体が警視庁捜査一課の刑事、しかもキャリアであることを、史世は河原崎から聞いて知っている。

河原崎は何も言わないが、根っからのヤクザだった男がカタギになろうと決めた理由のひとつが、この女刑事にあるのではないかと、史世は踏んでいる。

「日本警察を、かいかぶらないほうがいいわよ」

紫煙《しえん》を吐き出しながら、肩のあたりで切りそろえられた黒く艶《つや》やかな髪を掻き上げる。

「そんなに行きづまってるんですか？」

史世の言葉には首を横に振って、

「根の深い虫歯みたいなものってこと」

短くなった煙草を、ぎゅっと揉《も》み消す。

「……すごい喩えだな」

警察機構の腐敗の深さを言いたいのだろうが、身内に対するものとは思えない、嘲ったセリフだ。

だが、この女刑事が言うと、あまりにサバサバしすぎていて、どこまでが本気でどこからが冗談なのか、イマイチ摑みづらい。

「そうした現状をどうにかするためにも、君のようなキャリアが出世する必要があるんじゃないですか？」

穏やかな声で、河原崎が諭す。

それに小さく笑った女刑事の横顔に、史世は自分の推察があながち外れていないことを確信した。

「ごちそうさま」

コーヒーを飲み干して、席を立つ。そして、

「あんまりサボってると、税金泥棒って言われちゃいますよ」

ウインクをひとつ、投げた。

「これでも情報収集中よ」

両手を天井にかざして降参のポーズを取り、女が笑う。それにヒラヒラと手を振って、史世は夕陽のなかへと身を投げる。

しかし、事件解決に奔走する警察の手も追いつかないほどに、今度の事件は性質《たち》の悪いものだった。


神楽坂《かぐらざか》の、決して広くはない坂道を、黒塗りのリムジンがゆっくりと登っていく。

その先にあるのは、この不況に不似合いな、高級料亭。

心の腐臭を漂わせる男たちが、密会する場。

今日もまた、金の亡者たちが、明日の我が身のために、権威に飽かせた策略を練っていた。

「警察や地検の追及など、いくらでも圧力をかけられる」

そこには、法も秩序もない。

黒いアタッシェケースが交換される。

その中身がなんなのか、醜悪な笑みを交わし合う男たち以外に知る者はまだいない。

[heat 5]

警察に任せておけばいいと高を括っていた史世の耳に、その情報が届いたのは、週明けのことだった。

昨年一年間、自分の執務室でもあった生徒会室のドアをノックする。なかでは、現生徒会長である幼《おさな》馴染《なじみ》の蘭生《ゆう》と、その蘭生のために参謀として残していった、副会長であり中学時代からの悪友でもある新見《にいみ》とが、事態の収拾に頭を悩ませていた。

「どうなってる？」

「……たぶん、退学は免れないだろうな」

新見が応じる。

「現行犯だったらしくて……」

言いながら、蘭生が肩を落とした。

「バカなことをしたのは本人の責任だ。蘭生が気に病むことじゃないよ」

やさしい口調ながらもピシャリと言う史世の厳しさに、蘭生は「でも……」と言葉を濁す。己の心の弱さが招いた結果とはいえ、理由も聞かずに切り捨てるのは胸が痛むらしい。

「常習だったんだろ？」

「それだけじゃない。売る側にもいたらしい」

新見の言葉には、さすがの史世も眉根を寄せた。

「売人やってたのか？」

「最初は買うだけだったのが、いつの間にか深みにはまったってとこだろうな」

溜息交じりに新見が言う。

「噂《うわさ》はすぐに広まると思うから……できる限り動揺は抑えないと」

有名私立高校に通う高校生が薬物所持で逮捕されたとあっては、衝撃は大きく、学校側はもちろん、ＰＴＡも学生たちも動揺は否めない。

「必要があれば生徒総会を開くよ」

学生たちの立場に立って広がる動揺を抑えるのも生徒会の役目だ。

「頼りにしてるよ、生徒会長」

毅然《きぜん》と言う藺生に、励ますかわりに軽い言葉をかけて、史世はやわらかな髪をくしゃくしゃっと撫《な》でる。

「もうっ、茶化さないでよっ。ホントに大変なんだから！」

「わかってる。僕もできる限りの協力はするから」

頼もしい前生徒会長の言葉に、藺生がやっと肩から力を抜く。そして、いつもと変わらぬ無防備な笑顔を見せた。

そんな藺生に微笑み返して、チラリと新見に視線を投げる。できる限り藺生を手助けしてくれるよう悪友に目配せをして、史世は生徒会室をあとにした。

廊下に出たところで、生徒会室内に耳をそばだてるようにして壁に背をあずけ、腕を組んで静かに佇む存在に気づく。

向こうも史世に気づいてチラリと視線を投げてきた。

「なかに入って会長の手伝いでもしたらどうだ？」

「……運動部長の俺が出て行く幕じゃない」

低く牽制《けんせい》するような声が返してくる。

「意地張ってると、あとで後悔するぞ」

大切な大切な幼馴染である蘭生の周りに、使えない人材など必要ない。目の前の青年が、この春あたりから妙に蘭生につっかかっていることは史世の耳にも入っている。そのうちじっくりと品定めしてやろうかと思っていたところだ。

表情を消した瞳で睨みつけた史世の視線を、真っ向から睨み返してくる。

蘭生に特別な感情を抱いているのであろう青年のまっすぐな瞳に、十年後の大器を見る。けれど、そう簡単に可愛い蘭生はやれない。

自分にとって……自分のトラウマを癒してくれた、大事な大事な存在だからこそ、相応の相手でなければ、譲ることはできない。

この青年が自分の代わりに蘭生を守っていけるだけの男なのか、史世はまだ判断しきれていないのだ。

「後悔なら、とうの昔にしてるさ」

苦々しい顔で零す青年の胸倉を摑むと、低い声で釘《くぎ》を刺した。

「てめぇの不始末くらい、てめぇの責任でカタつけろっ」

それができないようなら、それまでの男ということだ。

わざとわかりやすく凄めば、青年はぐっと口を引き結び、身体の横で静かに拳を握る。

蘭生を傷つける者など、史世は許さない。入学以来、蘭生にちょっかいをかけてきた者たちが皆そうであったように、この手で蘭生の視界から抹殺してくれる。

自分に絶対的な信頼を寄せる蘭生を守ること。それが史世の使命なのだ。

そう己に言い聞かせて、この十年生きてきた。

その役目を譲ることはできない。今はまだ。

——おまえがそれだけの器なら、考えてやるさ。

そう匂わせて返す言葉を探せないでいる精悍《せいかん》な面を一瞥し、史世は昇降口へ足を向ける。自分なりにできることを、模索しながら。

自ら望んで得たわけではないが、史世にも独自の情報網がある。

中学に上がったあたりから、ここらの学生の間には、その名が知れ渡っていた。特に徒党を組む、いわゆる不良と言われる少年たちや、街に屯する少年たちの間では。

そういった少年たちは、どこの組織にも属さない存在を、疎《うと》んじる傾向がある。自分たちの力を見せつけるために、因縁をつけてくることも多い。しかし、そうして絡んだ相手に歴然とした力の差を見せつけられると、今度は畏怖《いふ》と敬意の混じった目で、相手を見るようになる。

力関係で結ばれた人脈など、あてにはならない。そこには、互いを結びつける信頼などといった強い感情は存在しないのだから。

だから、そういった手合いを、史世が相手にしたことはない。絡まれても、その場が凌《しの》げればそれでいい。返り討ちにしたからといって、彼らを支配したいわけではない。もともとそういった集団や組織になど、興味はないのだ。

それでも、こちらは相手になどした覚えはないというのに、どういうわけか史世に対して絶対的な敬意と信頼を寄せてくる者が何人かいる。

より強い者への憧《あこが》れなのか、それとも史世という人間の魅力に惹かれてしまったのか。多くは、そういった街に屯する少年たちを率いる集団や組織のリーダー格の者たちだ。

それがどんな集まりであれ、トップに立つからには、それなりに人間を率いるだけの統率力や洞察力が必要になる。そういった少年たちの目に史世は、特別な存在として映るのかもしれない。

史世の信奉者たちが、下世話な話、不可侵のアイドルを崇《あが》めているようなものだったとしても、それで屯する少年たちの統制が取れ、少年犯罪が減るのであれば、あながち悪いことでもないだろう。

普段、どれだけ熱い視線を注がれても、ついぞ相手になどしたことのない彼らでも、必要とあれば利用する。悪魔のごとき女王様気質だが、それが許されるのも史世だからこそ。

「ちょっと頼みたいことがあるんだけど」

街に出て、知っている顔に声をかける。

もちろん妖艶《ようえん》な微笑みひとつというサービスつきで。

史世の伝令は光速で少年たちの間に伝わり、そしてその要望は、ほどなくして叶えられることとなった。

「史世さん、これって……」

史世に言われたまま、自分たちが縄張りとする街の置かれた状況を確認して、少年が顔を強張らせる。

「おまえたちは心配しなくていい。口は噤《つぐ》んでろ」

釘を刺されて、少年がぎゅっと唇を引き結ぶ。

「少年Aで許されることにも、限度ってもんがある。自分じゃなんの責任も取れない子ども《ガキ》だってこと、忘れるな」

犯罪に手を染めるなと、暗に諭す。

「ヤバイやつ見かけたら、連絡しろ」

「仲間を警察《サツ》に売れって言うんですかっ!?」

思わず身を乗り出した少年を、容赦なく睨《ね》めつけて、凄みを利かせる。

「ふざけたこと言ってんなよ？　何が友情で何が正義なのか、そんなこともわかんねぇのかっ!?」

「――っ!!」

顔面蒼白《そうはく》になって、少年がガタガタと震えだす。

「いいか、おまえの顔が利く限りに言い聞かせろ」

それだけ言い置いて、夜の街に背を向けた。


しばらく歩いて立ち止まり、小さく嘆息する。

子ども《ガキ》なのは、自分も同じ。

「何、偉そうに説教してんだか」

自嘲気味に肩を竦めて、髪を掻き上げる。彼らの望むままにふるまって見せるのも、なかなか楽じゃない。

けど、

「子ども《ガキ》を巻き込むのは、許せないな」

それがどんな相手であれ、子どもを食い物にする大人など、許せない。

ネオンに照らされ明るい都会の夜空を見上げて、史世は呟いた。


「デカイ金が動いてるらしい」

いつもの昼休み。いつもの屋上。

「デカイ金？　例の総会屋《じいさん》情報か？」

実家が大手ゼネコンである新見には、将棋仲間という名目の、情報源がいる。

将棋の相手をしてやると、いろいろと業界の裏話を聞かせてくれるという、新見曰く〝じいさん〟は、あえて聞いてはいないが、相当な大物総会屋らしい。

その総会屋《じいさん》の世間話に何か引っかかるものを感じたのか、新見は、まるで天気の話でもするかのような口調で、言葉を継いだ。

「選挙、近かったよな？」

俺たちには関係ないが……と、世間話をつづける。

何も話していないが、敏い新見のことだ、今史世が調べまわっている事件のことに、気づいているのかもしれない。

「社長《親父》が、デカイ仕事を横から掻っ攫《さら》われたって零してた。相手は実家《うち》より小さい会社《ゼネコン》だ」

入札に不正があったとでもいうのだろうか。

「不正や談合なんか、珍しいことじゃないさ。うちの親父だって政治家と繋《つな》がってるしな」

たぶん、その政治家が、もっと力のある大物政治家に圧力をかけられたか……もしくは買収されたのかもしれない。その大物政治家の息のかかった会社に仕事を下ろすために。もちろん、その大物政治家には、仕事を取っていった会社から賄賂《わいろ》が渡っているのだろう。

そうした口利きの見返りとして、裏金と票を得る。選挙で勝つために必要なのは、筋の通った公約でも、地元民の信頼でもなく、金だ。当選したあとの派閥内人事や発言力を考えれば、もっともっと大きな金が必要になる。

そうした贈収賄罪が暴かれるのは、ごく稀《まれ》だ。なぜなら、ひとりが捕まれば、芋蔓《いもづる》式にほかの政治家の名も上がってくるからだ。

ときおり表に出てくるのは、人身御供《ひとみごくう》にされたか、何かの理由で大きな力に潰されたか、といったところだろう。

自己保身のためには、犯罪にも目を瞑る。

その代わり、ひとたび暴露合戦がはじまれば、それは泥沼となって、子どもの喧嘩よりも性質が悪い。

もちろん、〝政治家〟とひと括りにしてしまっては、理想に燃えて政治の世界に足を踏み入れている多くの代議士たちに、申し訳ないが。

学生の身である史世たちにとって、遠い世界に思えるそんな政治の世界と、何がどんなところから繋がっているかはわからない。

「ここんとこますます羽振りがいいらしい」

「その政治家か？」

「賄賂以外にも、裏の収入源を持ってるのかもしれないな」

裏の収入源……。

「なるほど」

「なんか結びついたか？」

史世の反応に、新見がニヤリと笑う。こういう胡散くさい話題が一番似合わなそうな顔をして、その実、この食わせ者ぶりは詐欺だろうと、史世は思わずにはいられない。

「澄田校医《すみたせんせい》は騙されてるとしか思えんな」

新見の恋人である保健医に、同情すら覚える。

「お互いさまだ」

余裕の顔で突っ込まれて、史世は肩を竦めた。

史世だって、幼馴染の蘭生の前では〝やさしいお向かいのお兄ちゃん〟を演じているのだから、新見のことを言えた義理ではないだろう。

新見の話が、今自分が調べている事件に繋がるだろうか。政治の裏金とクスリ……。それを繋ぐものがあるとすれば、

――警察上層部への圧力？

組織から金を受け取って、その見返りとして捜査の手を緩めるように圧力をかけているということは、充分に考えられることだ。けれど、それだけだろうか。

「……相手が、デカくないか？」

青い空を仰いで寝転びながら、新見がポツリと呟く。

史世は、応えない。その沈黙を返答として受け取って、新見は小さく溜息をついた。

そんな新見に、史世が食えない顔を向ける。

「そんなことより、親父さんの会社の心配したほうがいいんじゃないか？」

政治家との繋がり……それはつまり、賄賂を渡して仕事を取っているということだ。裏帳簿が見つかったら、新見の父親も会社も一巻の終わりではないか。

「筆頭秘書に耳打ちしといたさ。もっとうまく隠せ、ってな」

「おまえが相手じゃ、どんなセキュリティも役に立たないだろう？」

あまり大きな声では言えないが、新見のハッキングの腕はそうとうなものだ。

「いや、ご立派なセキュリティ・システムも、使う人間が抜けてちゃ意味ないってことだ」

「……？」

「親父のパソコンが立ち上げっぱなしになってたの、覗いた」

ニヤリと笑った新見に、史世が呆《あき》れた顔を向ける。

「……そいつは、どうしようもないな」

ハッキングの必要もなかったということか。呆れて言葉もないとはこのことだ。

ふたりが顔を見合わせたところで、タイミングよくチャイムが鳴った。密談タイムは終了だ。

大きな伸びをして、起き上がる。

「気をつけろよ」

新見の言葉に、うっすらと口の端を上げて笑みを刻む。

「俺は真実を知りたいだけだ。何も警察の真似《まね》事をしようってわけじゃない」

どこかの誰かさんが教えてくれないのなら、自分で調べるしかないだろう。

もちろん、警察やヤクザが立ち入れない独自の世界を持つ街の少年たちが犯罪に手を染めないように言い聞かせてやることができるのが自分だけだということも、独自に動いている理由のひとつではあるのだが。

そんな史世に肩を竦めて、「どうだかな」と、新見は空を仰いだ。

「ま、篁《たかむら》が泣くようなことにならなきゃ、俺はいいさ」

「……蘭生の補佐は、頼む」

「言われなくても」

そろそろ学園祭の準備にも手をつけなきゃならんしな……とボヤいて、新見は踵を返す。生徒会役員が忙しくなるのはこれからだ。

「んじゃぁ、忙しくなる前に、コキ使わせてもらうとするか」

蘭生を狙っているオオカミにも、これからしばらく目を光らせていなくてはならない。さすがに全校生徒相手となると自分ひとりでは追いつかない場面も考えられる。

「……カンベンしてくれ」

楽しげな史世の口調に、新見はウンザリと肩を落とした。

週末、「河原崎の店で待っていろ」というメールが入って、珍しいこともあるものだと、史世は言われるままに店に足を向けた。

ドアに手をかけようとして、内側から開けられ、思わず踏鞴《たたら》を踏む。

「あら」

豪快な所作でドアを開けて出てきたのは、例の女刑事。史世に気づいてフッと口許を緩めると、意味深に笑った。

「君のダーリンのおかげで、上層部《うえ》は真っ青よ」

やってくれるわね、と史世の肩をポンとひと叩きし、ヒールを鳴らして颯爽《さっそう》と去っていく。その後ろ姿に、史世は、やはり貴彬が事件解決のために動いていたことを知った。

そして、どうやらそれが警察組織を揺るがすような警察内部の汚職にかかわっているらしいということも。

「なんでそんな簡単に事件解決しちゃうんだよ?」

河原崎の店でコーヒーを啜《すす》りながら、満面に不満を浮かべて、史世が吐き捨てる。

「やっぱり、動いてらしたんじゃないですか」

笑いながら、史世のイライラを鎮めるべく、河原崎がホットサンドを出してくれた。

「お腹が空いているからイライラするんですよ。どうぞ」

敵わないな…とばかり肩を竦めて、史世は熱々のそれに手を伸ばした。史世がこんなに素直な態度で接する相手は、河原崎くらいのものだ。

降りかかった火の粉を払うという名目で、最近の薬物流通に関する調査をしていた黒龍会上層部によって、売買組織の全貌《ぜんぼう》は把握され、事件はほぼ解決。しかし、それがわかったからといって黒龍会には裁く手段はない。脅してシマから追い出したところで、別の場所で同じ犯罪を繰り返すだけのことだ。となるとやはり警察に動いてもらうほかないということになる。

　結果、貴彬は手にしたネタを持って、顔見知りの刑事に会いに行ったらしい。

　大きな組織のトップに立つ恋人の持つ情報網に、史世は今さらのように舌を巻く。

「組織の全容は、二年前からほぼ摑んでいたものです」

　河原崎が、静かに口を開いた。

「ですが、あのときは、黒幕の存在まで暴ききれませんでした」

　抗争を吹っかけてきた山内《やまうち》組組長を撃った河原崎の身と引き換えに、貴彬は摑んだ情報のすべてを警察上層部に渡した。それによって、当時山内組が持っていた銃と麻薬の密売ルートは暴けたが、そのさらに裏で手を引いていたはずの黒幕の正体は、闇《やみ》に葬られてしまったのだ。

　こちらが証拠を摑みきる前に、焦《じ》れた山内が動いたために、結果、黒幕もチャイニーズマフィアも山内を見限り、最終的には口を封じられてしまった。組織を守るために、末端が切り捨てられた結果だ。

　背の傷が、疼《うず》いたような気がした。

　二年前の事件で、この身に受けた、消えない傷。

　河原崎のせいではない。二年前の事件を暴ききれなかったのは。

　史世の背を縦断する、刀傷。

　この傷こそが……自分があのとき、拉致《らち》されたりしなかったら……。

「史世さんが気に病むことはありません」

　手をとめ、黙り込んでしまった史世に、河原崎が気遣う声をかけてくる。

　誰に責任があるわけではない。

　河原崎は、そう言いたいのだろう。

　それはまるで、自分に言い聞かせるような言葉。

「あなたが暗い顔をされていては、がんばられた貴彬さんが報われませんよ」

　諭すような温かい声がかけられたとき、店のドアが開いた。


「どうしたんだよ？」

二年間、ずっと心に引っかかっていた事件が解決できたというのに、貴彬は浮かない顔をしている。

閉店したあとの店内には、史世と河原崎、そして無言で入ってきた貴彬の三人だけだ。

「河原崎、テレビをつけろ」

貴彬の前に湯気を立てるカップを置きながら、河原崎が眉根を寄せる。

静かにコーヒーを味わうことをコンセプトにしたこの店には、テレビは置いていない。しかし必要な場合も考えて、カウンターの奥の棚には、テレビ以外にもＡＶ機器などが一式そろえられている。

普段はそういったデジタル機材を隠している木製の扉を開けて、テレビをつける。ちょうど夜遅い時間のニュース番組がはじまるタイミングだ。


そしてトップニュースとして報じられた事件の内容に、史世は目を見開いた。

「なんだ…よ、これ……」

さすがの史世も、顔を強張らせる。

「揉み消し、ですか？」

河原崎が、静かに問う。

出されたコーヒーを一気に半分ほど飲み干して、貴彬が苦い声で吐き出した。

「相手が悪かった」

今回の事件を背後で指示していたのは、やはり二年前の事件と同じ黒幕だったのだ。


二年前、黒龍会に抗争を仕掛けてきた山内組が持っていた末端の麻薬売買ルートは、たしかに潰したはずだった。だが、一度犯罪に手を染めた者は、何度でも同じことを繰り返す。

うまく摘発を逃れたものが仲間を募り、ヤクザとは無関係の麻薬売買組織が生まれた。その組織に押収した薬物を横流ししていたのが、所轄の刑事と官僚を父親に持つ本庁のキャリア。自分の立場を利用して、押収量などのデータを改竄《かいざん》していたらしい。

しかし、ニュースで報じられているのは、売買組織に属していたチンピラたちと所轄の刑事の名だけ。その上で手引きしていたキャリアの名は、どこにもない。

「逮捕された所轄の刑事も、脅されているか買収されているはずだ。妻子ある男だったからな」

麻薬を取り締まっていたはずの人間が、押収物を横流ししていた現実。元手もかからず、甘い汁だけを啜る、汚いやり口だ。

「圧力がかかって、現場も仲間を切るだけで我慢するしかなかったということですか」

河原崎がテレビ画面を見やりながら、苦々しく零す。

先ほどからずっとテレビ画面を睨むように見入っていた史世の視界に、いつだったか史世を尾行していた刑事が、犯人の元同僚を連行している姿が映った。ふたりとも厳しい表情をしている。

生真面目で生粋の刑事のような男たちだった。さぞ悔しく行き場のない怒りを抱えていることだろう。

「あの刑事だけ、人身御供ってことかよ？」

低い声で史世が問う。

「早い話がそういうことだ」

「黒幕って、そのキャリアじゃないだろ？」

史世の指摘に、貴彬が眉根を寄せた。

「そいつの処遇に手を加えるために、圧力をかけたやつが、ホントの黒幕じゃないのか？」

確信に満ちた言葉。

「……そいつの父親と、さる大物政治家が絡んでる」

諦めたように、溜息をつきつつ貴彬が返した。

——やっぱり。

新見から聞きかじった情報と、符合する。

「政治資金になっていると？」

河原崎も驚きを隠せない。

「あいつらは、金のためならなんでもするハイエナだ。モラルも何もないさ」

　金を生み出す組織をつくり上げ、政治家に取り入り、自分の地位を確保する。そこにあるのは、金と利権に絡む醜い欲望だけ。

「全部暴ければ大スキャンダルだ」

「――で？　圧力かけられて、それで黙ってるつもりなのか？　まさか諦めるなんて言わないよな？」

　史世の突っ込みに貴彬が視線を落とす。

「……手ぇ引くって言うのか？」

　責めるような声が、オクターブ下がる。

「俺たちはジャーナリストでもなければ、ましてや刑事でもない」

　もともと貴彬が情報収集に動いたのは、黒龍会のシマが荒らされるのを危惧《きぐ》してのことだった。街の治安が悪化すれば、それに引き寄せられるように、ハイエナのようなチンピラや犯罪者たちが集まるようになる。結果として、住民の生活が脅され、犯罪に巻き込まれる危険性も出てくる。

　それに警察に疑いをかけられるのも癪《しゃく》だった。

　付き合いの長い所轄の刑事なら、黒龍会が麻薬の密売になど手を出すはずがないとわかっているだろうが、本庁が相手では勝手が違う。

　しかも、そうやって情報を収集していくうちに、二年前の事件の影がチラつきはじめた。

　貴彬から父を奪った銃撃に端を発した、黒龍会のシマを狙った大がかりな犯罪。

　あのときも、バックにあったのは、黒龍会のシマから上がるシノギ《収入》を狙った抗争と、チャイニーズマフィアまでをも取り込んだ、麻薬と銃の密売から生まれる大きな金の流れだった。

　二年前、山内組に史世を拉致され、貴彬は単身敵陣に乗り込んだ。そして、その貴彬を助けるために、河原崎は自ら進んで犠牲になった。

　黒龍会の未来と河原崎の釈放を引き換えに、貴彬は手にしていたすべての情報を警察に提供した。そのことによって、摑みかけていた黒幕の正体が、闇に葬られることを覚悟で。

　だからといって、父の仇討ちを諦めたわけではなかった。

いつかかならず、敵は尻尾《しっぽ》を出すはず。

そのときを、じっと待っていた。

そのチャンスがやっと訪れたのだ。それなのに……っ。

貴彬の言うとおり、自分たちはジャーナリストでもなければ刑事でもない。それどころか、何をネタに警察の手が伸びるかもわからない極道だ。全国的に見ても大きな組織のトップに立つ貴彬には、組織を守る義務があり、それゆえに確実なネタを摑まない限り動けない弱みがある。

逆恨みされて、強制捜査の手が入ることもあり得る。火種のないところに、無理やり煙を立てられることも、決してあり得ない話ではない。ことによっては、すべての罪をなすりつけられる危険性も、ないとは言いきれない。

個人的な感情のために、組織を犠牲にすることはできない。何があっても、貴彬は浅野内匠頭《あさのたくみのかみ》にはなれない。残される舎弟たちのことを考えたら、松の廊下の刃傷沙汰《にんじょうざた》など、起こせるわけがないのだから。

それがトップに立つべき者の、責任だ。

「また、取引でも持ちかけられたのか？」

ハッキリと言わない貴彬の言葉の奥に、史世は男の苦悩を見取った。

「組のことと、引き換えにさせられたんじゃないのかっ⁉」

貴彬の沈黙が、それを肯定していた。

「――っ‼　くっそっ‼」

ダンッとカウンターを拳で殴りつけて、史世が憤りを露わにする。

そうして事件の中核は明るみに出ることなく、内部で握りつぶされるのだ。

きっと、件《くだん》のキャリア刑事は、しばらくすれば依願退職扱いで警察を去るのだろう。その上の官僚と政治家にとっては、その程度痛くも痒《かゆ》くもない。その刑事にしたところで、きっとすぐに政治家の口利きで、どこかでそれなりの肩書きの地位に収まってしまうに違いない。

しかも、犯罪組織は、その程度では潰れない。

末端の面子《メンツ》が変わるだけのこと。

誰かが後ろで糸を引いていれば、同じことが何度も繰り返される。

「うちの学校の生徒が、現行犯で逮捕《パク》られてる」

「……」

「最初は、ほんの出来心だったらしい。けどどんどん深みにはまって……しまいには家族や妹を楯に脅されてたらしい」

クスリに手を染めたのは、心の弱さの表れ。その先に待ち受けているものがわからないほどバカではないはずで、その生徒を庇《かば》う謂《いわ》れはない。

「クラス委員長も務める優秀な生徒だった。親の期待がプレッシャーだったんだ。だからクスリに助けを求めた。悪いのはそいつだ。自分を律しきれなかった。けど！」

史世が声を荒らげる。

「彼は退学になった！　名前が公表されなくても、噂はどこからともなく広まる！」

きっと親子ともども、このさき世間の好奇の目に耐えて生きていかなくてはならない。更生できるかどうかは、本人に現実を乗り越える強さがあるかどうかにかかっている。

「末端で利用されてただけのやつらばかりが罰せられる！　泣くのは弱い者ばっかり！　何百という犠牲の上に胡坐《あぐら》をかいて、あいつらは高笑いしながら甘い汁だけを啜ってるんだぞ!!　なんにもできないって、そんなのアリかよっ!?」

いつになく熱くなる史世に、貴彬が小さく溜息をついた。

「……俺が、悔しくないとでも思ってるのか？」

「――っ!!」

そんなこと、思っているわけがない。

誰よりも、一番憤っているのが貴彬だということくらい、史世だってわかっている。

きゅっと唇を噛んで、貴彬に背を向けるように、半ば浮かせた腰を椅子に戻した。乱暴なその仕種《しぐさ》が、事件に対する怒りと、何もできない自分自身へのイ

ライラと……そして、自身の軽率な発言を恥じてのものだとすぐにわかって、貴彬はうしろからそっとその肩を抱き寄せた。

「悪かったな。心配かけて」

「……俺はなんにも聞いてないんだから、心配のしようもないだろっ」

冷ややかに背後の男を睨みながら、いつも胸に抱えている不満を口にした。

「おまえを巻き込みたくないんだ。いつも言ってるだろうが？」

「話くらい聞く権利はあるはずだ」

そうしたら、貴彬ひとりに悔しい思いをさせずにすんだかもしれないのに。

けれど男はいつも、ひとりですべてを抱え込もうとする。

「おまえがおとなしく受験勉強だけをしてるんだったら、いくらでも話してやるさ」

「別に俺はそんな正義感溢れるタイプじゃないぜ？」

「そうか？　現に今こうして首を突っ込んでるじゃないか」

「それは……」

今回の事件が、二年前の事件に繋がっていると感じたから。

貴彬は父を失い、自分が拉致されたがために将来の夢を棄て黒龍会を継ぎ、そして河原崎は貴彬に覚悟を促すように組を去った。

あの事件に絡んでいると、敏感な史世のアンテナが察知したからだ。

でなければ、興味など持ちはしなかった。

貴彬が覚悟を決めて組を継いだときに、史世も貴彬とともに生きていく覚悟を決めた。

二年前の事件で背に負った傷とともども、棘道《いばらみち》を男とともに生きていくと、その傷に誓った。

だからこそ、知りたかったのだ。事件の全貌を。

「史世……」

ふたりを包む空気が、いつになく甘いものへと変化しかかったそのとき、実にわざとらしく大きな音を立てて、河原崎が先ほどまで見ていたテレビなどの収納された棚の戸を閉じた。

バッッタンッ!!

途端、ふたりを包んでいた空気が、常温に戻る。

「仲良くされるのも結構ですが、場所は選んでください ね」

にっこりと一見人のよさそうな笑みを浮かべて、チクチクと釘を刺してくれる。

「さ、閉店です。お帰りください」

密かに口の端を上げて笑いながら、ふたりを追い立てる。

貴彬の飲みかけのカップまで下げてしまって、いつもどおりレシートも一緒に下げる。月末にまとめて、事務所宛に請求書を書くためだ。

河原崎の様子に肩を竦めて、退散しようと史世を促す。

「また来る」

短く言って、史世の肩を抱き、貴彬は店を出た。

［heat 7］

マンションの地下駐車場に停めた車のなか。

いつもどおり部屋に連れ込もうとする貴彬の腕を、史世が振り払う。

つれない態度に、貴彬は訝しげな顔で史世の細い顎を摑んだ。

「どうした？　まだ怒ってるのか？」

「……」

視線を外して押黙《おしだま》る史世に、貴彬が小さく笑う。

「二度も同じ手を食らって、拉致されるつもりはないだろう？」

口には出さずとも、史世が二年前のことを気に病んでいることは、貴彬ももちろん気づいている。

だが、ふたりが一緒にいるところを敵に見られてどうこうされることなど、今となっては気にするのも無駄だ。黒龍会総長が溺愛《できあい》する美貌の少年の存在は、組内部はもちろんのこと近隣の組関係者やその筋に詳しい人間なら、もはや誰もが知っていることなのだから。

敵に、その尻尾を摑もうと動いている貴彬の存在がバレたとして、口封じのために貴彬本人が狙われるのはもちろん、史世が標的になることは充分にあり得る。

そういった危険も含めての覚悟を、ふたりは二年前に決めたはずなのだから。

なのに、そうやって揶揄う貴彬のほうこそ、史世の身を常に案じている。

自分とともにあるためにふりかかる危険から、身を挺《てい》して史世を守ろうとすると同時に、史世がそれ以上の危険に曝《さら》される可能性ごと遮断しようとする。

そのくせ、これ以上はないほどの愛情と独占欲とを注いでくる。

「都合のいいときばっかり」

首を突っ込むなと言うくせに、こうして手を伸ばしてくる狡《ずる》い男。

貴彬の手を振り払いながら吐き捨てるように言って、代わりにしなやかな腕を逞《たくま》しい首に巻きつける。


「しばらく時間が取れなかったからな」

週末にはできるだけふたりの時間をつくるようにしてはいるものの、なかなか毎週末というわけにはいかない。弁護士をしていたころも組を継いでからも、貴彬は常に多忙だ。

ゆっくりと唇が重なって、久しぶりに感じる男の熱に酔いしれる。

「……んっ」

肉厚な舌に嬲《なぶ》られ、力強い腕に腰を抱き寄せられて、学生服の下の白い肌が熱を上げてゆく。

昂《たか》ぶる衝動を感じて、名残惜しげに唇が離れる。

そうしてやっと、自分たちがまだ、地下駐車場に停めた車のなかにいることに気づいた。

「カーセックスもなかなかオツだが……部屋に上がってゆっくりのほうが嬉しいんだがな？」

史世に確認するように、耳朶《じだ》に囁く。

「……っ!!　エロジジイっ！」

首にまわしていた腕で広い背を殴りつけ、「勝手にしろ！」と毒づく。さっと身を翻してベンツの助手席から降りると、史世は、アルミホイールのフロントタイヤを憎々しげにひと蹴《け》りした。

先にシャワーを浴びて、ベッドの上でモバイルを立ち上げていた貴彬の手から、有無を言わせずそれを奪い取り、OFFにして、ベッドサイドのテーブルに置く。

ガウンの裾から扇情的な白い脚を覗かせながら貴彬の腰を跨いで、史世は自ら男に手を伸ばした。

同じシャンプーの香りのする男の艶やかな黒髪に指を滑らせ、はだけたガウンの襟元から覗く白い胸元に抱き寄せる。それに誘われるように史世のガウンの腰紐を解きながら、貴彬は綺麗に浮いた鎖骨に歯を立てた。

「は……あ……ん……っ」

白い喉《のど》を仰《の》け反《ぞ》らせながら、甘い吐息を零す。

計算などない、けれど男を煽ってやまない禍々しいほどの痴態《ちたい》。大輪の薔薇《ばら》が花開く瞬間のような、豪気な艶やかさ。

ふたりが出会って五年。まだほんの子どもだった当時から史世の美貌は際立っていたが、ここ最近になってますます色艶を増すようになってきた。

凄絶なまでに美しい恋人を腕に抱くたび、貴彬は、腕のなかの存在に溺《おぼ》れていく自分を感じる。それが、年若い恋人にとっても同じであればいいと願いながら、細く芳《かぐわ》しい身体を暴いていく。

色づく胸の突起を舌先で転がしながら、抱き上げた腰の狭間に悪戯《いたずら》な手を這《は》わす。五年かけて自分好みに教え込んだ身体は、すぐに蕩《とろ》けて淫《みだ》らに花開いていく。

長い指に最奥を拓《ひら》かれ、淡い色の欲望が勃《た》ち上がる。甘い蜜《みつ》を滴《したた》らせながら、ヒクヒクと貴彬の与える刺激に反応してみせる。

貴彬が史世に溺れていくように、史世もまた、ただひとり自分を支配する……いや、支配できる男の腕に溺れていく。このときだけ、オンナになることも厭わない。

自分をこんなふうに扱える人間は、世界で唯一、目の前の男だけだと知っているから。

背に突き立てた爪も、喉元に押し当てた牙も、男の愛撫ひとつで引っ込んでしまう。

悪態をつく唇は、甘い口づけひとつで塞がれ、あとに残るのは、男の名を呼ぶ、信じられないくらい甘ったるい己の声だけ。

細い身体いっぱいに男の愛を受け止めながら、負けじと深い想いを返す。男の指先に乱れ、唇に啜り啼きながら、艶めく声を上げ、しなやかな身体を明け渡す。

男の灼熱《しゃくねつ》が、柔襞《やわひだ》を掻き分け、奥へ奥へと侵入してくる。

「あぁっ……は…ぁ……っ」

ジワジワと、身体の奥から湧《わ》き起こるような快感。ジリジリと身体の芯《しん》を焼く欲情が急速に膨れ上がってきて、繋がった場所から感じる熱さに、史世は背を震わせた。

それに呼応するかのように、貴彬を迎え入れた場所が、男の欲望に絡みつくように収縮する。

白い頬を朱に染め、悩ましく開かれた唇から赤い舌を覗かせて、長い睫を切なげに震わせる。

史世の長い前髪をやさしく梳き、喜悦に染まる白い顔を上げさせてから、ゆっくりと史世の内部を犯していた欲望をグンッと突き上げてきた。

「……っ!! は…あぁっ!!」

声は殺さない。

貴彬の与えるものすべてを、受け止めている証に。

欲情に濡れた低い声に名を呼ばれて、史世は誘われるように、その唇に自身のそれを寄せた。

「史世……っ」

キスをねだる唇を舐《な》め、差し出された甘い舌を絡め取って、吐息ごと貪《むさぼ》る。そんな男の熱さに追い立てられるように、男の灼熱を受け入れた細い腰が激しく揺らめく。繋がった場所から濡れた音が響いて、よりふたりを煽った。

戦慄《わなな》く細い背を支える逞しい腕。その腕が背筋を

伝って、滑らかな肌を縦断する痕《あと》に気づき、指先がそれを辿《たど》りはじめる。

「や……っ」

史世の右肩に歯を立てながら、そこからつづく傷痕を、たしかめるようにやさしくやさしく貴彬の指先が這う。

二年前、背に受けた刀傷は、かなり薄くなってきたものの、それでもまだクッキリと白い肌の上に横たわっている。若く瑞々しい肉体の再生能力をもってしても、簡単には消えない傷痕。

貴彬の指先がそこを伝うだけで、史世の官能はたちまち燃え上がっていく。

「あ…ぁ……ダメ……っ」

脊髄を伝って、身体の奥まった場所を直接焼かれるような、激しい快感が脳髄を焼き尽くそうとする。

必死に頭を振る史世の嬌態にほくそ笑みながら、貴彬がズンッと激しく突き上げてくる。

「史世……もっと乱れてみせろ」

朱に染まる耳朶に囁きを落とすなり、貴彬は身体を起こすと、自身の腰を跨いでいた史世の身体を、乱暴にシーツに組み伏せた。

「……な……っ!?」

史世が声にならない悲鳴を上げ、抗議の言葉を口にするより早く、艶めく唇を奪う。

「ん……っ、あ……は…ぁ……っ」

細い肩をシーツに押さえつけ、繋がったままの腰を抱え上げる。突き下ろすように乱暴に腰を使いながら、食い尽くしてしまいたいほどに愛しい身体を貪りつづける。

「た…かあ…き……っ」

必死に背に縋る腕。

白い指先が、広い背に爪を立てる。

芳しい肌に余すところなく朱印を散らしながら、男の唇が史世を翻弄する。

瞼《まぶた》の裏が真っ赤に染まるような激しい絶頂。

「史世……っ」

最奥に、熱い奔流を感じる。

「あ……あぁ……っ!!」

注ぎ込まれる情熱が、身体の隅々にまで行き渡っていく感覚。すべてを奪われる興奮と快感と、そしてわずかな恐怖。

この腕に抱かれ守られることに甘んじてしまいそうになる、自分自身への嫌悪。

エベレストよりも高いはずのプライドも、へし折って構わないと思ってしまうほどの、充足感。

けれど、しだいに冷静さを取り戻していく脳が、ふと我に返る瞬間の羞恥《しゅうち》。

厚い胸板に頬をあずけながら、史世は男の鼓動を聞く。

生きている、繋がっている、証。

愛しげに史世の髪に口づけを繰り返しながら、貴彬の大きな手が、抱き寄せた腰を辿る。

繋がったままの腰をゆるりと蠢《うごめ》かされて、史世が肌を戦慄かせる。艶めく瞳で男を見上げ、妖艶な微笑みで煽りながら、細い腕を男に向かって伸ばした。

その手を引き、熱い身体を抱き寄せる。

瞼に頬に口づけを降らせながら、確実に史世の身体を昂《たか》めていく。

そしてふたりは、二度目の波に身を投げた。


「なんか方法はないのか?」

貴彬の腕枕でぼんやりと天井を眺めながら、史世が口を開く。

「……考えてる」

「悠長なこと言ってんなよ」

大きな溜息をついて、乱れた髪を掻き上げる。

「そういうおまえこそ。いつになく熱くなってるじゃないか」

茶化すように言って、腕のなかの細い身体をぐいっと抱き寄せた。

額に甘い口づけが落ちてきて、史世は瞳を伏せ、まるでそれから逃れるように身を捩る。しかし屈強な男の腕は緩まない。

史世が、素面《しらふ》での甘い触れ合いが苦手なことを知っていて、貴彬は他愛ないじゃれ合いを仕掛けてくるのだ。

「おいっ、やめろってっ」

「何が？」

「だから……っ」

悪態をつこうとする唇を、細い顎を捕らえた手の親指でなぞられ、やんわりと言葉を止められる。

史世が諦めたのを見取って、今度は深い口づけがもたらされる。

甘んじてそれを受け止めながら、史世は長い睫を震わせた。

「蘭生が……気に病んでるんだ」

貴彬の、先の問いに答えながら、のしかかる男の背にたしかめるように掌を這わす。

結果、退学になってしまった学生のことを、生徒会長である幼馴染が気にしている。犯罪に手を染めてしまったのはその学生の落ち度なのだから、誰も何も気に病む必要などないのだが、感受性豊かな幼馴染は、「気にしてない」と言いつつ、溜息ばかりついているらしいのだ。

史世の蘭生への執着はいつものことで、貴彬もしかたないなとばかり、肩を竦めた。

本音を言えば、自分以上に史世の心を占めているかもしれない可愛らしい幼馴染の存在に、嫉妬《しっと》を覚えなくもない。

それでも、史世のトラウマを思えば、自分と出会うまで史世の精神《こころ》を支えてきた華奢な少年の存在意義が計り知れないことも、貴彬は充分に理解している。

幼くして亡くした妹。

後悔と自責の念に苦しみつづけた、長い長い時間。

二年前の事件のあと、史世は、いつまでも過去に囚われていてはならないと自分に言い聞かせるように、贖罪に囚われつづけた日々に終止符を打った。けれど、心の傷は、簡単には癒せない。

蘭生を〝妹の代わり〟にしてきた自覚があるからこそ、史世が苦しんでいることも、貴彬は気づいている。〝蘭生という存在〟を卒業しなければ、本当の意味で、史世は過去を振りきることはできない。

その機会を待って、待ちつづけて。

けれど、どうしても気になってしまう……というのが本音なのだろう。

「俺が親だったら、ギタギタにしてやるのに」

自分で責任も取れないくせに、犯罪に手を染めてしまったような学生のために、可愛い繭生が気を揉んでいるのかと思ったら、ひたすら気に食わない。

物騒なことを言って、「あーぁ」と零す。

本当は興味などないのだ……というポーズ。

お飾りの正義感も、表向き綺麗な言葉も、史世は大嫌いだ。

だから自分にも言い聞かせる。

本当は曲がったことなど大嫌いだけれど、そんな綺麗事ばかりじゃコトは進まないのだと、己を律するように。

「このままじゃ、いつまたうちの学生が餌食《えじき》にならないとも限らない」

表に出ていないだけで、二人目三人目の被害者は、すでに存在しているかもしれないのだ。

「最近は学生《ガキ》のほうが金を持ってるからな」

私立の有名進学校に通う学生なら、親もそれなりの収入のはず。たぶん組織はそこまで読んで、相手を選んで売りさばいているはずだ。金のつづかない相手に売ったところで、すぐにヤバイ状況に陥ることは目に見えている。

「警察は、上から圧力がかかれば、それまでだ」

今現在が、その状態だろう。

「本当の黒幕を暴かない限り、事件は解決しない」

警察が駄目なら、黒幕の政治家を叩くしかない。より大物相手になるが、下から上を引きずり出せないのならば、一番上を叩くしかないだろう。

ひとつひとつ確認するように話す貴彬の言葉に、史世は頷く。

だが、それが困難を極めるであろうことは、想像に難くない。

贈収賄で黒幕を引きずり出せるのなら、とっくの昔に地検が動いているはずだ。警察は圧力がかかれば動けない。地検は証拠がなければ動けない。

ならば、いったいどうしろというのか。

「アル・カポネが、なんで捕まったか、知ってるか?」

貴彬の唐突な問いに、史世が怪訝《けげん》な顔をする。

〝暗黒街の帝王〟と呼ばれた、歴史に名を残す大物マフィア。禁酒法の陰で暗躍し、「血のバレンタイン」と言われる虐殺等、数多くの事件への関与を取り沙汰されながら、巧妙に捜査の手を逃れていたと聞く。そんな男を刑務所に送った罪状は、殺人でも麻薬犯罪でもなく……、

「たしか、脱税……じゃなかったか?」

彼を追うFBI特捜班《アンタッチャブル》の活躍を描いた古い映画を観た記憶があるが、詳しい内容まではよく覚えていない。

史世の答えに貴彬が頷く。

「ま、アル・カポネの場合は、意図的に有罪になるように仕組まれた裁判だったがな」

現在のアメリカで同様の裁判が行われれば、アル・カポネは無罪になるだろうと言われている。いかに当時の人々が、アル・カポネという存在に怯え、苦しめられていたかがよくわかる。

ありもしない罪をでっちあげることは無理にせよ、麻薬売買組織との繋がりや贈収賄の証拠が挙げられないのなら、あとは疑惑の種を蒔くしかない。

「国税庁査察官《マルサ》が事務所に出入りするだけでいい」

そうして疑惑が降りかかるだけでも、たとえ大臣だろうが、辞任に追い込むことはできる。その事例は、過去にいくらでもある。

だが、それだけでは疑惑は疑惑のまま。政界からは抹殺できるかもしれないが、本当に脱税していたところで、それ以上の罪が暴かれる可能性は少ない。

「どれかひとつでも、証拠が握れればな」

できる限り正当な手段で正々堂々と、完膚なきまでに相手を叩きのめすには、やはり有無を言わせぬ証拠と、法的手段が必要だ。

「悠長なことしてる間に、被害は広がる一方だぞ」

事件解決の筋道を立てる貴彬に、史世が不満げに言う。

か？」
「愛人の覚醒剤疑惑《セックス・スキャンダル》でもばら撒いたほうがよくない
「ゴシップを使った陽動作戦は最終手段だ。場合に
よっては要らぬ方向に火の粉が降りかかる」
マスコミは喜んで政治家のスキャンダルを暴き立
てくれるだろうが、それによって二年前の事件ま
で穿《ほじく》り返されてはたまらない。
「それに……」
史世の肩を抱く腕に力を込めて、貴彬の声音がオ
クターブ下がった。
「こっちの身も危険になる」
これ以上首を突っ込めば、それなりの危険が及ぶ。
実際、二年前の事件にかかわって逮捕された山内組
と幸心《こうしん》会幹部は、プロのものと思われる銃弾に命を
奪われているのだ。
思われる……というのは、未だに犯人の手がかり
さえ摑めていないから。ただ彼らの額を撃ち抜いた
銃弾とその手口から、プロの犯行だということがわ
かったにすぎない。

どこから狙っているかわからない、狙った獲物は
外さない銃口。
そんなものの標的になったが最後、こちらも命の
保障はない。できる限り水面下で動ければ、それに
こしたことはないだろう。
「待てよ……」
史世の呟きに、貴彬が顔を向ける。
「あの刑事、ヤバくない？」
「刑事？」
「捕まった、所轄の刑事！」
身柄は、警察の手中にあるはず。
「まだ取り調べも終わってないだろうが……」
「あの刑事、どこまで知ってるんだろ？」
それによって危険度が変わる。
妻子を楯に取られた刑事は、きっとどんな尋問に
も口を割らないだろう。けれど、妻子の安全と引き
換えにならば、仮にも刑事だった男だ。組織の全容を
話してしまうかもしれない。
つまり、口封じされる危険性が高くなる。

ベッドから身を起こすと、貴彬はスーツのジャケットから携帯電話を取り出し、登録ナンバーのなかからどこかへと連絡を入れはじめた。

「俺だ。警察内部に探りを入れろ。例の刑事の自宅もだ。それから、入国していると思われる殺し屋《スナイパー》のリストアップも急げ」

どうやら相手は帯刀のようだ。一旦切って、また別のナンバーにかける。

「よぉ。どうだ？」

今度はずいぶん砕けた話し方。

「例の件だが、ピッタリくっついててくれ。ネタはなんでもいい。かならず動くはずだ。あぁ、わかった。謝礼は倍払う」

相手は、懇意にしているというフリージャーナリストだろうか。

ＯＦＦにした携帯電話をそのままソファに投げようとして、思い立ったようにテーブルの上の充電器に置いた。

それからベッドに戻ってきて、貴彬は再び史世に腕を伸ばしてくる。

「おい……？」

不満げな声とともに、伸びてきた男の腕を振り払う。

「おまえには、おまえにしかできないことがあるだろう？」

「は？　何言って……っ!?」

怪訝な顔で問い返そうとした史世の身体をシーツに押さえつけると、荒々しく唇を塞ぐ。

こんなことで誤魔化して、やっぱりどうあっても自分を除け者にしようという魂胆なのか。

「全部話した。わかったらこれ以上首を突っ込むな」

何も聞かされないことが悔しいのだと言った史世の言葉を、逆手にとって利用する気らしい。

「ふ…ざけ……なよ……っ！」

キッと睨み上げると、思いがけず真剣な男の眼差《まなざ》しに捕らわれて、史世は言葉を呑《の》み込んだ。

「命の保障はないんだぞ。おとなしく言うことを聞け」

その目は、いつも史世を見つめている、甘くやさしい瞳ではなかった。獲物を威嚇《いかく》するかのような、獰猛な身体の芯を痺れさせ震え上がらせるような、光を宿す瞳。

だがそれも一瞬、フッと瞳を伏せて、瞬く間に危険な色を拭い去ると、「これ以上俺の寿命を縮めてくれるな」と、今度は懇願するような声で、白い耳朶に囁きを落としてくる。

——俺だって……。

貴彬が史世を心配しているのと同じだけ、史世だって貴彬の身を案じている。

いつだって、拭いきれない不安を抱えている。

でも、それでもこの危険を背負った男とともに生きていくと誓ったから、心に巣食う不安にも蓋《ふた》をして、見て見ぬふりをしつづけているというのに、男は、自分だけ抱えた不安から逃れようとするのだ。いつもいつも。

狡い男。

そう、拗ねた声で詰《なじ》ってやれたらどんなに……。

けれど史世には、そんな芸当は到底無理な話だ。代わりに、のしかかってきた男の背に、爪を立てた。傷になるほどに。

史世のささやかな抵抗に眉根を寄せて、それでも男は満足げに色濃い鬱血《うっけつ》の痕の浮いた白い肌を、再び暴きはじめる。刹那の激情とともに。

明日をも知れぬ危険。

それを知っているからこそ、男の行為はいつもいつも激しい。

慣れているはずの史世の肉体が、ときには悲鳴を上げるほどに。

それでも、今、抱き合えるこの熱さがすべて。

これが、ふたりが選んだ生き方なのだ。

引き裂かれるような恐怖を伴った歓喜に、史世は思考を蕩かせる。

食い尽くされるほどの愛情を、溢れるほどの情熱を、必死に受け止めながら……。

[heat 8]

黒龍会の本部。那珂川本家の大広間で、貴彬は静かに目を閉じ、話を聞いていた。

「す、すみませんっ！　すみませんっ!!」

上座に座する貴彬から数メートル離れた場所で、畳に額を擦りつけているのは、黒龍会傘下直参北野《きたの》一家舎弟頭・平田《ひらた》。そのうしろで、平田の親にあたる北野組長も、深々と頭を下げて貴彬の叡断《えいだん》を待っている。

傘下の組員が、クスリに手を出しているという情報が貴彬の耳に入ってきたのは、週明けの朝一のことだった。

普段なら、組員への処分は、各組に任せている。

しかし今回は特別だった。

黒龍会ではご法度の薬物使用。しかも、まさに今その密売ルートをいかに叩き潰そうかと、貴彬をはじめ幹部たちは案を練っているところなのだ。組織全体に、薬物と見えない敵に対しての戒厳令が布かれている。

「私《わたくし》めの指導が行き届かず、お恥ずかしい限りです」

処分を覚悟しているのは平田だけではない。その上で指導する立場にある北野も同様だ。

「違います！　組長《オヤジさん》は悪くありません！　全部自分が……っ!!」

顔を上げ言い募ろうとした平田は、静かに目を開いた貴彬の表情《かお》を仰ぎ見て、凍りついた。

「平田」

低く怒を孕んだ声が、舎弟の名を呼ぶ。

震える声でそれに応じて、平田は再び平伏した。

「てめぇの落とし前は、てめぇでつけろ」

厳しい言葉に、ビクリと肩を震わせて、男が項垂《うなだ》れる。

「北野」

「はっ」

「平田連れて、所轄に出向いてこい」

「……え？」

貴彬の意図が読み取れず、北野が顔を上げる。

「組員として自首させろ……と？」

そんなことをすれば、北野はもちろん、貴彬にまで使用者責任が及ぶ危険性がある。当然、平田を赤字破門《絶縁》にした上で、自首させるつもりだった北野は、解せない。

平田がクスリの売買に手を出したのは、平田本人が常用者だったわけではない。平田の内縁の妻が、クスリに手を出してしまったのだ。果てには、クスリ代欲しさに売人に紹介されたサラ金にも手を出し、それが返せなくなって、平田は借金の形《かた》に売人をさせられていたのだ。

情婦《オンナ》のやらかしたことなど関係ないと、知らぬ存ぜぬを決め込まなかっただけ、平田には責任感があったのだろう。しかしそれが逆に、最悪の結果を招いてしまった。

「そんな……破門にしてくださいっ！　いや、いっそ絶縁に！　でなきゃ申し訳が……っ」

畳に額を擦りつけて懇願する平田に、貴彬が静かに言葉を投げた。


「その覚悟があるんなら、しでかしたことの始末をつけてからにしろ」

「……始末……？」

貴彬の言葉を、確認するように反芻《はんすう》して、北野が貴彬をうかがった。その表情《かお》に貴彬は、北野が自分の言いたいことを察したことを知る。

「今回の事件、本当の戦いはこれからだ」

幹部しか知らない事件の裏事情に、平田が不安げな顔を上げる。しかし、両手をぐっと握り締めると、覚悟を決めて身を乗り出した。

「この落とし前は、いかようにも！」

その言葉に頷いて、貴彬は北野に視線を投げる。

「揺さぶりをかけてこい」

番記者の目の前で、堂々と逮捕されてやる必要がある。

現場の刑事たちに、この事件には裏があるということを、知らせてやらなければならない。

自分たちの同僚が、捨て駒《ごま》として利用されただけなのだということを、教えてやらなければならない。

今後の捜査のためにも。

「失礼します」

そこへ、手に数枚の書類を持って、帯刀が姿を現した。

「例のリストです」

貴彬が入手するよう指示した、殺し屋《スナイパー》のリスト。

「早かったな」

「A級《クラス》以上の者だけリストアップしました」

トップクラスの腕の持ち主でなければ、あのような狙撃は無理だ。

リストのひとつひとつを確認していた貴彬は、あるひとりの男の顔写真に目を留めた。もちろんリストの全部に写真がついているわけではない。通称だけがまかり通って、正体不明の者も多いからだ。しかし、数少ない写真つきリストのなかのひとつに、貴彬の視線が釘付けになった。

「この男……」

髪型などを変えて変装をしてはいるが、たしかに見た顔だった。もっとも手元の写真も、貴彬の知る男の顔も、どちらも素顔ではないのかもしれないが。

「総長？」

訝しげな顔で、帯刀が貴彬をうかがう。

「あのときの……」

貴彬が目を留めた殺し屋《スナイパー》。それは、二年前の事件のときに、山内組がボディガードとして雇っていた、あの男に間違いなかった。

あのとき貴彬は、ボディガードとして雇われた男は、山内を見捨てて姿を消したのだと考えていた。雇い主に足を引っ張られて、自身が破滅に追い込まれるような事態を避けるために、さっさとあの場から姿を消したのだと思っていた。

だが、違う。

「こいつを雇っていたのは……」

そして、口封じのために山内たちを撃ったのは……。

となればやはり、史世が指摘したとおり、今取り調べを受けている元刑事の身が危ない。そして、その家族も。

「急ぐぞ」

悠長に作戦を練っている暇などなさそうだ。

「今度こそ、潰す」

一滴の血も流さずに。

根元から叩き潰してみせる。

［heat 9］

不穏な空気を感じ取って、史世はふと足を止めた。

いつもと変わらない、夜の街。

だが、どこか雰囲気が違う。

そして、あることに気がついた。

――捜査員？

看板を手に立つ男。

売春婦のふりをした女。

酔っ払って道にへたり込むサラリーマン。

だが、どんなにうまく化けていても、まとう空気が緊張を帯びている。

表通りへ出て、路肩に停車する一台の車に目を留めた。

何食わぬ顔で近寄って、運転席に座る男の顔を確認すると、史世はガラスをノックする。乗っていた男が、驚いた顔を向けた。

「ごめーん、待たせた～？」

周りに聞こえるように笑顔で言って、車内の男が反応するより早く、さっと助手席に乗り込む。

そして、運転席の男の胸倉を、ぐいっと摑み寄せた。

「久しぶり。刑事さん」

顔を寄せて、低い声で囁く。

後部シートにいたもうひとりの刑事が何事かと身を乗り出そうとするのを、運転席の刑事が制した。

「今日は風間さんは一緒じゃないいんだ？」

「君……っ」

桧室は、言葉を継げない様子で、間近にある史世の顔を凝視している。

「おたくら、変装下手すぎだ。あれじゃあすぐにバレる」

「な…に……？」

「それに、末端の売人いくらとっ捕まえたところで、この事件、解決しないぜ」

「君、何を……っ」

うしろの刑事が伸ばしてきた手をさっと払い、一瞥して黙らせる。

「黙って聞いてな！　妙な行動起こすと、張り込んでるの、バレるぜ」

桧室にも促されて、刑事はしかたなく後部シートに沈み込む。

「花邑史世くん、君は何を知っているんだ？」

静かに問う桧室の言葉に、やっと史世の正体を把握して、後部シートの刑事がハッと息を吞んだ。

「末端の売人なんか、あとでいくらでもパクれる。蛇口閉めなきゃ、水は際限なく流れつづけるんだぜ？」

「蛇口？」

「元同僚、何も喋《うた》ってないんだろ？　おかしいと思わないのか？　あの刑事、そんな腐った野郎だったのか？」

「何を……っ！　木崎《きざき》さんはな、そりゃ立派な刑事《デカ》で……っ！」

うしろの刑事が、思わずといった様子で声を荒らげ、しかしすぐに口を噤んだ。

「こんなとこで、意味ねぇ張り込みしてる暇があったら、木崎と木崎の家族を守りな」

「何？　……おい、君っ！」

引き止めようとする桧室の腕を躱《かわ》して、入り込んできたとき同様、流れるような動作で車外へと身を翻す。

そして、啞然《あぜん》とする刑事たちにウインクひとつ投げて、史世は夜の街に姿を消した。

「戻るぞ」

「え？　桧室さん？」

無線を取ると、桧室は張り込んでいた刑事たちに通達を出す。

「作戦変更だ。全員一旦署に戻れ」

『桧室さん!?　どういうことですかっ!?』

一番最初に返ってきたのは、風間の声。

「俺たちは、大きな見落としをしているのかもしれん」

「桧室警視!?　まさか、あんな子どもの言うことを……っ」

うしろの刑事が、信じられないという顔で問う。

「子ども？」

それに、鋭い目で「本当にそう思っているのか？」と、桧室は問い返した。

「あれを、そこらの高校生《ガキ》と一緒にすると、痛い目を見るのは、こっちだぞ」

史世の投げかけた小さな波紋が、大きな疑惑と動揺となって、桧室の胸中に広がっていく。

そこへ、無線連絡が入った。

『たった今、黒龍会系北野一家の舎弟頭が、組長の北野と一緒に女房《オンナ》を連れて自首してきました』

「な…に……？」

それは、貴彬の放った火種。

「舐めやがって！」

警察の捜査力をも利用しようとする、巧妙なやり口。

それに気づきつつも、桧室は貴彬の思惑どおりに、動かざるを得ない状況に陥っていった。

「史世さん」

ビルの陰から声をかけられて、史世が歩みを止める。

「この街の元締、探し出せ」

売人たちをまとめていた存在は、まだ検挙されていない。刑事たちはそれを探していたはずだ。

「あの刑事が横流ししたクスリ《ブツ》と、売人たちを繋いでいたやつがいる」

警察は目先の小者よりも、犯罪の根元を断ち切るために動きはじめた。だからといって、今このときにもクスリの餌食になろうとしている者を、放っておくわけにはいかない。

警察に手を引かせた自分の責任で、この場を収めなくてはならない。

そして、警察には警察の、ヤクザにはヤクザの、そして、子ども《ガキ》には子ども《ガキ》の、やり方がある。

「おまえたちで、この街を守るんだ」

史世の言葉に、少年が顔を上げる。

「子ども《ガキ》には子ども《ガキ》の、秩序ってもんがあるだろうが」

チラリと視線を送って、そしてすぐに前方を見やる。

「大人に口挟まれるのが嫌なら、自分たちのルールをつくれ。それを守るのも裁くのも、おまえたちだ」

その言葉に頷いて、少年が路地へと姿を消す。

そして史世も、目に痛いネオン煌《きらめ》く夜の街に、背を向けた。

［heat 10］

「捜査員が動き出したようです。例の刑事の自宅にも警備がつきました」

帯刀の報告に、貴彬は怪訝な反応を返した。

「……早いな」

平田を出頭させて、まだいくばくもない。そんなにアッサリと、平田の言うことを警察は信用したというのだろうか。

「いえ……」

言葉を濁した帯刀の表情から言葉の先を察して、貴彬が渋い顔をする。そして小さく毒づいた。

「……首を突っ込むなと、あれほど……っ」

史世の仕業だと気づいたからだ。大きな溜息とともに貴彬が肩を落とす。

「いい加減、諦められてはいかがです？」

帯刀のその言葉に、厳しい顔で睨み返すことで応え、背を向ける。そんな貴彬の様子に、帯刀は密かに肩を竦めた。

深夜近く、組事務所につめていたところへ、情報収集のために雇っている男からの連絡が入る。

『ご希望の証拠《もの》、手に入ったぜ』会心の出来だと、その声が語っている。しかし、すぐに声のトーンを落とした。

『だが、向こうもあんたに気づいてる。気をつけな』

そろそろ敵も悠長に構えてはいられないと気がついたらしい。仕掛けてくるなら、近いうちだろう。

「おまえもな」

『向こうがあんたの存在に気がついたんなら、俺は却って安全さ。あんたが黒幕を狙ってるのと同様、向こうもあんたに狙いを定めてくるだろうからな』

もっともな忠告に小さく笑って、貴彬は「上等だ」と皮肉った。

『ものはメールで送った。パスワードはいつもどおりだ。念のためメディアも送っておく。入金はいつもの口座宛で頼むぜ』

それだけ言って、電話は切れた。

「史世にも護衛をつけるか」

溜息交じりに零す。

「バレたとき、どうなっても知りませんよ」

傍らでやりとりを聞いていた帯刀のごもっともすぎる突っ込みに、貴彬は唸《うな》ることしかできなかった。


だが、貴彬が警備強化を指示するより一歩早く、敵が動いた。

組事務所を出ようとしたところで、黒尽くめの影に囲まれた。顔を隠しているために、国籍もわからない。

「ですから、ボディガードを連れて歩いてくださいと、日ごろから申し上げているではありませんか」

帯刀が、面倒くさそうに零す。

「今さら言って、この状況が打破できるのか?」

貴彬も、ウンザリといった様子で溜息をついた。まったく緊張感のないふたりに、囲んだ男たちのなかのひとりが苛立ちを露わにする。


「黙れ! おとなしく一緒に来てもらおうか」

ひとりだけ醸し出す雰囲気が違う。ほかは皆、特別な訓練を受けたプロのようだが、その男だけは素人に毛の生えた程度。たぶん黒幕の側近か何かだろう。

「黒幕の顔を直接拝んでみたい気はするが……どんな罠が待ってるかわからんからな」

のらりくらりと、貴彬が応じる。

「どうせ脅してダメなら、罪をきせて東京湾にでも浮かべるつもりでしょう」

帯刀が嘲る。

「それに、明日は早いですから、こんなところで油を売っている時間はありません。朝一の会議に遅刻されてはかないません」

「だそうだから、お引き取り願おうか」

あからさまに舌打つ音が聞こえてきて、男がアーミーナイフを手に切りかかってくる。功績を上げたいのはわかるが、それではせっかく連れている部下たちの意味がない。

それを躱して、貴彬はうしろから男の首根っこを締め上げる。と同時に男が手にしていたナイフを奪い取り、肩口に突きつけた。

こんな状況下でも、本来総長を守る立場にあるはずの帯刀は、慌てず騒がず、肉体労働はごめんとばかりうしろに退がってしまっている。

「知っているか？」

ナイフの切っ先を突きつけた場所を視線で示して、もがき苦しむ男に問う。

「な…何……？」

「心臓まで二十センチ。即死だ」

ゲリラ戦を想定したレンジャー部隊の訓練等では、当たり前に教わる知識。いかにすれば、容易《たやす》く敵を倒せるか。なんてことはない、簡単なナイフ術の応用にすぎない。

「もちろん、試したことはないがな」

リーダーが敵に拘束されているというのに、周りを取り囲んでいる男たちは、微動だにしない。その様子に、貴彬はわずかに眉根を寄せた。


その姿は、どう見ても、ただのボディガードやチンピラではない。

貴彬に首根っこを締め上げられている男が、苦しい声で何やら指示を出した。

——………っ!?

と同時に、黒尽くめの男たちが動く。

しかし一瞬早く、貴彬を守るように姿を現した男たちが、それを封じた。ピンッと張りつめる緊張感。コンクリートに囲まれた空間に、骨と骨がぶつかるような鈍い音が響く。

とてもボディガードには見えない、様々な格好をした男たち。サラリーマンにチンピラ風、なかにはホストのような派手なスーツ姿の者までいる。だがいずれも、まとう空気は尋常ではない。当然だ、総長の護衛という特命を受けた、一流のボディガードたちなのだから。

「いかにも…な格好でガードしてる馬鹿がどこにいる」

目の前で繰り広げられる白兵戦と言っても過言で

はない状況を横目に、貴彬が今一度腕を回した首を締め上げると、苦しげな呻き声を上げて、男がもがいた。

一見ろくな警備もしていないかに見えても、ここは黒龍会の持ちビルだ。それとわからないように、最新鋭のセキュリティ・システムと、そして海外で特殊訓練を受けたボディガードたちが常に周りを固めている。銃刀などの装備を持たずとも、実戦に通用し得るだけの戦闘能力を備えた、私設軍と言ってもいい存在だ。

だが、そんなボディガードたちと、黒尽くめの男たちは互角にやり合っている。

しかも、先ほどこのリーダー格の男が指示を出したときに発した言葉……それは、日本語ではなかった。そして、中国語でもない。

黒尽くめの男たちのなかのひとりが、何やら指令を出す。こちらが本来のリーダーなのだろう。すると、男たちはさっと身を翻して、そのまま夜の闇に姿を消した。


予定外に手強い貴彬のボディガードたちの存在に阻まれ、作戦変更を余儀なくされたのだろう。

「見捨てられたようだな。さて、どうする？」

うっすらと笑った貴彬に、締め上げられていた男が、切羽つまった声で吐き出した。

「た、ただですむと思うなよ！　おまえのオンナがどうなっても……っ」

その罵声を遮るように、男のものらしき携帯電話が鳴る。

「へへ……連絡だ。おまえのオンナがどんな目に遭ってるか、たしかめてみるか？」

脂汗を浮かべ引き攣った笑いを浮かべる男を殴り倒して、貴彬は鳴りつづける携帯電話の通話ボタンを押した。


その少し前。史世はどこかで見たような光景に、内心大きな大きな溜息をついていた。

──二度も三度も、同じ手に引っかかるかってーの！

史世を取り囲んだのは、どうやら金で雇われたらしき、チンピラたち。しかし、数は二十以上いる。

今日はさっさと帰って、ゆっくりとバスに浸かってから、最近さぼりがちなストレッチでもしようかと思っていたのに。

見渡せば、知らない顔ばかり。

だいたい、ここらを縄張りにしているチンピラなら、史世の評判を知っていて、いくら金を積まれたところで、こんなヤバイ仕事、引き受けたりはしないだろう。

「おまえら、幾ら貰ったんだ？」

腕組みをして、呆れた声で問う。

「何ぃ？」

この状況で、落ち着き払っている史世が不思議でならないのだろう。リーダー格の男が、怪訝そうに問い返してきた。

「まぁ、幾らでもいいけど。どうせ割りに合わないだろうし」

「なんだと？」

史世の見た目に、完全に騙されているらしいリーダーが、一メートルほどの距離に歩み寄ってきて、斜めの視線でぶしつけに史世を眺める。上から下まで、それこそ値踏みでもするように。

「口だけは達者なようだな、お嬢ちゃん。俺らみんなで可愛がってやるからよ、あんまり生意気なこと言わねぇほうが身のためだぜ？」

下卑た揶揄に、囲んでいるチンピラたちが、どっと沸き立つ。

だが、変わらず史世は涼しい顔。

男の言葉を鼻で笑い飛ばして、こらえ切れない笑みを口元に浮かべた。

「それは楽しみだ」

そして、馬鹿な男が気づいたときには、男は史世の靴底の下になっていた。

「う……ぐっ」

ゲシゲシと顔を踏みつけられて、男が呻く。

「次はどいつだ？」

史世の一瞥に、取り囲んでいた男たちが、顔色を変えた。数人が、早々にトンズラしはじめる。

「おいおい。ずいぶんいい仲間を持ってるな」

踏みつけた男を見下ろしながら、嘲る。

「ま、リーダーのこの醜態を見ちゃ、気分も萎えるだろうけど」

安穏とした口調で言いながら、背後にいた大柄なひとりが殴りかかってきたのを、まるでうしろに目があるかのようにひょいっと躱す。後頭部に手刀を入れると、大きな身体がアスファルトに沈んだ。

「で？　目的はなんだ？」

「う……あ……っ」

「目的はなんだと聞いてる」

オクターブ下がった声音に震え上がって、男はくぐもった声で暴露しはじめた。

「あ、あんた拉致って、それで連絡寄越せって言われたんだ！　そ、それだけだ！」

「……ふ——ん」

「ほ、本当だ！　信じてくれよっ!!」

踏みつけていた足を外すと、男が慌てて身体を起こす。しかし、腰が抜けてしまったのか、その場から動けない。

「連絡しろよ」

「……え？」

「連絡寄越せって言われてんだろうが。しろ」

有無を言わせぬ口調に青褪《あおざ》めた男は、ワタワタと携帯電話を取り出すと、指定されたらしいナンバーをコールする。それを引っ手繰《たぐ》って、史世は出た相手に開口一番、啖呵《たんか》を切った。

『残念だな。計画は失敗だ』

聞こえてきた声に、貴彬は一瞬固まる。

そして、男たちの言っていた計画が、その言葉どおり失敗に終わったらしいことを察した。

どうやら無事のようだが、それ以上に、史世の不機嫌さのほうが気にかかる自分は、この状況下にあって、多少緊張感が欠落しているのかもしれない。

「お互いにな」

溜息交じりに返すと、一瞬の沈黙。

『なんでそこにいるんだよ？』

ますます不機嫌さが増した。

けれど、この場合、その責任は自分にはないはずだと、貴彬は自身に言い聞かせる。

「そっちと同じだ」

疲れた声で零すと、向こうからも毒づく声が聞こえてきた。それから、若い男のものと思しき呻くような悲鳴も……。

「おい？　大丈夫なのか？」

この状況で史世の身を案じているわけではない。史世が無事なのは、もう確認ずみだ。

それ以上に、要らぬちょっかいを出して、史世の餌食になっているらしき、きっと何も知らされていない金で雇われただけの存在の現状のほうが気にかかる。

『は？　大丈夫に決まってんだろっ』

吐き捨てる声を聞いて、「そうじゃない」と肩を落とす。

「全治二週間程度にしておいてやれ。それ以上になるといろいろと面倒だ」

『こいつら尋問しなくていいのか？』

「いい。逃がしてやれ。それだけ痛めつけりゃ、二度とおまえに手ぇ出そうなんて思わんだろうさ」

『……わかった。で、どうする？』

「もう少し事情を聞けそうなやつがこっちにいるからな。話だけは聞かせてもらうさ」

脂汗を浮かべて、ことのなりゆきを呆然と見ていた男は、機密のために舌を噛むような根性は、持ち合わせていないらしい。

「軍隊じゃあるまいし。この状況で意地張ってても、なんもいいことねぇぞ」

貴彬に睨まれて、男は観念したようだった。

「ひとり迎えにやる。どこにいる？」

『別に……』

「いいから、その場を動くな！」

目先の危険は去ったといっても、やはり史世の身は心配だ。

帯刀に促されて、一番夜の街に似合いの格好をした男が、輪を外れる。

『四丁目の外れ』

諦めの滲む声が応えを返してきて、貴彬は舎弟に指示を出した。それから、締め上げていた男を解放して、その背を突き飛ばす。

「洗い浚《ざら》い喋ったら、ボスんとこ戻って、ことの経緯を報告してくるといい」

黒幕である政治家身辺と麻薬売買組織にかかわる情報を引き出したら男を逃がしてやるよう、貴彬は舎弟たちに促した。

そして帯刀に眴《めくば》せする。尋問なら、自分よりも帯刀のほうが得手だ。

すると、それまで低く呻くばかりだった男が、貴彬の言葉に目を見開き、サーッと青褪めた。様子がおかしい。真っ青になってガタガタと震え、脂汗を流している。

「た、頼む！　助けてくれ！　このまま帰ったら殺される！」

尋問を帯刀にまかせ、そのまま立ち去ろうとしていた貴彬は、尋常ではないその様子に、先ほど気にかかったことを思い出し、歩みを止めた。そして、確認する。

「……あいつら、工作員だな？」

〝私〟に属する者ではない。もっと大きな組織に属する者たちだ。

その言葉に、男はコクコクと頷いてみせた。

「どういうことだ？　おまえたちのバックにいるのは、チャイニーズマフィアじゃないのか⁉」

「し、知らない！　あんたの口を封じろと言われただけだ！　やらなきゃ自分が殺されるんだ！」

命乞いをする男の胸倉を摑み上げ、コンクリートの地面に叩きつける。途端男は、静かになった。

「連れていけ」

低い声で、ボディガードのひとりに命じる。

「警察に匿《かくま》ってもらうんだな。それ以上は知ったことじゃない」

その警察も安全かどうかは、二年前の例がある限り、定かではないが。

「帯刀」

「はい」

「例の政治家身辺の金の流れを、もう一度洗い直せ」

「……かしこまりました」

自分たちは、もしかしたら大きな思い違いをしているのかもしれない。

自分が暴こうとしているものは、単純な密輸や薬物売買ではないのかもしれない。

大きな疑惑と疑問が、多くの知識が蓄積された、貴彬の頭脳を飛び交う。犯罪だけではない、政治・経済等々、社会構造のありとあらゆるものが、この事件にかかわっているのではないだろうか……。

貴彬の指示で帯刀が携帯電話を取り出したとき、迎えにやった舎弟を連れて、史世が姿を現した。

「ずいぶん派手な強盗だったんだな」

腕組みをして、貴彬をガードする、普段は決して表に姿を現すことのない存在たちまでもが雁首《がんくび》をそろえた状況に、呆れた声を上げる。そして、

「こっちはプロかよ」

自分のもとへ寄越されたチンピラと比較して、小さく舌打ちした。

「妙なところを比べるな」

男たちは特殊訓練を受けた工作員だったのだ。確実に貴彬の口を封じるつもりだったのだろう。史世を襲った者たちがただのチンピラで本当によかったと、貴彬は密かに胸を撫で下ろす。二年前の事件で史世が拉致されたのを知っているからこそ生じた、敵の読みの甘さからくる、それはラッキーだったとしか言いようがない。

素手で敵なしの史世でも、武器を向けられたら、その身の安全は保障できかねる。

それが木刀程度なら問題ないが、銃刀となると、話は別だ。

「そうは言ってないだろ」

自身の力を過信しているわけではない。敵が、威嚇ではなく本気で貴彬の命を狙って仕掛けてきたと知って、史世は正直驚いていた。自分を襲ったチンピラたちは、ただの脅しだとしか思えない程度の者たちだったのだ。差がありすぎる。

「帰るぞ」

「……え？」

この場に呼び出されて、事件の話を聞けるものだと思っていた史世は、いつもと変わらない貴彬の対応に、眉間に深〜い縦皺を刻んだ。

しかし、喚く史世など無視して、力ずくでその場から引き離すと、貴彬は史世を車の助手席に押し込む。

「おいっ！」

その上、部下に事後処理を指示するついでに、史世の自宅の警護を言い渡すのが聞こえたのだろう、史世はムッとした顔で、とうとう口を噤んでしまった。今度は完全無視を決め込んだらしい。

それでも、貴彬も譲る気はない。

無理やり自宅まで送り届けると、「しばらく家から出るな」とまで言い渡して、そのまま背を向けてしまう。

そんな男の背に、似合わぬ仕種で、べ〜っと舌を出して、史世は乱暴に玄関ドアを開けた。

「くそっ。頑固ジジイっ」

ドアに背をあずけ、唇を噛んで悔しそうに零す。

その声の切なさを、貴彬は知らない。

そして史世も、貴彬の苦悩のすべてを、理解できてはいなかった。

貴彬にも、拭い去れないトラウマがあるのだということを……。

［heat 11］

「なんだ、蘭生はいないのか」

生徒会室内にいるのが新見だけだとわかって、史世は途端、顔つきを変えた。

その露骨な態度の違いに多少溜息をつきたい気持ちにさせられたものの、新見はいつものことだと諦める。

「また定例議会でやりあって、外の空気吸いに行ったぞ」

「……ふ――ん」

絶対的に蘭生の執務がスムーズに運ぶようにと、裏から手を回した役員人事のはずだったのに、どういうわけか若干一名、蘭生に突っかかってくる男がいる。

いつだったか、生徒会室を出たところで、室内の様子をうかがっていた、運動部長だ。静かな、けれど燃えるような目をした、史世の一瞥にも決して怯まなかった男。

悪意あるものではないとわかっているから、今のところ放ってあるのだが。

「そんなくだらない男には見えなかったけどな」

「おまえのことだから、すでに家族構成まで頭に入ってるんじゃないのか？」

新見の指摘に、一瞬躊躇《ためら》う。

「……まぁな」

珍しく歯切れが悪い。

「世のなか狭いというか、なんというか」

「なんだ、それは」

新見の問いには答えず、ただ黙って肩を竦めてみせた。そんな史世に、新見が「そういえば」と話を振る。

「例の政治家の弟が経営してた会社、ヤバイらしいぞ」

またまた総会屋《じいさん》情報か。

「不渡《倒産》りか？」

「いや、脱税だ。国税庁査察官《マルサ》が入ってたらしい」

この不況だ、どこもかしこも苦しいのだろうが、その被害をこうむるのは、多くの場合上層部の人間ではなく、何も知らなかった社員たちだろう。

「億単位の追徴課税がくるらしいな」

査察官《マルサ》が目をつけたのは、果たしてその会社だけだろうか。親族の経営する会社なら、兄である政治家から、なんらかの金が流れていたことも考えられる。

だとすれば、それは貴彬が裏から手を回した結果だろう。黒龍会総長としてだけではなく、那珂川家の家長として貴彬が持つ情報網やツテの多さは、史世にも到底把握しきれるものではない。

生徒会室の大きな窓から外を眺めて、中庭のベンチに腰を下ろす蘭生を見つける。そして、そう遠くない渡り廊下から、そんな蘭生を見つめる男の存在にも。

「素直になりゃ、オオカミから番犬に格上げしてやるのに」

史世のひとり言に、新見が「何を言い出したんだ？」という顔をした。

「篁なら、大丈夫だぞ。おまえが思ってるより、ずっとしっかりしてる」

新見の言葉に、史世がわずかに表情を緩めた。

「知ってるさ」

頼りたいのは蘭生ではなく、史世なのだから。

頼られることで、自身の存在意義を見出していたのは、自分のほうだったのだから。

「それも、そろそろ終わりかもな」

中庭の様子を眺めながら、ひとりごちる。

どのみち自分が卒業する前に、蘭生に信頼できる存在を見つけてやらなくてはならない。多少お節介だとしても。

それが、きっと自分にとって、最後の仕事になる。

妹の死と、蘭生というかけがえのない存在を乗り越えるための……。

「あの会社の取締役には黒幕の夫人も名を連ねてい

ます。裏帳簿の存在が明らかになれば、芋蔓《いもづる》式に事件が暴けると思いますが」

貴彬のデスクに芳《かぐわ》しい湯気を立てるコーヒーカップを置いて、帯刀が問う眼差しを向けてくる。

「そうアッサリとことが運べばいいがな」

それで尻尾を掴ませるような相手なら、とっくの昔に法の裁きが下っているはずだ。

秘書の疑念にウンザリと返して、貴彬はコーヒーカップを取り上げた。

それに口をつけるやいなや、携帯電話が着信を知らせる。ディスプレイに表示された名に眉を顰めて、貴彬が応じた。聞こえてきたのは、情報収集のために雇っている男の声。

『やられたぞ！』

名を告げる間も惜しいとばかりに、電話向こうの男が吠える。

「――――っ!?」

『あの男、取り調べ途中に撃たれた！』

〝あの男〟とは、貴彬が警察に突き出した、黒尽くめの男たちを指示していた男のことだ。

『なんとか一命は取り留めたらしいが、しばらくは口が利ける状態じゃない。下手すりゃ一生ベッドの上だ』

その報告に小さく舌打ちして、貴彬は自分の甘さを罵《ののし》った。

敵は、人間《ひと》の命などなんとも思っていない、外道なのだ。

今度は帯刀の携帯電話が鳴って、見張りにつけていた舎弟から、こちらにも同じ連絡が入ったらしい。

『あんたの読みは正しいと思うが、バックがでかすぎる。どうする？　そっちの証拠を掴むのは、まず不可能だ』

「記事は上げてくれ」

男の言葉に即答して、それから帯刀に指示を出す。

「本人が直接的にかかわってる脱税の証拠を挙げるように、裏からハッパかけろ」

電話越しにそれを聞いて、男が突っ込む。

『警察や地検はあてにならないぞ。脱税で立件したところで、殺人罪では裁けん！』

「わかっている。もちろん脱税だけで見逃してやるつもりはない」

　本当に暴きたい罪は、薬物の密売と、それに絡む数々の罪状だ。

『キックバック疑惑なんぞ、今までだって何度も持ち上がってるんだぜ？　けど、あり得ないとまで言われてる！』

「それでもかまわん。政治家《ヤツ》からクスリが流れているのはたしかだ」

　貴彬のゆるぎない声に、電話向こうの男が、溜息交じりに応じる。長い付き合いで、貴彬の頑固なところもまっすぐなところも、わかっているのだろう。

『ヤバくなったら、国外へ逃がしてくれよ』

　冗談半分の言葉を残して、通話は切れた。


目にしたニュースに、史世は小さく舌打つ。

またひとり、口を封じられかかったらしい。

――どうする？　貴彬。

　男が卑劣な手段を使うのを躊躇うのは、その精神が生粋のヤクザであるがゆえ。そんなところも、史世が男を認めるゆえんだけれど、それもときと場合によるだろう。

「今度ばっかりは、ヤクザのやり方は通じなさそうだな」

　これは、ただの犯罪ではない。どう見ても政治が絡んでいる。

　この手合いに対して有効なのは、出所のハッキリした疑惑だけではない。どうせ燻《くすぶ》っている火種だ。少し風を送ってやれば、見る見る煙は立つだろう。

「愛人ネタか売春クラブか……ま、なんかあるだろうさ」

　呟いて、史世はジャケットを手に部屋を出る。夜の街へ足を向けるためだ。その背に、母の声がかかる。

「あんた、いつ勉強してんの？」

引き止めようとしてのものではない淡々とした問いかけにひょいっと肩を竦めて見せ、「学校で」と、当たり前の答えを返した。

それに返される、手厳しい指摘。

「分を弁《わきま》えて、一歩下がってるのもあんたの役目じゃないの？」

耳に痛い母の言葉に、けれど史世はまっすぐ顔を上げて応える。

「俺も、男だから」

厄介者には、甘んじたくない。

愛した男と肩を並べるためにも。


そして、送信されるメールとデータ。

それを受信したマスコミ各社が、騒然となったのは言うまでもない。

「あとは世間が勝手に騒いでくれます。メディア《ペン》も戦う手段《落とし前》のひとつです」

帯刀の言葉に、貴彬は黙って瞳を閉じた。

「余計な首を突っ込むなと、言っておいたはずだがな」

眉間にくっきりと縦皺《たてじわ》を刻んで、貴彬がイライラと吐き捨てる。

「コーヒーおかわり」

貴彬のお小言をキッパリと無視して、史世はカウンターにカップを上げた。その史世のために新しいコーヒーを淹れる準備をしながら、河原崎が苦笑する。

「無視するんじゃねぇ！」

ドスの利いた声で凄んでも、史世は一向に気にする様子もない。

「あ、ねぇ、今日のおすすめタルトもちょうだい」

レジ横のショーケースを覗き込みながら、ケーキを注文する。

「あ～や～せ～」

「なんだよもう、煩《うるさ》いなぁ。なんにもなかったんだから、いいだろ？」

「何かあってからじゃ遅いから言ってるんだ！」

「はいはい。あんまり思いつめると禿《は》げるって」

右から左に素通りならまだしも、ひと言ふた言余計な言葉がついてくるのが、さらに気に食わない。ますます眉間の皺を深くして、貴彬が頭を抱えた。

「諦めたほうがよろしいんじゃないですか？」

クスクスと笑いながら、史世に新しいコーヒーとココナッツタルト《本日のおすすめ》をサービスして、河原崎は貴彬のカップにもブレンドを注ぎ足した。

「おまえは史世に甘すぎる。おまえがなんでもかんでも言うことを聞いてやるから、こうやって手に負えなくなるんだ」

河原崎に矛先を向けた貴彬に、史世が胡乱《うろん》な目を向ける。

「自分の甲斐性《かいしょう》がないの棚に上げて、何他人《ひと》に責任かぶしてんだよ」

「おまえ……」

十言えば、百になって返ってくる。

史世に口で言い聞かせようとすること自体間違いだったと、貴彬は匙《さじ》を投げた。

「……もういい」

グッタリと肩を落として、貴彬は芳しい湯気を立てるコーヒーに口をつけた。その横で、史世が満足げにタルトを口に運んでいる。

「お味はいかがです？」

「美味《おい》しいよ。そんなに甘すぎないし。河原崎さん、ホントになんでもできるね」

チラリと横の男を見やりながら、嫌味タラタラで言う。

「悪かったな」

頬を引き攣らせながら、貴彬が毒づく。

さすが那珂川家の跡取りとして育てられただけのことはあって、貴彬は目玉焼きひとつまともに作れない。河原崎に手ほどきを受けたらしいコーヒーの味だけは一流だが、言い換えれば、コーヒーしか淹れられない。

「おふたりとも、そのへんにしておいたらいかがです？」

河原崎が仲裁に入っても、場の空気は和まない。

犬も食わない痴話《ちわ》喧嘩が延々つづくかに思われたとき、店のドアベルが鳴った。

「すみません。今日はもう閉店で……」

客に応じようとした河原崎が、途中で言葉をきる。

「失礼します。事務所にうかがったところ、こちらだとお聞きしましたので」

ふたり組の男が河原崎に会釈して、それから貴彬の背後に歩み寄った。まとう雰囲気から、刑事だとすぐにわかる。だが、あの桧室とかいう刑事ではない。

「警視庁の藤城《ふじき》です」

胸元から取り出した身分証明を開いてかざしながら、柔和な物腰の刑事が自己紹介する。

「宇佐美《うさみ》です」

うしろに控えているもうひとりの大柄な刑事も、同様に名を告げた。

所轄の刑事ではなく、本庁所属の、というところに、貴彬がわずかに反応した。

「本庁の刑事さんが、どんな御用ですか？」

所轄の手に負えなくなって、本庁が乗り出してきたのか。それともまったくの別件か。

刑事たちが携帯している身分証明には、細かな所属の記載はない。「警視庁」「○○署」といった管轄と階級は明記されているが、本人が口にしない限り、なんの担当かはわからないのだ。

「二年前の山内組関係者狙撃事件の、再捜査をすることになりまして」

バッジケースをしまいながら、淡々とした口調で、藤城と名乗った、上司だろう刑事が話を進める。

「匿名で、投書がありました」

言いながら、貴彬が飲んでいたコーヒーカップのすぐ横に、なんでもない茶封筒を置いた。開いた口から、折りたたまれたOA用紙と思しき白い物が見える。

「指紋は出ませんでした。中身は警察のデータベースからハッキングされた情報のコピーです」

「なんだ？　殺人事件の次はネット犯罪か？　ずいぶんと手広く扱ってるんだな」

「世界的に指名手配中の殺し屋《スナイパー》。通称パイソン。成田空港の監視カメラから、変装してはいますが、この男と思われる人物の映像が見つかりました」

こちらの茶々入れにも構わず、穏やかな顔で、しかし淡々と捜査状況を話しつづける刑事に、貴彬は肩を竦めて関係ないとばかり背を向ける。

だが、刑事は怯まない。諦める様子もない。

「二年前の事件は、この男の仕業なのですね？」

あまつさえ、貴彬の背にそんな言葉を投げてくる。

「刑事さん。何か勘違いされてませんか？　私が知るわけがないでしょう？」

冷めたコーヒーに口をつけながら、貴彬が笑う。

「二年前、この男の顔を見ているのは、山内の組員を除けば、あなたと、それから、彼だけです」

そ知らぬふりでタルトをつついていた史世は、突如話を振られて、しかたないなという顔で視線を向けた。

どうやらこの刑事、そこらのボンクラとはわけが違うらしい。

「覚えてるか？　史世」

封筒の中身を取り出して聞き、わざとらしく史世に見せる。

カラープリンターで印刷されたそれを摘み上げて、史世は「さぁね」と、興味なさげに呟いた。

「俺、切りつけられたんだぜ、あんとき。覚えてるわけないじゃん」

てきとうにたたんだOA用紙を封筒に戻し、それを刑事に投げ返して、史世はタルトを一切れ口に運ぶ。

「そうですか」

しかし、そんなふたりに声を荒らげるでもなく、藤城は封筒をしまうと、穏やかに微笑んでみせた。

「近いうちに、この男は逮捕できると思います。その折には、またごあいさつにうかがいます」

「そんなの、ニュースで流れるだろ」

史世のぞんざいな突っ込みに、藤城が「そうですね」と頷いた。

「では、今度は営業時間内にうかがいます。美味しいコーヒーをいただきに」

それだけ言うと、もうひとりの刑事を促して、店を出て行く。宇佐美と名乗った刑事の声は、自己紹介以外聞かずじまいだ。

「食えねぇ刑事《デカ》だな」

「現警視総監の息子さんですよ。兄上は警察庁刑事局長です」

河原崎の口からあたり前のように語られる情報に、史世と貴彬は、見つめ合って肩を竦める。

「それがサラッと出てくるおまえのほうが、俺は怖い」

貴彬の言葉に「そうですか？」と笑って、河原崎は洗い物をはじめてしまった。


再び、ドアベルが鳴る。

姿を現したのは、帯刀。手に、雑誌やらスポーツ新聞やらをしこたま抱えている。

そして、貴彬と史世の間に、ドッサリとそれらを積み上げた。その行為自体が、史世への嫁イビリだとしか思えない。

「おいっ！」

史世が不満を露わにするより早く、帯刀が口を開いた。

「せっかくですからね。載ってるものは全部買い集めてみました」

うっすらと笑う、その表情《かお》が怖い。

「だからってだな……何もこんなに……」

帯刀が積み上げた山のなかから、めいめいにこれと思うものを手に取り、記事に目を通す。

「なーんか、時代劇に出てくる悪代官みたいな顔」

報道写真を指で弾きながら、史世が呆れた声で言う。

「時代劇なんか見るのか、おまえ」

揚げ足を取った貴彬の言葉で、収拾したかに思われた痴話喧嘩が、再び火花を散らしはじめた。

「大人気なさすぎんじゃねぇの？」

「おまえが素直にならないからだろ！」

くだらない言い合いをつづけるふたりに、さすがの帯刀も眉根を寄せて、カウンター越しに河原崎に耳打ちする。

「どうしたんですか？」

いつもなら、ふたりの喧嘩はもっと殺伐《さつばつ》としていて実にクールなものだ。本気の殴り合い寸前のようなピリピリとした空気をまとって睨み合って、でもそれで終わる。もしくは、貴彬のほうが先に折れて、史世のご機嫌を取って、それで場が収まるのがほとんどだ。

こんなに子どもっぽい言い合いなど、かつてないことだった。

帯刀の問いに河原崎も「わからない」という顔で肩を竦める。

「ま、仲がいいのは結構ですが。舎弟たちには見せられない姿ですね」

腕組みをして、帯刀が零す。

「いいんじゃないですか。同じ目線で喧嘩できるというのも」

珍しく表情を崩した帯刀の呟きは、睨み合うふたりの耳には届かないようだった。


はびこる麻薬汚染と私腹を肥やす政治家。

各マスコミ宛に送られた記事の内容に、当のマスコミや世間はもちろん、警察も国税庁も、果ては永田町までもが、大騒ぎになった。

政治家から流出したクスリが売買組織に渡り、街にばら撒かれる。捜査員たちの必死の努力で押収されたクスリは、先に逮捕された現場の刑事とその上で手引きしていたキャリアによって横流しされ、再び組織に戻される。その繰り返し。

取り締まっても取り締まっても、街にはびこる薬物量はいっこうに減らない。

そうして得た金が、組織から官僚へ、官僚から政治家へバックされる。大金を得た政治家は、汚れた金で票を買い集め、次の選挙に備えていたらしい。

貴彬が本来追っていたのは、クスリの売買組織に関してのみ。ジャーナリストや黒龍会の調査員を使って証拠として押さえた現場も、クスリと金を取引している場面だった。だが、取り引き現場は押さえられても、取り引きされている薬物がハッキリと写し出されていたわけではなかった。

敵とてプロだ。もしもの場合を考えれば、当然その場でアタッシェケースの中身を広げる馬鹿はいない。写っていたのは、中身を確認している場面を中心とした連続写真。それでも、証拠としては充分だ。組織にいた者たちの供述や物的証拠を並べられれば、逃げようがない。

事件の内容が内容なだけに、警察も容疑を固めるのには多少の時間がかかるだろうが、それはしかたのないこと。あとは警察に任せればいいと思っていたところへ、捜査の後押しをするかのように、貴彬のあずかり知らぬスキャンダルが、ぶちまけられた。

　匿名でメディアに届けられた、政治家のセックス・スキャンダル。

「汚職だ裏金だって、わかりにくいニュースよりも、下世話な話題のほうが、世間は好きなんだよ」

　食えない顔で平然と言い放った史世に、貴彬が渋い顔をしたのは言うまでもない。

「あれほど言ったのに……」

「俺は何もしてない」

　街の少年たちのリーダー数人を集めて、ひとり言を呟いただけにすぎないと、史世はシラをきりとおす。

　たしかに、史世自身が動いたわけではないから、貴彬もそれ以上追及することができなかった。しかも、そのおかげで事件解決への時間短縮に繫がったのだから、なおさらだ。

　河原崎の情報で、例の政治家と官僚が高級デートクラブの会員であることがわかった。そこでクスリを乱用し、未成年を買っていたことも突き止めた。そして、ふたりの相手をした少女たちを探し出して買収し、証拠を録《と》った。

　相手をした少女たちにクスリを渡していたことも、欲しければ幾らでも用意してやると話をしていたこともバレてしまった。

　世間がこのスキャンダルの内容を信じるかどうかなど、この際関係ない。

　そういった話が出てきたこと自体が、そもそも問題なのだ。政治家にとってスキャンダルは命取り。世間の批判と真実を求める声、早期解決を求める警察への期待感と要求を高めるには、それで充分だ。世論がそれを求めている限り、捜査も曖昧《あいまい》には終われない。そんなことをすれば、世論の矛先が今度は警察に向きかねないからだ。

　証拠と環境はそろえてやった。その先は警察の仕事。そこまでアフターケアをしてやる必要はない。

　今回流通していたのはクスリだったが、その気になれば、銃をはじめなんでも売買できたに違いない。

蔓延する少年犯罪。暴対法によって牙を抜かれた状態の暴力団。そうした時代背景から、クスリのほうが商売としておいしかったのだろう。

ひとつが立件できれば、帯刀の言ったとおり、芋蔓式に数々の犯罪が明るみに出る。

目をつけてはいたものの、なかなか手を出せずにいたらしい国税庁は、ここぞとばかり政治家の脱税を暴いた。

言ってしまえば、見せしめのようなものだ。もともと黒幕の政治家は、管轄省庁とは対立関係にあった。圧力をかけてきていた目の上のたんこぶのような存在を、待ってましたとばかり叩いたのに違いない。もっと大きな脱税を暴くことより、自分たちの立場を守ることを優先したのだ。

麻薬で得た金の流れに乗って、大臣だった当時からの数々の贈収賄疑惑も明るみに出た。特に地方に新しくできた公共施設の工事受注に関して、多額の金が動いていたらしい。

そしてもうひとつ。

決して立証することはできないであろう、けれど事件の真相がある。

キックバック。

わかりやすく言えば、バックマージン。

政治家が、いったいどこからどうやってクスリを入手していたのか。その真実は、きっと立件されることはない。

それは、国家間にわたる賄賂そのものに、違いないのだから……。

雇っていたジャーナリストも、『無理だ』と言っていた。そのとおり、これは貴彬の確信ではあるものの、確証はどこにもない。

日本は、外資や資本の少ない国に、毎年数十億から百億もの円借款を行っている。その融資に反対する政治家と、推進する政治家。融資した円《金》の使い道によっては、政治が世論の不信や不満を買うことも多いのに、それでも融資を推進する裏には何があるのか……そうやって取り沙汰されているのが、キックバック疑惑だ。

融資金額のうちの数パーセントが融資を推進した政治家にバックされているとしたら？　それはこれ以上ないほど大がかりな賄賂といえるだろう。

キックバックされているのは、金だけとは限らない。それに紛れて薬物を流していたとしたら……相手が相手だけに、税関など意味はない。麻薬Gメンでさえ、手が出せるかどうか怪しいものだ。

貴彬は、二年前の事件のときから、黒幕のバックにいるのは、チャイニーズマフィアだと思っていた。それが間違いだったとしたら……？　いや、たしかにマフィアとも付き合いはあったのだろうが、もっと確実なルートからクスリなどの密売品を入手していたのだとしたら？

そんな大がかりな犯罪に、入れられるメスは、どこにもない。

けれど、貴彬は自分の推測が間違ってはいないことを、確信していた。

もちろん偏った政治的思想など、貴彬は持ち合わせていない。どんなジャーナリズムも、冷静な視点で見ることができるつもりだ。

けれど、貴彬が得た情報は、どれも真実なのだ。

事件はまだ、いずれも捜査途中。表向きは〝疑惑〟の域を出ていない。だが、じきに容疑が固まれば、逮捕されるのは時間の問題だろう。

それまでは、いくらでもメディアと世論が騒いでくれる。

次々と明るみに出る、汚職と腐敗。

堕落した政治。

自己保身に必死の警察。

我が身可愛さに組織の膿と化した者たちを裁くのは、真に正義を愛する現場の刑事たち。

けれど、彼らがどれだけ足を捧にして事件解決に奔走しても、それを上から押さえつけるような輩《やから》ばかりが出世していたのでは、きっとこの先いくらでも同じようなことが繰り返されるに違いない。

そして、流通していたクスリの出所は、外国人入国者を利用しての密輸ということで片付けられるのだろう。どう調べたところで、それ以上の証拠など、出はしないのだから。

「もっとまともなやつが出世してくれりゃいいのに」

ウンザリだという顔で、史世が零す。

それとも、まともな人間だからこそ疎まれて、結果切り捨てられるしかないのだろうか。

今回はたまたま、黒龍会が巻き込まれていたために、貴彬は自ら事件解決に奔走した。しかしまったく関係のない場所で起きる犯罪には、手の打ちようがない。

「あとは、あの刑事たちの腕を信じるだけだ」

法以外に、犯罪を裁く方法はない。

闇の仕置き人でもないかぎり。

けれど貴彬は、自分たちにそんな権利がないことも、よくわかっている。

この手で、罪を裁くことは、できないのだ。

「これでダメなら、そのときはそのときだ」

「けど、世のなか、そう捨てたものじゃないと思うぜ」

史世が、質の悪い週刊誌の紙を指先で弾きながら呟く。

「史世さん？」

薄く笑う貴彬と史世を交互に眺めて、カウンターの向こうから、河原崎が解せない顔で首を傾げる。

時代は変わる。

世代も代わる。

そうしたら、きっと新しい時代がやってくる。

それは、そう遠い未来の話ではないはずだ。

貴彬が黒龍会を継いだことによって、任侠界に新しい風が吹き込んでいるのと同じように。

政治も警察も変われるはず。

史世は、ここしばらくの間に出会った何人かの刑事たちを思い出して、そう確信した。所轄署の桧室も、たおやかな笑みの藤城も、それから……。

「そういや最近見ないね、例の女刑事さん」

意味深な笑みを浮かべながら、河原崎に問う。

「え……？　あ、えぇ、事件が立て込んでいるそうで……」

「ふ――ん。連絡は取り合ってるんだ？」

ニッコリ微笑む史世の顔を凝視することしばし、自分が恐ろしく単純な誘導尋問に引っかかってしまったことに気がついて、河原崎が固まった。

涼しい顔でコーヒーを味わう帯刀と、その横で視線を合わせようともしない貴彬。

仔猫《こねこ》の保護者のつもりでいた河原崎は、このとき、自分の考えの甘さを、大いに反省した。

[heat 13]

史世を舎弟に送らせ、自分は少し散歩してからマンションに戻ると言い出した貴彬に、「冗談じゃない」とばかり、史世は同行した。

渋い顔をする貴彬に、食えない笑みで言う。

「デート。週末なんだし」

「……史世……」

「そんな顔しない。ほら」

河原崎の店を出て、貴彬の背を押し、人気のない週末のオフィス街へと足を向ける。

昼間は疲れたサラリーマンやOLたちの憩いの場となっているだろう都心の公園も、今は閑散としていて、不気味なくらいだ。

そしてふたりは、たしかな気配を、感じていた。

ピタリと、吸いつくような、視線と殺気。

「殺気を消せないようじゃ、終わってるな」

史世が、小声で茶化す。

「それだけ追いつめられているということだろう」

貴彬が、史世の肩をぐいっと抱き寄せながら、厳しい声で応じた。

秒針が進む音さえ耳につくような、静寂。

すぐ横を走る大通りを行き交う車の音や、少し先にある首都高の騒音などが、まるで別世界の音のような錯覚さえ覚える。

澄みきった夜空。ビル群に囲まれた都心の公園でも、瞬《またた》く星が見える。

野良猫たちの鳴き声と、頬を撫でる風に揺れる葉音。

シ…ンッと、耳に痛い宵闇《よいやみ》。

外灯に照らし出されたベンチと、水の止まった噴水。

視線を廻《めぐ》らせば、疎《まば》らに灯《あか》りのついた高層ビル。この時間も残業に勤しむワーカホリックたちの姿が、目に浮かぶ。

肩に感じる、力強い男の腕。

その熱に促されるように、史世も男の腰に腕をまわす。

この温もりさえあれば、怖いものなどない。

のしかかる静寂も、身を切るような緊張感も、何も史世を不安にさせるものなどない。

「史世」

「……ん？」

「愛してる」

「……ばーか」

今さらだ、と笑って、史世は男の腰にまわした腕に、力を込めた。

公園を抜けて通りに出る。

交差点の手前で立ち止まって、信号を待った。

少し強くなった風が吹き抜ける。

そして……。

公園を囲むビルの屋上で、何かが鋭く光るのを視界の端に捉えた瞬間、銃声が数発、真夜中近いオフィス街に、響いた。

拳銃の発射音ではない。狙撃銃《ライフル》のものだ。

そして、バラバラと走り出てきた男たちが、何かからガードするかのように、ふたりを取り囲む。

ピンッと張りつめた緊張感。

そして、なかのひとりが、無線に応じる声が聞こえてきた。

「そうか、よくやった」

応じているのは、先ほど河原崎の店にやってきた、藤城という刑事だ。
二、三の指示を出したあと貴彬に歩み寄ってきた彼は、柔和な顔に似合わぬ鋭い目をして、いけしゃあしゃあと言ってのけた。
「ご協力、感謝します」

そのしたたかさ加減に、わかっていたこととはいえ、貴彬も史世も苦笑を否めない。

そうしてやっと、本当の意味での危険が去ったことを、ふたりは知ったのだ。


事件が明るみに出ても、ひとつだけ解決できない問題があった。


あの殺し屋《ボディガード》……つまり、通称パイソン。狙撃犯《スナイパー》の存在だ。

二年前に、山内たちの口を封じた、狙撃犯の存在だ。


二年前も今も、パイソンを雇っていたのは、ハッキリとわかっているわけではないが、たぶん黒幕の政治家だ。ぺーぺーに雇えるような男ではない。だからこそ、切り捨てられた山内を見捨ててさっさと姿を晦《くら》ました。決して仕事を途中で放り出したわけではない。

そして今、雇い主のピンチに、自分の身まで危うくなって、パイソンの狙いは、ひとりに絞られた。

つまり、自分を追いつめた、貴彬に。

もしくは、最後の仕事として貴彬への報復を依頼されていたのかもしれない。

藤城が訪ねてきた時点で、貴彬には警察の思惑など、すべてわかっていた。もちろん自分が狙われていることも。

だからわざわざ標的になりにきてやったのだ。

当然、周りを刑事たちが取り囲んでいることもわかっていて。

　藤城の演技がうまかったのか、はたまた追いつめられたパイソンが功を焦ったのか。

　警察の目が貴彬から外れた直後を狙った、本来ならば確実にターゲット《貴彬》を仕留められた仕事《狙撃》だったはずだ。

「やつは確保できたのか？」

　バタバタと現場保存のためにビルの屋上目指して駆けていった部下たちに無線で指示を出す藤城に、貴彬が問う。

「ええ、両肩を打ち抜かれてますが、命に別状はありません」

「両肩？　それはまたいい腕だな」

　立地条件から見ても、有効射程距離ギリギリだったろうに。しかも、夜の闇のなかだ。

「宇佐美です。あいつはロス市警の特殊火器戦術部隊《SWAT》にいたこともある狙撃の名手ですから」

「ほう……国際的殺し屋《スナイパー》と、自分の部下を勝負させたってのか？」

　見かけによらぬ荒々しい手口に、さすがの貴彬も肩を竦めて苦笑するよりない。

　育ちのよさそうな整った顔立ちは、とても刑事になど向いているようには見えないというのに。さすがに警察官僚一家に生まれただけのことはあって、実はなかなかのクワセモノなのかもしれない。

「笑いごとじゃないだろ？　あの刑事がミスったら終わりだったんだぜ？」

　貴彬の隣で、史世が藤城をキッと睨み上げる。だが、

「あなたが一緒にいてくださったおかげで、やつも不審に思わなかったようです。ご希望でしたら感謝状の用意をさせますが？」

　にっこりと笑いながら言われて、史世もいいかげん馬鹿馬鹿しくなってしまった。

「その前に、あんた自分の始末書の心配したほうがいいんじゃないか？　これって、合法的な捜査じゃないだろ？」

　上にバレれば、始末書程度ですむとは、到底思え

ない。

史世の突っ込みに、藤城が少しだけ驚いた顔をして、「そうですね」と返してくる。

あの一瞬の間にパイソンの両肩を打ち抜くなど、並の腕ではない。いったいどこの装備を持ち出してきたのか、考えるだに恐ろしい。

「見返りはなんだ？」

楽しげな声で、貴彬が問う。

「そうですね。組対四課及び五課への口利き……というあたりでいかがですか？」

「本庁だけでなく、所轄の組対と、あと公安と国際《IC》二課《PO》にもハッパかけておいてくれるとありがたい」

いくらキャリアとはいえ、組織の中堅どころでしかない一刑事にはなかなか無茶な要求を告げる。だが藤城は、小さく笑って頷いた。

「わかりました。ほかに私でお役に立てることがあれば、いつでもおっしゃってください」

刑事のものとは思えないセリフを残して、藤城が背を向ける。

その向こうから、高性能狙撃ライフルを肩に担いだ、例の宇佐美とかいう刑事が歩いてくるのが見えた。

海外の対テロ部隊などに装備されているものだ。日本ではたしか警視庁特殊急襲部隊《SAT》が導入しているらしいと聞いているが、どこまで本当か定かではない。

端から始末書覚悟の捜査だったということか。それとも、あの宇佐美と名乗った刑事はＳＡＴ隊員だったのだろうか。身分証明を見せて名乗ったのは藤城だけだった。そのあとに倣っていたから、同じ部署の部下だと思い込んでいたが。

面子を潰された警視庁が、捨て身の捜査に打って出たということだろうか。とはいえ、どのみち民間人を囮に使った捜査など、事件が解決できたとしても公にできるはずもないだろうが。

「お気をつけて」

藤城の声が、風に乗って静寂を取り戻した深夜の公園に響く。

遠くから、救急車のものと思われるサイレンが聞こえてくる。やがてその数が多くなってきて、どうやらパトカーも含まれているらしいと気づいた。

「俺たちもトンズラするか」

貴彬の言葉に頷いて、史世はさっさと歩みを進める。

「タクシー拾うか」

実を言えば、ここからマンションまでは、歩くと少し距離があるのだ。提案を口にした貴彬に、しかし史世は頭《かぶり》を振る。

「いいよ」

都会のネオンに照らされてなお煌く星空を仰いで、それから伸びをする。

「歩いて帰ろう。たまには」

「……そうだな」

夜風に揺らめく史世の髪に手を伸ばして、それから細い腰をうしろから抱く。

背後から覆いかぶさるようにして、そっと柔らかな唇を攫って、それから貴彬は、抱き締める腕にぎゅっと力を込めた。

「……何もなかったんだから、いいだろ？」

数時間前にも、同じようなセリフを吐いた。もっと軽い口調で。

「俺は寿命が縮んだぞ」

貴彬の言葉に、しかし史世は「俺だって」とは返さない。

不安を口にする男と、これ以上男を不安にさせないために口を噤む自分。

貴彬の苦悩がわかっているから。

ネガティブな言葉は、史世のほうからは絶対に口にはしない。

「俺はそんなにヤワじゃないさ」

今回の事件は解決しても、同じような危険が、この先ふたりを襲うことがないとは言いきれない。

「でも、やっとスッキリしたよな。なんか、ずっとこのへんに引っかかってたし」

二年前に解決しきれなかった事件は、ずっと胸の片隅で、小さなしこりになっていた。あの事件で傷はじめて聞く直接的な愛の言葉に目を見開いた貴彬が、細い背を折れんばかりに抱き締めてきて、史世も広い背を掻き抱いた。

馬鹿な男。

愚かな男。

こうやって一生、後悔しつづけるのだろうか。

けれど、そうして男の心を支配しつづけることに、ひとかけらの昏い歓喜を抱かずにはいられない。

「一生後悔すればいい」

魔性の眸《ひとみ》で、男を絡め取る。

甘美な毒に酔いしれて、貴彬は胸の痞《つか》えが、少しだけ軽くなるのを感じていた。

ついた者たちにとっては、これでやっとひと区切り。

ようやく過去と訣別できる。

自分も。

河原崎も。

そして、貴彬も……。

やさしい男は、それでも一生自分を責めつづけるだろうけれど、それでも小さなしこりが、癒せぬ膿になることは、もうない。

「早く帰ろう」

自身を抱き締める男の腕にそっと手を添えて、言う。

早く。今はその熱をたしかめたい。

この身体の奥深くで。

男の腕のなかで身体を反転させて、逞しい首にしなやかな腕をまわす。身を屈めた男の頭を抱き寄せて、低く甘い声を紡ぐ唇に、自身のそれをそっと寄せた。

「愛してる」

触れる直前、唇に直接、言葉を伝える。

[heat 14]

「ん――っ、ふ…ぁ……っ」

息苦しさに頭《かぶり》を振って、男の拘束から逃れようともがく。

シャワーを浴びようとバスルームに足を向けたところをうしろから拘束されて、半ば無理やり引き込まれてしまった。

熱い湯が降り注ぐなか、浴室の壁に押さえつけられ、男の手に翻弄《ほんろう》される。

「いやだ」と言っても聞き入れてもらえず、けれど力いっぱい抵抗する気にもなれなくて、史世は滴る水滴越しに、不満げな視線を男に投げた。

「ベッドまで待てないのかよっ」

「たまには気分が変わっていいだろう?」

返ってきた言葉には、抱き寄せた肩に爪を立てることで応える。

昔は、されるがままになることが、嫌だった。自分が何も知らない子どもなのだと思い知らされるようで。

けれど今は、どんなに好き勝手されても、わざと男を煽るようなわずかばかりの抵抗はしてみせても、だからといって男の手を止めたりはしない。

男が、自分に溺れていくのが、手に取るようにわかるから。

肉体的に抱かれているのは自分でも、男を抱き返し受け止めているのもまた、自分なのだと知っているから。

湯に上気した肌に朱印を散らしていく男の頭を、抱き寄せる。

濡れた髪を掻き上げ、露わになった額に口づけを落とす。

忠誠を誓う騎士のように跪く男に、この身を与える。何ものにも替えがたい、最高の存在《もの》。

至上の恋人。

崖《がけ》っぷちの愛。

「貴彬……」

甘い声で名を呼ぶと、身を屈めた男に強く手を引かれて、バスルームの床に押し倒された。

だが、男の首に腕をまわして、すぐに身を起こしてしまう。

「やだよ。背中痛いだろ」

背の傷が疼く……ということではない。現実問題として、硬い床の上は嫌だと訴えているだけだ。

そのまま体勢を入れ替えて、男の腰を跨ぐ。

「我《わ》が儘《まま》なお姫様だ」

思わず肩を竦めて零した言葉を、史世は聞き逃さなかった。

「誰がなんだって？」

冷ややかに目を細めて、貴彬の後ろ髪を力いっぱい引っ張りながら、睨み据える。それに「降参」と両手を上げて、貴彬は、目の前の誰よりも男らしい恋人に対して発してしまった言葉を、訂正した。

だが、めげない男は、史世の機嫌が浮上するのも待たず、細い腰を弄りはじめる。

「あ……っ、も……っ」

ブツブツと文句を言いながらも、それでも史世は、抱き込んだ愛しい男の頭を、ぎゅっと白い胸に引き寄せた。

「史世……」

徐々に、身体が熱を上げてゆく。

「も……いい…から……っ」

やさしい愛撫が、ときに切ない。

何もなくていいから、早く奪い去ってほしい。

そんな刹那的な衝動が、史世の肉体を淫らなものへと塗り替えてゆく。

大きな手に引き寄せられて、すでに充分に昂《たかぶ》った欲望が、蕩けた秘孔を突き上げる。

「あぁ……っ」

狭い場所を押し拓げるようにして侵入してくる猛々しい熱が、史世を狂わせる。

男の欲望。

男の情熱。

繋がった場所から感じる、呆れるほどの独占欲と征服欲。

「好きにさせてなんかやらない」と思いながらも、

男にそれほどまでの激しい感情を植えつけているのが自分自身なのだと確認して、結局は好きにさせてやる。

自分も、そうしたいから。

男の熱さを感じたいのは、自分。

男を独占したいのは、自分自身。

この男にすべてを与えて、すべてを奪い尽くされてしまいたいと望むのも、自分の一部なのだから。

「ん……は…ぁ………、い…あ、あ、あぁ……っ」

ギリギリまで身体を拓いて、精一杯男を受け入れながら、歓びの声を上げる。

一番深い場所で、貴彬が脈打っているのがわかる。なかで暴れる欲望を締めつけ、ピッタリと身体を寄せ合って、全身で互いの熱を感じ合う。

「史世……史世……っ」

甘い睦言《むつごと》も、歯が浮くような口説き文句も、今、ふたりの間には存在しない。

荒々しい熱と、吐息。ただそれだけ。

腕のなかの熱い身体さえあれば、ほかには何もいらない。

「愛してる」

ただひとつ、耳朶に落とされる愛の言葉。

「わかってる」

艶めいた表情《かお》にうっすらと微笑みを浮かべて、史世は満足げに男の言葉に返す。

「ん……っ、ふ……っ」

体内で弾けた男の情熱に、細い背を撓《しな》らせ、引きずられるように自身を解放する。貴彬にしか聞かせない、甘く切ない声を上げながら……。


「四課のオヤジ、怒ってるだろうな」

ベッドルームに場所を移してさらに熱を貪ったあと、史世を腕に抱きながら暗い天井を見つめていた貴彬が、ポツリと零した。自嘲気味に。

その昔、マル暴と呼ばれていた、今は組対四課のベテラン刑事。そうした現場経験の長い暴力事件担当の刑事たちのなかに、こちらの主張に耳を貸してくれる、話のわかる存在が何人がいるのだ。

「せっかく目をかけてもらってるのに」

知らぬ存ぜぬを通したところで、例のジャーナリストを雇っていたのが貴彬だということは、現場の刑事にはバレているだろう。一度は「手を引け」と窘《たしな》められているのだから。

なのに今度は、その警察をも煽るかたちで強引に事件解決に持ち込んでしまったのだから、面白くないと感じている捜査員も多いはず。

わざわざ警察の目が向くようなことをしてしまったのだ。黒龍会に目をかけている現場の刑事は頭を抱えるしかないだろう。

公安も国税庁も状況は同じなのだろうが、警察は組織だ。内部告発が重なる状況に追い込まれて、それをよしとしない勢力もある。事件を捜査した捜査員たちにも今後圧力がかかることもあるだろうし、現場の刑事が何を言ったところで、黒龍会に強制捜査が入らないとも限らない。


それでも、事実は曲げられない。

たとえ何があろうとも。

「真実は、ひとつだ」

すっと細められた目に、鋭い光が宿る。

けれどそれは、極道としての貴彬が、ときおり見せるのとは違う光。

それは、心の奥に秘めたやさしさに裏づけられた、鋭さ。

そんな貴彬の胸に擦り寄って、厚い胸板に、史世はそっと頬を寄せた。すると聞こえてくる、規則正しい、鼓動。

こうして、今ここにあることを、日々たしかめながら、生きていく。

史世も、そして貴彬も。

史世の髪を梳きながら、貴彬が何事か考え込んでいる。

その横顔に、拭いきれない翳りを見取って、史世はそっと瞼を伏せた。

ともにあるために、その都度傷を負う心。

「愛している」と囁いて、どれほど抱き合おうとも、その傷は癒せない。

強くならなければ。

まだ、足りない。ふたりには。

心に巣食ったトラウマと、やさしさゆえに傷つきやすい心。

訣別ではなく、浄化を。

真の力とは、精神《こころ》の強さなのだと、知っているから。

事件は解決しても、ふたりにはまだ、乗り越えなくてはならない過去《もの》がある。

この先、前を向いて歩いていくために。

[heat 15]

週末。史世は、貴彬を街へ連れ出した。

起きたのが昼ごろで、それから準備して出かけてきたから、遅い昼食を終えたときには、すでに夕方近い時間になってしまったけれど、それでもこんなふうにすごすことなどあまりなくて、なんだか新鮮だった。

特にここしばらくは、事件に絡んだ危険性から、ふたりで外を出歩くこともなかったのだ。

いつの間にかクローゼットに増えていく洋服のなかから適当に選んで身に着けただけの史世だったが、袖を通してみて、それが自分のために誂《あつら》えられたものだということが、すぐにわかった。

貴彬も、いつものスーツ姿とは違い、少しラフな恰好をしている。こんな恰好をしていると、本当に休日をすごすエグゼクティブにしか見えないから不思議だ。少しラフにセットされた髪も、強くなりはじめた陽差しを遮るためのサングラスも、男の容貌《ようぼう》を際立たせている。

先ほどから行きすぎる女性たちが、ことごとく貴彬を振り返っていくのを、史世は楽しげな瞳で眺めていた。

「どうした？」

「……何が？」

「口許が笑ってるぞ」

そういう貴彬は、どことなく口調が不機嫌だ。

「何拗ねてるんだ？」

聞かれたことには答えず、史世は逆に問い返した。

「……」

だが貴彬は答えない。どことなくバツの悪そうな顔をして、視線を逸らしてしまう。それを見て、すぐにピン！　ときた史世が、クスクスと小さな笑いを零した。

「……笑うな」

「だってさ〜」

肩を揺らして笑いはじめてしまった史世に小さく舌打ちすると、貴彬はすぐ隣にある細い肩を、ぎゅっと抱き寄せた。

多くの人の行き交う、休日の街中。そんな場所で、人目も憚《はばか》らず独占欲を露わにする男に多少面食らいながら、史世も男の腰に腕をまわして、ツイッと背伸びをすると、その耳元に囁く。

「俺はあんたしか見てないんだから、いいだろ？」

周りの視線がどれほど自身に注がれたところで、自分の目は隣に立つ男にしか向けられていない。今は。

「……今は？」

期間限定なのか？　と眉根を寄せる男に、意地悪く笑って、史世は言う。

「そりゃあ、蘭生がいたら、蘭生のほうが大事だし〜」

比べようもない相手だけれど、男のヤキモチが心地好くて、ついついそんなことを言ってしまった。

「いいかげん、俺だけを見る気にはならないか？」

懇願するように言う男に、とうの昔にその気になっていると認めるのが悔しくて、史世は「そのうち」

と、曖昧に笑い返す。

他愛もないことで笑い合いながら、何をするでもなくふたりの時間をすごす。

ごくごく当たり前の、恋人同士の時間が、ふたりにとっては貴重だった。陽が傾きはじめた街を、ショーウインドウを冷やかしながら、ゆったりと歩く。

平和な休日の風景と、しかし紙一重、背中合わせにある危険。

ふと、男の肩越しに目に入ってきた落ちかけた夕日の燃えるような赤い光に、史世は目を細める。この向こう側に潜む、闇の気配に。


点滅する交差点を走って渡ろうとして、貴彬に腕を引かれた。

「無茶するな」

「なんだよ、走れば間に合ったのに」

「急ぐわけじゃない」

「そうだけど」

「信号無視の車でも突っ込んできたら……」

小言が紡がれればはじめて、またいつもの心配性が出たのかと、史世はひっそりと耳を塞ぐ。聞く耳を持たないでいるとエスカレートして、手がつけられなくなるのが常なのだ。

ところが、言いかけた言葉の途中で、貴彬は黙ってしまう。史世が覚悟していた、いつもの口煩いお小言の数々は、降りかかってこない。

「貴彬……？」

見上げれば、交差点の向こうを凝視したまま、貴彬が固まっていた。

「貴彬っ！　おいっ？」

腕を摑んで揺さぶると、やっと我に返ったように数度瞬《まばた》きして、しかし心はここにない。

「なんだよ、いったい……」

恋人の関心が自分以外に向いていることに苛ついた史世が口調を荒らげても、それでも貴彬の態度はハッキリしない。それどころか、渡ろうとしていたはずの交差点から、半ば無理やり史世を引き剝《は》がそうとする。

「どうしたんだよ？　渡るんじゃ……」

「いい」

「いいって……貴彬っ!?」

そうこうしているうちに、信号が青に変わって、止まっていた人の流れが動き出した。

予定どおり道路向こうに渡ろうと踵《きびす》を返した史世は、視界の先に信じられないものを見て、言葉を失う。

「……え？」

――なんだよ、これ……。

鏡でも蜃気楼《しんきろう》でもない。

けれど、今隣にいるはずの男と同じ姿かたちが、史世の視界の先に存在していた。

隣で貴彬が、息をつめているのがわかる。

向こうもこちらに気づいたらしく、少し躊躇った様子で、しかし信号が再び赤に切り替わろうとしていることに気づいて、ゆっくりとこちらに向かって足を踏み出した。

ギリギリで信号を渡り終え、青年がふたりの前に立つ。

遠目に合わせ鏡のように見えたふたりは、近くに立つと、やはり違う。青年のほうがかなり若い。

そして、状況を把握しきれない史世の耳に、驚きの言葉が聞こえてきた。

「お久しぶりです……兄さん」

――……っ!?!?

「あぁ」

「街で偶然会うことまでは、誰にも止められませんよね」

「……そうだな」

少しだけ苦しげな顔で、貴彬は青年を見つめている。

そして、青年も。

弟の肩越しに、信号が青になったのを見て、貴彬は史世の肩を抱くと、そのまま青年の横を通りすぎていく。

「貴彬⁉」

いいのかと問う史世に、貴彬は応えない。

「兄さんっ！」

青年の呼ぶ声にも、振り返らない。

「兄さん‼　母さんの命日、いつもの寺で法要しますから！　だから……っ‼」

言い募る青年の声を振りきるように足早に信号を渡りきって、その場から逃げるかのように、貴彬は陽の落ちた街を大股に歩いていく。

自身の肩を摑んだ手にこもる力から、史世は男の心情を察した。

貴彬が振り返らなかった……いや、振り返れなかった、そのわけを……。


セピア色に染まった記憶のなかの想い出だ。

ある日、小学校から帰った貴彬を出迎えたのは、写真で知る実母にどことなく似た美しい女性と、赤ん坊だった。

そして、今日からこの人が義母《はは》になるのだと告げられた。

小さな小さな赤ん坊は、貴彬の弟になった。

ただただ、嬉しかった。

やさしい義母と、小さな命。

たったひとり、たったひとつの、絆。

本物の、血の絆。

それが貴彬に多くのことを教えてくれた。

だから、願った。

ただ、幸せな日常を。

ただ、平凡な幸せを。

たったひとりの、弟に。

義母が亡くなったのは、それから数年後。弟の貴《たか》透《ゆき》は、小学校にも上がっていなかった。

当時、黒龍会総長を継承したばかりの父を狙った刃。義母は、愛する男を庇って、その命を落とした。

滴る鮮血。

倒れ込む義母と、妻を刺した男に向かっていった父と。

そして、動かなくなった母に取り縋って泣く、小さな弟。

『見ちゃダメだ！』

母を呼び泣きじゃくる弟をこの腕に抱き締めたあの日のことを、貴彬は一生忘れることはないだろう。


「貴彬っ」

歩みを止めようとしない男の腕を取り、史世が引き止める。そして男の前にまわり込むと、そっとその頬に指先を滑らせた。

「ひとりで、抱え込むなよ」

史世の言葉に目を見開いて、それからぎゅっと眉根を寄せて瞼を伏せる。

「俺は、あんたの弟じゃない」

「……史世……」

逞しい腕が、細い身体をぎゅっと抱き締めてくる。


その腕が微かに震えていることに気づいて、史世は広い背を力いっぱい抱き返した。


義母の死後、貴透は母方の祖父母に引き取られていった。

娘の結婚に反対していた祖父母は、孫の安全と幸せのためにも、これ以上那珂川の家に置いておくことはできないと主張した。父は、何も言わなかった。

『お兄ちゃん！』

嫌だと泣く弟を、引き止めることはできなかった。

自分には、この血塗られた運命から、自分を救い出してくれる人はいなかった。自身で道を切り開かない限りは。

けれど弟には、自分たち以外にも、弟を愛してくれる人がいる。

それからは、年に数度会う程度。

義母の命日には、かならず墓前に手を合わせに行断ち切った。

弟の成長を、父の代わりにこの目に焼きつけて帰った。

祖父母が亡くなってひとりになった弟を、父は金銭的に助けはしても、家に呼び戻そうとはしなかった。貴彬も、それでいいと思っていた。

血の絆は、切れない。一生。

そう思っていたから。

離れていても、兄弟であることに、変わりはないと思っていたから。

『兄さん！　お願いです！　父さんに、父さんに会わせてください!!』

門扉を叩く激しい音と、弟の悲痛な声。

父の通夜の晩。

貴彬は、弟が那珂川の敷居を跨ぐことを、決して許さなかった。

警察の目も光っていた、極道としての父の葬儀。

そんなものにカタギの弟をかかわらせるわけにはいかなかった。


「おまえは那珂川の家とは関係ない」と追い払い、そして、その場で縁を切った。

すべては、貴透のため。

たったひとり、血を分けた弟のため。

貴彬は、ひとり、すべてを引き受けた。

血に染まった獣道を歩むのは、自分ひとりでいい。

あのとき、貴彬には予感があった。

三代目継承を望む河原崎や帯刀の言葉を、肩で振りきりながらも、父の遺言から必死に目を背けながらも、それでもきっと、運命からは逃れられないのだと。

切っても切れない血の絆。

その深さと怖さを思い知った二年前。

弟だけは、守らなければならないと思った。

義母のように、那珂川の名の下に、血に染まるようなことがあってはならない。

那珂川の血がもたらす最悪の事態に、弟を巻き込むわけにはいかない。

だから、たったひとつ残ったはずの血の絆さえ、貴彬は自身の手で断ち切ったのだ。

「史世……」

苦しげな呼び声に、史世が顔を上げる。

そう言った史世の言葉を、貴彬は嚙み締める。

『弟とは違う』

幸せのために、その手を離した弟と。

どれほど幸せを願おうとも、手放せない、今腕のなかにある、細い身体。

どちらも愛しくて、けれど、まったく違う存在。

貴彬が常に抱える不安と葛藤を、史世は知っている。知っていて、それでもあえて危険に首を突っ込もうとする。

いや、知っているからこそ、その都度そうして貴彬に覚悟を求めているのだ。

二年前史世は、貴彬とともに生きていく覚悟を決めた。

貴彬もそれを受け入れた。

けれど、たとえ史世のその覚悟を受け入れたとしても、貴彬の抱える不安は、きっと一生拭い去れない。

今回のように史世が事件に巻き込まれるたびに、貴彬は苦しむのだ。ずっとずっと。

「部屋、帰ろう」

そっと口づけながら、史世が微笑む。

「慰めてやるよ」

史世だけが、この男を包み込むことができる。

そして、その史世をここまで捕らえて離さないのもまた、この男。

「サービスがよすぎて怖いな」

やっと笑顔を見せて、腕のなかの存在を、今一度抱き締める。額に落とされた触れるだけの口づけに、史世は擽《くすぐ》ったそうに、首を竦めた。

マンションの玄関ドアが閉じるか閉じないかという状態で、史世は大きな腕に抱き竦められていた。

「ば…かやろ……っ、こんなとこで……っ」

慰めてやるとは言ったが、こんな乱暴なやり方を許してやったつもりはない。だが、餓えた獣《ケダモノ》状態の今の貴彬には、何を言っても聞こえないらしい。

はだけたシャツの胸元に吸いつき、綺麗に浮き出た鎖骨に食らいついてくる。痛みさえ伴う愛撫に、史世が背を撓らせて戦慄いた。

「は……っ！　あ…ぁ……っ!!」

下着ごと乱暴に衣類を引き抜かれ、硬い壁に背を押しつけられて、荒々しい愛撫が肌を焼く。露わになった下肢の狭間で、男の熱に煽られた欲望が打ち震えている。その淫靡な甘い蜜に誘われるように、貴彬はそれを口腔《こうこう》に含んだ。

「あ……、や…ぁ……っ」

真っ暗な室内に、濡れた音が響く。

感じる場所を的確に攻められて、史世は力の抜けた腕で、男の頭を掻き抱く。

――もっと……っ！

もっと激しく求めればいい。

何も考えられなくなるくらい、自分に溺れればいい。

自分なら、貴彬の抱えたものを、受け止められるはずだから。簡単に壊れたりなんかしないはずだから。

「貴彬……」

濡れた呼び声に、男が顔を上げる。

「きて……っ、早く……っ」

抗えない誘惑。

淫らな言葉を紡ぐ唇を塞いで、やわらかな口腔を貪る。細い腰を抱え上げ、慣らしてもいない秘孔に、猛った欲望を押しつけた。

「あ……く……っ」

引き裂かれるような痛みとともに、貴彬が挿《はい》ってくる。隙間を埋めるように、もっともっと深く繋がるために。

無茶な挿入に身体が悲鳴を上げても、史世は男を詰らない。

この痛みと熱さが、愛しくてたまらないから。

「たか…あ…き……っ」

喘ぎの狭間に、掠れた声が名を呼ぶ。震える喉に嚙みついて、その声ごと奪いつくそうとするかのように、貴彬の愛撫が激しさを増していく。

いつもとは違う体勢で最奥を突き上げられて、敏感な内壁がきゅうっと戦慄いた。

「そんなに締めるな」

苦笑交じりに揶揄う声が聞こえてきて、史世の白い肌が、カッと朱に染まる。

「ば…かや…ろっ、だれがそんな……や、あぁっ!!」

壊れるほど乱暴に揺さぶられて、甘い吐息が悲鳴に近いものに変わる。けれど、細い身体を貪る男の突き上げは容赦ない。

痛みではない快感に、虚ろになった史世の瞳から、生理的な涙が零れ落ちる。それを口づけで吸い取りながら、貴彬は史世を揺さぶりつづけた。


気づくと、たっぷりと張った湯のなかで、貴彬の腕に抱かれていた。情事のあまりの激しさに、さすがの史世も意識を飛ばしていたらしい。

湯気に濡れた前髪を、貴彬の指が梳いてくれる。そんな様子をしばしボーッと眺めてから、史世はやっと状況を理解した。

きっと、嬉々として白い肌にまとわりつくだけになっていた衣類を脱がせ、意識を飛ばして人形のようにおとなしい史世を腕に抱き上げてバスルームに運び、膝に抱いたまままゆったりと湯に浸かっていたのだろう男の心情を思えば、思わず眉根が寄る。

「……スケベ」

ボソッと呟いた自分の声が嗄《か》れていて、史世は急にいたたまれなくなった。

ただでさえ、こういう甘ったるい触れ合いは得意ではない。自分に主導権がない情交は、特に行為に慣れてきてからのほうが、実は恥ずかしくてたまらないのだ。

自ら誘うのも、その手腕に男が落ちてくるのを眺めるのも楽しいけれど、このまま男の腕に甘えた状態というのは、どうにも受け入れがたい。

滅茶苦茶に求められて、わけがわからなくなっていれば、別にいいのだが。

「離せよ。暑苦しいな」

いつもなら、史世のひと睨みで言いなりの貴彬だが、どうも今日は様子が違った。不機嫌顔の史世にも怯まず、それどころか、ますます抱き締める腕を強めてくる。

「たまには俺の我が儘も聞けよ」

――……たまには？

「どこが〝たま〟なんだ？」

呆れた顔で突っ込んでやる。

ベッドの上では、いつだって好き勝手するくせに。

それでも、貴彬がそう言うなら……と、史世はしかたなく逞しい胸に頬を寄せた。

バスソルトで薄いブルーに色づいた湯は、ちゃぷんと水音を立てるたびに、白檀《サンダルウッド》のウッディな香りが立ち昇って、心をゆったりと落ち着かせてくれる。

やがて、色素の薄い史世の髪を弄んでいた男が、静かに口を開いた。

「貴透を、那珂川の籍から出そうと思ってる」

「……籍……って……」

弟のために、縁切りだけではなく、戸籍上も他人になろうというのか。

「手続きは神崎弁護士《せんせい》に頼んである。那珂川の名がプラスになることなんて、ないからな」

「貴彬……」

史世の肩を抱き寄せ、白い額にそっと唇を落として、それから腕のなかの存在をたしかめるように、華奢な背を抱く。未だに癒えきらない傷を抱える、細い背を。

その傷痕を指先で辿りながら、貴彬は静かに言葉を吐き出した。

「おまえは……手放せない」

愛しさゆえに、絶縁を決めた弟。

そのほうが弟のためだと、貴彬は心を鬼にした。けれど、誰よりも愛しく思いながら、誰よりもまっすぐな道を歩ませてやりたいと願いながら、それでも腕のなかの美しい少年を、手放せない自分。

愛しさの種類が違うのだと言ってしまえば、それは簡単なことだ。

けれど、弟に対して決められた心が、史世に対しては、どうしても決められない。

苦しむくらいなら……何かあってから後悔するくらいなら……と、何度も何度も、そう思ったのに。

たとえ再びこの手が血に染まっても、それでもともにありたいと、心が欲する。

最期のときまで、この少年の瞳に自分が映されていればいいと、愚かなことを願ってしまう。

拭えない不安。

払拭しきれない心の葛藤。

そんなものを凌駕《りょうが》してあまりある、この狂おしい想い。

「ふざけたこと言ってんなよ」

比べられてたまるか！　とばかり、史世の大きな瞳が、怒りに揺らめく。

「史世……」

「みくびるな」

男の腕のなかで身を捩り、真正面から男を見据えて、史世はハッキリと言う。

餓えた獣《ケモノ》を抱き返してやれるのは、唯一自分だけ。

この危険な男を満足させてやれるのは、この世界にたったひとり、自分だけだ。

「あんたが選んだんじゃない。俺が、選んだんだ」

ここに、こうして在ることを。

その器がなければ、男の力がただ腕力にものを言わせただけのものだったならば、とうの昔に史世は男の首を斬《か》いている。今の関係に、甘んじているはずがない。

この関係を認めたのは、史世。

男の隣にあることを、選んだのは史世なのだ。

「それでも気になるんなら、いくらでも勝手に悩んでろっ」

冷たく言い放って、男を睨みつける。

「けど俺は、そんな優柔な男に惚れた覚えはないけどな」

「史……っ」

言いかけた言葉の途中で、男の口を塞いで、史世はやさしい男を抱き締める。

やさしさゆえに、たとえ史世が何を言おうとも、きっと一生苦しみつづけるであろう男の背を力いっぱい抱き締める。

そうすることでしか、自分たちは想いの伝え方を知らないから。

どんな慰めの言葉より、どんな愛の告白より、きっとたしかな繋がり。

淡い口づけを繰り返しながら、史世はそっと男の腰に手を伸ばす。熱く脈打つ欲望をその手に捕らえて、男の情熱をたしかめる。

「熱くなってる」

「おまえが煽るからだ」

口づけの狭間に、甘い囁きが紡がれる。

湯のなかで腰を落として、史世は男の欲望を受け挿れる。つい先ほどまで蹂躙《じゅうりん》されていた場所は、未だ熱く疼いていて、すんなりと男を迎え入れた。

「貴彬……っ」

「……ん？」

ふたりの動きに合わせて、湯が水温を立てる。

「……いいっ、あ……んっ」

「あぁ、俺も……最高だ、史世……」

熱い吐息が耳朶《じだ》に囁いて、その声の穏やかさとはうらはらに、湯のなかで激しく腰を突き上げられる。

深い繋がりがさらに深さを増して、史世は背を撓らせた。

貪り合うように口づけて、言葉もすべて呑み込んで、ただ身体だけ。

繋がった場所から注ぎ込まれる、愛情。

それだけで、今のふたりには充分だった。

血の絆。

縛られる、心の絆。

カタチは違っても、切れることのない、契り。

枷《かせ》にはならない。

互いのために。

見えない未来《さき》に目を凝らすのではなく、今を確実に生きていくために。

[heat : ending]

「たまにはまっすぐ帰って勉強したらどうだ」

「そっちこそ、仕事サボってていいのか？」

いつもの光景に、河原崎ももう何も言わない。

「もう七時だぞ。とっくの昔に終業だ」

「そのわりに、ケータイ鳴りっぱなしのようだけど？」

マナーモードに設定してはあるが、貴彬の携帯電話は、先ほどから山ほどのメールの着信を知らせている。送り主はわかっている。帯刀だ。仕事を抜け出した社長の所業に、冷ややかななかにも怒りオーラ大爆発しているであろう姿が、目に浮かぶ。

史世の突っ込みにぐっとつまりながらも、今さら戻れないというのが貴彬の本音だ。

とはいえ、帯刀のカミナリが落ちるのが、半日ほど先送りになるだけのことなのだが。

山と積まれた新聞や雑誌に目を通しながら、ふたりは延々とこんなやりとりを繰り返していた。

「お腹空いたなぁ〜」

まったく自分の話を聞いていないとしか思えない史世のそのセリフに、貴彬がガックリとカウンターに崩れ落ちる。でも史世はそ知らぬ顔。

「何かつくりましょうか？」

笑いながらうかがいを立ててくる河原崎に、史世は少し考えて「いいや」と首を横に振った。

「貴彬、ご飯」

単語だけの会話に、もはや溜息しか出てこない。しかたなく史世のお気に入りの中華にでも連れて行くかと腰を上げかけたとき、店のドアベルが鳴った。

入ってきたのは例の女刑事。

「あら、お邪魔だったかしら」

言いながら、それでもいつもの定位置に腰を下ろす。

つい先立って史世に揶揄われたせいか、心なしか河原崎の態度がよそよそしい。だが、彼女のほうはいたって冷静だ。

「どこかの誰かさんが大花火打ち上げてくれたおかげで、関係ない部署まで大騒ぎよ」

今回の騒動が誰によってもたらされたものなのか、当然わかっているらしく、河原崎の淹れたコーヒーに口をつけながら、そんなふうに零す。だがその横顔は、実に愉快そうだ。

「優等生《いい子ちゃん》だと思ってた某警視《同僚》は、エライもん持ち出してくれて、警視総監《親父さん》も頭抱えてるでしょうね」

「やっぱりあのライフル、SATの装備だったんだ？」

楽しげに呟いた史世に、ひょいっと肩を竦めて、しかしそれ以上は口にしない。自分の口からバラすわけにはいかなくても、「推察するのはご自由に」ということのようだ。

それから、何がそんなにおかしいのか、思い出し笑いをして、ひとりで勝手にコーヒーを噴き出しかける。どうもこの女性《ひと》、見かけと中身がズレているらしい。

「そうそう、麻布署じゃ、アイドルらしいわよ」

「……誰が？」

脈絡のない話題に、史世が首を傾げる。

「刑事を投げ飛ばした、どこかの高校生」

次に告げられた言葉には、今度は貴彬が、タイミングよく飲んでいたコーヒーを噴き出した。

「ちょ……っ、きったないなぁ、もうっ！」

とばっちりを食いかけた史世が、男を睨む。

一方の男は、女刑事の言葉に、すぐに復活できないでいる。

「風間くんが投げ飛ばされた話、署内中に知れ渡ってるらしいわ。彼、柔道の元国体選手だし」

風間を投げ飛ばした件に、いったいどんな尾鰭《おひれ》に端鰭《はひれ》、ついでに胸鰭《むなびれ》に背鰭《せびれ》までついて噂が広まっているのか、できればあまり知りたくない。

「極道も警察も骨抜きなんて。その手腕をぜひご伝授いただきたいものだわ」

愉快そうに笑いながら、口調はあくまで他人行儀。今回の一件で、ますますここに出入りしている面子《メンツ》とは〝他人〟でいなくてはならなくなってしまった。

そんな彼女の都合など、あえて口にせずとも、集まった面々は充分に理解している。

だから史世は、その口裏合わせもかねて、次に顔を合わせたら言っておこうと思っていた件を持ち出した。本当は彼女を味方につけられれば一番よかったのだが、今回の一件で他人のふりをしなくてはならなくなってしまったために、それがかなわないのが残念だ。

「ひとり言だから聞き流してくれていいんだけど」

「……？」

史世の言葉に、今度は女刑事のほうが訝しげな顔をする。

「うちの学校の二年生《ひとつ下》に、餌付けしたいオオカミが一匹いてさ」

世間は存外と狭いものだと思わされた事実を持ち出して、意味深な視線を投げれば、その意味を瞬時に察した彼女は、あらぬ方向に視線を逸らした。

「……へーえ、私の目にはせいぜい野良犬にしか見えなかったわねぇ」

自分の身内を語るのに、ずいぶんな言い草だ。可愛い弟だろうに。

「君が餌付けするの？」

「いや、俺は首に縄つけるだけ。餌付けするのは俺の大事な幼馴染」

本人がそうと気づいていなくても、藺生はあの運動部長のことを憎からず想っているらしいと、史世は最近になって気づいたのだ。

「いいんじゃない？　ただ見かけよりずっと子ども《ガキ》だと思うから、お手やわらかにね」

小さく笑いながら、カウンター越しに河原崎をうかがって、彼女は肩を竦めて見せた。

それにニヤリと微笑んで見せ、それから、未だ復活できないでいるのか、はたまた自分にわからない話を自分以外の存在としている史世が気に食わないのか、憮然《ぶぜん》とコーヒーを啜る男を振り返る。

男の横顔に苦笑を零しつつ鞄を探って、史世は一枚の紙切れを取り出した。

藺生の保護者を卒業できる目処《めど》はついた。あとは目の前の男の手綱を締め直さなければ、何もはじまらない。


「なんだ？」

鼻先につきつけられたそれを受け取って、文面を確認した貴彬は、ややあって目を瞠った。

「史世……？」

「余裕でA判定だろ？」

「おまえ、医学部志望だったんじゃ……」

貴彬が受け取ったのは、校外模試の結果。各教科の点数から志望校内順位まで、事細かなデータが記載されている。

そこで、史世の志望先として記載されていたのは……、
法学部。

「俺は弁護士になる」

貴彬の代わりに。

「力を、手に入れてやるよ」

貴彬の失った力を。

貴彬の果たせなかった夢を、この手でかなえるために。

多くのものと戦うために。

男の隣に、堂々と並んで立つために。

「神崎の爺《じい》さんだって、そろそろいい歳《とし》なんだし。ポックリ逝《い》かれちまったら困るだろ？」

茶化した口調で可愛くないことを言いながらも、その目はまっすぐに貴彬を見つめている。

「しかし……」

「七世《妹》のことは、もういい」

藺生のことも、きっともうすぐ吹っ切れるときがくる。

「何があっても、俺が守ってやる」

足手まといには、もうならない。

守られる立場には、甘んじない。

男のものとは比べものにならないこの細い腕で、それでも男を守ってみせる。

ふたり一緒なら、過去に囚われることも、未来《さき》に怯えることもない。いつか終わりがくるというのなら、ともにその運命を受け入れるだけだ。

そう思ったら、フッと心が軽くなった。

今までの不安が嘘のように。


けれど楽観しているわけではない。常にギリギリの場所で、それでも、ふたりの置かれた状況を受け入れて、生きていく覚悟を決めただけのこと。

それは傲慢なほどに深すぎる愛情ゆえに互いに求め合う、ギリギリの覚悟だ。

史世の瞳に揺るぎない決意を見て、男がフッと目を細める。

そして、諦めたように、口許を緩めた。

「好きにしろ」

両手を掲げて、肩を竦める。

そんな貴彬に満足げに微笑んで、史世はすっくとスツールから立ち上がった。そして、男の膝に腰かけると、首に両腕をまわして、妖艶に微笑む。

そっと唇を寄せて、男が期待に胸躍らせた瞬間、その艶めく唇から、思いも寄らぬ言葉が紡がれた。

「ご・は・ん」

に――っこりと、いつもの食えない笑顔つき。

ふたりの背後で、河原崎が思いっきり噴き出す声が聞こえてきて、貴彬はこれみよがしに、咳払いを

する。

泣く子と史世には、どうあっても勝てないらしい。

ズキズキ痛む眉間を押さえながら、貴彬は攫うように目の前にある唇を奪うと、細い腰を抱き寄せて、美しい恋人に傅《かしず》く。

「どこでも。おまえの意のままに」

「いつものホテルで、いつもの中華」

返ってきた言葉は、貴彬が予測した、そのままのものだった。

resolution was decided.

数週間後。東京地検特捜部は、贈収賄容疑で事件の黒幕だった政治家を再逮捕。同時に、東京国税局は、総額二十億円に及ぶ巨額の脱税を立件、検察はそれを告発した。

薬物取締法違反と選挙管理法違反でも送検された男は、殺人教唆の容疑でも逮捕され、その下で事件に関与していた者たちも皆、それぞれの容疑で逮捕されることとなった。

しかし、貴彬が指摘したキックバック疑惑に関しては、多くのジャーナリストや政治家たちがその疑惑の存在を強く示唆《しさ》したものの、証拠がないために疑惑は疑惑のまま。数々の罪状の陰に埋もれることとなった。

そして、貴彬を襲った黒尽くめの男たちの正体も……すべては闇に葬られる。

けれど、これで終わったわけではない。

戦いは、これからもつづくのだから。

end.

Appetite

[starve : introduction]

携帯電話に残る、着信履歴。

公衆電話から、立てつづけに三回。

それが、いつもの合図。

『会いたい』

決して、言葉にすることはできない想い。

深すぎて、激しすぎて、怖くなる。

これは欲望。

餓えた身体が欲しいと訴えるから。

危険を承知で手を伸ばさずにはいられない。

麻薬よりも性質《たち》が悪い、この心が厄介で……。

[starve 1]

待ち合わせはいつもの場所。けれど、ホテルはその都度変わる。

決まった空間、決まった時間なんてない。

危険すぎる関係に、約束事はご法度だ。

いつ終わりがきても、おかしくはない。

いつもどおり別れて、でもそれっきりかもしれない。

そんな刹那《せつな》的な関係が、それでももう三年、つづいていた。


「例の事件、解決してよかったじゃないか」

シャワーを浴びて出てきた帯刀《たてわき》に、東條《とうじょう》は冷蔵庫のなかから缶ビールを二本取り出して、一本を渡しながら笑った。

「まだ容疑は固まってない」

プルタブを上げながら、しかし帯刀はいつものクールな表情《かお》のまま。

「相変わらず冷静だな。敏腕秘書殿は」

言いながら東條はベッドサイドに腰を下ろし、立ったままビールを呷《あお》る帯刀のローブに包まれた腰を抱き寄せる。男の腕からスルリと逃れて、帯刀は窓際のソファに腰を下ろした。

「嫌味なら聞く耳はないぞ」

「まさか」

ソファに歩み寄って、空になった缶を帯刀の手から奪うと、自分のと一緒に備えつけのゴミ箱に放り投げる。

「褒めてるつもりだが？」

「おまえに言われてもな」

冷ややかな顔で東條を見据えながら、濡《ぬ》れて頬《ほお》にかかる髪を掻《か》き上げた。いつもはきっちりとサイドに整えられている髪が、今は扇情《せんじょう》的に濡れ乱れている。

ストイックな男が自分の前でだけ見せる、艶《いろ》。

それが、冷静な東條を、たまらなく煽《あお》り立てる。

「時間がない。焦《じ》らさないでくれ」

細い顎《あご》を捕らえて、そっと唇を合わせる。

瞳《ひとみ》は、開いたまま。

じっとその奥の、見えない感情まで覗《のぞ》き込むように。

睨み合ったまま、なかなか甘い空気をまとおうとしない情人に焦れて、東條はソファの肘掛《ひじか》けに置かれたままの帯刀の腕を強く引いた。

まだベッドカバーさえ剝《は》がされていないベッドに、半ば無理やり引き倒す。ローブの合わせを少し乱暴にはだけて、オレンジ色の薄明るいライトの下、滑らかな肌を露《あら》わにした。

白く肌理《きめ》の細かい肌。

三十路《みそじ》近い男のものとは思えぬ、掌《てのひら》にしっとりと吸いつくようなその感触を楽しんでいると、ふいに手首を摑まれる。

ぐっと肩を押され、囲い込んだはずの腕のなかからスルリと脱《ぬ》け出して、帯刀は自らローブを脱ぎ捨てる。それから、勢いよくベッドカバーを剝がすと、フッと目を細めてみせた。

「――――っ」

焦れる男を追い込んで、理性を剝ぎ取り、獣に堕《お》とす。

そんな、性質の悪い狩りを楽しむかのように、余裕の顔を見せる帯刀に、東條が吠《ほ》えた。

「すぐに啼《な》かせてやるっ」

冷静な自分を、唯一湧《わ》き立たせる存在。

危険な色香をまとった、相容《あいい》れない世界に生きる存在に、東條は熱くなる。

そして帯刀も……熱い男の腕に翻弄《ほんろう》されて、冷酷なまでにクールなはずの自身が内側からフツフツと燃え立つような、熱い劣情に身を任せていった。

[starve 2]

雨の夜だった。

シマ《縄張り》の一角である繁華街の外れを歩いていたのは、たまたま。

その先にある会員制のクラブで起きたゴタゴタを鎮めるために、出向いて行ったにすぎない。黒龍会《こくりゅうかい》本家那珂川《なかがわ》一家直轄のシマでなければ、帯刀が直接出向くようなこともなかっただろう。

路地の奥のほうで、殴り合うような物音が聞こえた気がした。

ややあって、バタバタと逃げ去る靴音が響く。

――ふたり……いや、三人か。

足を止めて、耳を欹《そばだ》てる。

肉体労働は好きではないが、シマで何か騒動が起きているのだとしたら、このまま見て見ぬふりをするわけにもいかない。

胸元を探って、小さなナイフがひとつ、そこにあることを確認する。

それから、音のした路地へ、足を踏み入れた。

明け方に近いような深夜。

さすがに繁華街の中心から外れた場所にある呑み屋は、暖簾を下げてしまっている。ただでさえ明かりがないところへ、この雨。視界も危うい。

足音を立てぬように路地の奥へと歩みを進めて、何かの気配にハッとする。

みぎゃあっ！

何に驚いたのか、雨宿りをしていたらしい野良猫が一匹、ものすごい威嚇《いかく》の声を上げて、軒下から走り去った。

夜目にもわかる、赤。

雨水に流されていく、鮮血。

腹を抱えて蹲《うずくま》る男が、顔を上げる。

まだ若い、精悍《せいかん》な顔立ちの男だ。

「……ぅ…ぐ……っ」

小さな呻《うめ》き声を上げて、片膝をついたまま、どうやら動けないらしい。

「……見ない顔だな」

「……」

男は応えない。

警戒しているのか、それとも声を発することもできない状態なのか。

その様子から、男が極道ではないことが知れる。ならば、どこかの組織のものか……もしくは……、

「刑事には見えないが、まぁいい」

かといって、普通のサラリーマンにも見えないが。

「……何者だ？」

男がはじめて口を開いた。

「考えて喋《しゃべ》れよ。でなきゃ、命がいくつあっても足りないぞ」

この街で帯刀の名を尋ねるということは、すなわち自分は余所者《よそもの》だと公言しているようなものだ。場合によっては、ただではすまない。

「な…に……っ」

出血と、冷たい雨による体温低下。

見る見る青ざめる男の顔色に、帯刀は眉根《まゆね》を寄せた。

歩み寄って、大きな身体が揺らいで、雨のなかに男が沈む。

ートをかけると、路上に倒れた男に自分の着ていたコートをかけると、それ以上雨に濡れないように傘を差しかけ、そして携帯電話を取り出した。

男が何者であろうが、救急車を呼んで、その場を立ち去ればいい。

けれど、なぜかそのとき帯刀は、そうしなかった。

信頼できる舎弟を呼びつけ、男を自分のマンションに運ぶと、組が目をかけている闇《やみ》医者を呼び、男の治療をさせた。

腹部の刺し傷と、数カ所の裂傷。

普通なら入院が必要な傷だったが、医療器具一式をマンションに運び入れ、そこで治療させた。

命にかかわるほどの深い傷ではなかったが、刺されたあと激しく動いたのだろう、出血が酷《ひど》い。あのまま放っておけばどうなっていたかわからないと、医者は言った。


男が目を覚ましたのは、翌日の夕方近くのことだった。


東條征彦《ゆきひこ》。

所持品からわかったのは、名前だけ。しかし、さるデータベースに侵入したら、すぐに素性は知れた。

「何を調べてたんだ?」

「……」

あくまでもだんまりを決め込むつもりらしい。

「お上《かみ》のやることに興味はないが、あそこはうちのシマなんでな。ヤバイ火の粉は振り払わせてもらう」

「……あんたたちには関係のないことだ」

ベッドに横たわったまま、東條が苦しげに吐き出した。

口を割らないものはしかたない。あとは適当に組織の情報網を使って調べることにして、帯刀はベッドに歩み寄る。

「任務が終わっていないのなら、傷が癒《い》えるまでここにいるがいい。ただし、外部とは一切連絡を取るな。それが嫌なら出て行け」

自分が極道だとわかれば、男はすぐにこの場を去るだろうと考えていた帯刀の思惑は、しかしアッサリと打ち砕かれた。

男は、じっと帯刀を見つめて、ややあって肩から力を抜くと、そのまま瞼《まぶた》を閉じたのだ。

「眠らせてもらってもいいか？」

諦めたのか、単にふてぶてしいだけなのか。

「好きにしろ」

帯刀がそう返事をしたときには、男はすでに寝息を立てていた。


それから、奇妙な同棲《どうせい》生活がはじまった。

男は特別焦った様子もなく、日がな一日ベッドの上ですごし、帯刀に気を遣ってか、ゲストルームからもほとんど出てこない。傷が癒えてくるとひとりでリハビリをはじめ、世話になっている分働こうというのか、家事を自ら行うようになった。

男の身体は、医者も舌を巻くほどの回復の速さ。やはり、並大抵の訓練を受けた肉体ではないようだった。

「ホントに生活の匂《にお》いのしない部屋だな」

そう笑いながら、男がテーブルに手料理を並べる。

それは、不思議な感覚だった。

明かりのついている部屋に帰宅するのも、組織の関係者以外の誰《だれ》かと向き合って温かい食事を取るのも、もうずいぶん長く経験のないことで、帯刀は戸惑いを隠せない。

「……美味《うま》い」

取り立てて目新しいところもない家庭料理だったが、日ごろ外食ばかりの帯刀には、とても温かい味に感じられた。

そんな生活が二週間ほどつづいて、しかし唐突に、それは終わりを迎えた。

いつものように食事をすませ、シャワーを浴びてから、リビングで山ほどの経済紙や専門誌に目を通していた帯刀は、すっと背後に男の気配が立つのを感じて、フッと視線を上げた。

「……出て行くなら、夜中にしたほうがいい」

手にしていた新聞をたたんでテーブルに投げ、別の新聞を手に取る。それを広げようとした腕を、うしろから摑《つか》まれた。

「朝まで時間をくれ」

言うなり、大きな手が顎を捕らえる。

背後から覆いかぶさってきた影に、帯刀は抗《あらが》うこともなく、じっと目を見開いたまま、それと判別できなくなるほど近づいてきた男の顔を、見つめつづけた。

そっと触れてきた唇は、想像以上に熱かった。

「冷たい唇だな」

シャワー浴びたばかりなのに……と笑って、今度は深く合わされる。

「……っ」

手首と顎を捕らえていた腕が放れて、熱い掌がローブの合わせから素肌を探る。

「でも、口腔《なか》は熱いな」

帯刀の肩からローブを落としながら、男の唇が耳の裏側から首筋を伝う。そして、日に焼けていないやわらかな肌を、きつく吸われた。

「ベッドへ行くか？　それとも……」

「ここでいい」

耳朶《じだ》に落とされた問いに、即答する。

渇いた声。

欲望など欠片《かけら》も感じさせないその声が、たまらなく東條を煽った。

ソファの前にまわって、それでも冷めた瞳で自身を見上げる美しい男に手を伸ばす。東條の好きにさせながら、帯刀もまた男のシャツのボタンに手をかけた。

「ん……っ、ふ…ぁ……っ」

肌を辿《たど》る、熱い唇。

ジリジリと焼けるような痛みとともに、色濃い痕が残される。

まるで一生消えない傷を残すかのように、やわらかな肌に歯を立てられて、帯刀が苦しげに眉根を寄せた。

「よせ……っ」

傷跡を残そうとする男の髪を乱暴に引っ張って、その行為をやめるように促す。けれど、抵抗する手首を捕らえて革張りのソファに縫いつけると、男はますます愛撫《あいぶ》を激しくくした。

「男を知ってる身体だ。なんで嫌がる？」

色づく胸の突起に舌を這《は》わせながら、上目遣いにそんな言葉を投げかけてくる。

男を知っているのと、情交に慣れているのとは、決してイコールでは結ばれない。たしかに、この冷えた身体は数えきれないほどの男を知っているけれど、こんなふうに抱き締めてくる男など、いなかった。

「犯りたいんだろう？　さっさとしろっ」

吐き捨てた言葉はそのまま、帯刀の過去を男に知らしめた。

ニヤリと笑うと、逞しい腕を腰にまわして、ぐっと抱き寄せてくる。そしてゆっくりと唇を合わせてきた。

「目ぇ閉じろよ」

言われて、帯刀は瞼を閉じる。

「あんた相手に、突っ込むだけですむわけねぇだろ」

口づけが深くなる寸前、そんな言葉が落とされる。それに一瞬目を見開きかけて、突如身体を襲った衝撃に、帯刀は咄嗟《とっさ》に男の背に腕をまわしていた。

「あ……っ、う…く……っ」

「息を吐け。声を殺すな」

うっすらと瞼を上げると、汗に濡れた精悍な顔が、間近にあった。

「俺《おれ》は犯ってるんじゃない。あんたを抱いてるんだ」

そして、瞼に落とされた口づけに、身体の芯《しん》がジンッと熱くなるのを感じる。

極寒の冬の空気のように冷えた帯刀の瞳に、そのときはじめて熱が宿った。

「好きなだけ、抱くといい」

——おまえのいいように。

どうせ、陽が昇るまでの、短い時間。

この場限りの、熱い身体。

「……んっ」

ぐっと腰を深くされて、しなやかな背が戦慄《わなな》く。

「名前を……」

耳朶《じだ》を熱い舌に擽《くすぐ》られて、ぼやけた思考に問われる。

「名を……呼ばせてくれ」

そういえば、ともにすごした二週間あまり、名前ひとつ、まもとに告げていなかったことに気づく。

多くを、語ることはなかった。

けれど、空気のように、そこに在《あ》った存在。

不思議な、熱さ。

「……俊己《としき》」

気づけば、口を開いていた。

「俊己……」

確認するように呟く、男の声に甘さが滲《にじ》む。

どれくらいぶりだろう。名を呼ばれるのなんて……。

「俺も……呼んでくれ」

知っているんだろう？　と意地悪く笑って、促してくる。

帯刀が、東條の所持品からその素性を洗い出したことに、男は気づいていたらしい。

当然だ。そういったことに敏くなくて、東條のような仕事が務まるわけがない。

「征…彦……」

今だけでいい……そんな言葉に唆《そその》かされて、男の名を呼ぶ。

「その声で、呼ばれたかったんだ。あんたの声、冷たいくせにひどくそそる」

揶揄《からか》う言葉には、背に爪《つめ》を立てることで応えた。

一夜限りのものなら、どんな言葉も水に流してやればいい。内壁を抉《えぐ》る灼熱の熱さも、年若い男の生理的な情熱なのだと、この身体に言い聞かせればいい。

「もっとイイ声、聞かせろよ」

唇に直接言葉を落として、東條は突き上げる動きを激しくした。きっちりと筋肉に覆われた、けれどしなやかな肉体が朱に染まっていくさまを楽しみながら、捩《ね》じ込んだ欲望がますます昂っていくのを感じる。

「あ……は…ぁっ、あ…ぁ……っ」

艶《つや》を帯びた嬌声《きょうせい》が、夜の闇《やみ》に鎔《と》けていく。

やがてそれが朝日に弾けるようになっても、東條は帯刀の身体を貪りつづけた。マグマのように溢《あふ》れつづける激情を、腕のなかの身体に注ぎ込むように。

口づけと、熱い吐息。

滴る汗と、濡れた肌の感触。

そこから何も生まれるものはないのだと知っていて、それでも止まらない、欲情の翳に隠された想い。

瞑《くら》い瞳に、惹《ひ》かれた。

冷えた眼差《まなざ》しに、魅入られた。


あの、雨の夜。

暗い静寂のなかで。

けれど、あってはならない出会いだと、互いに知っていた。

宵闇に潜めなければならない、抱いてはならなかった、こんな感情は……。

先に在るのは、破滅。

視線の先に、道などない。

明るい光など、どこにもない。

「野良犬は、出て行ったか?」

池の鯉《こい》に餌《えさ》をやりながら、帯刀の報告に耳を傾けていた総長が、思い出したように口にした言葉に、帯刀は一瞬固まってしまった。

「……何を……」

「手負いの獣を拾うのもいいが、仔犬《こいぬ》が狼《おおかみ》だったとあとになって気づいても、遅いぞ」

チラリと帯刀を一瞥して、しかしすぐに視線を水面に戻してしまう。

「……以後、肝に銘じて」

言いながらも動けない帯刀に、総長は、変わらず穏やかな声。

「今朝の新聞は見たか?」

「はい」

ありふれた事件の裏に潜む真実を読み取れなければ、この世界で生きていくことはできない。

地域のニュースを扱う紙面の端に見つけた、小さな記事。

東京湾での、ボートの衝突事故。

「遺体は見つかっとらんようだが、目撃証言がいくつか出ておるようだ」

「目撃?」

「某国の工作員のようだな」

つまりは、国家間の諜報《ちょうほう》合戦の末路。

その存在が公にはされていなくても、この国にもそうした機関が存在することは、裏街道を歩む者なら誰でも知っていることだ。

たとえ表向き友好関係にある国同士であっても、そうした諜報機関は、常に動いている。それが国交もままならない国相手なら、なおのこと。

「最近、向こうから薬物も流れてくると聞く。目を光らせるに越したことはない」

「御意」

深く頭を下げて退こうとした帯刀の背に、総長のひとり言が届く。

「人間《ひと》を愛せない者に、人間《ひと》は動かせん」

──……人間《ひと》……？

「……総長……？」

足を止めた帯刀に、しかし男はそれ以上何も言わない。

「貴彬は、帰っておるか？」

それ以上突っ込んだ話をするつもりはないらしく、話の流れを変えてしまった。

「神崎弁護士《かんざきべんごし》のところに寄られてから戻られると、先ほどご連絡がありました」

「いい牛肉《にく》を貰った。今晩は皆で鍋でもするとしよう」

部屋住みの若い衆たちを集めては、家族同然に可愛がる。

それも、総長の人間的魅力のひとつだ。

人は、ひとりでは生きてはいけないのだと、帯刀はこの男から教わった。けれど、何に対しても熱くなれない自分の心は、ずっと死んだまま。

総長の嫡男である貴彬の遊び相手としてこの家に引き取られてきたとき、すでに自分はこんなだったと記憶している。

冷めた目をした子どもに、総長は何を見たのだろうか。

あれから二十年あまり。

そして今、自身の身に起きたわずかな変化を、帯刀自身が気づくより早く、父親代わりでもある男は、察したらしかった。

冷めた瞳の奥に、わずかに揺らめきはじめた、感情の光に。

あの翌朝。帯刀が気づいたときには、東條の姿はなかった。

気配に敏《さと》いはずの自分がそれに気づかなかったことにまず驚き、それから自分がベッドに寝ていることに気づいて、言葉を失った。

身体は、清められている。

けれど、自分の横に人ひとりぶんの隙間《すきま》があることから、昨夜の出来事が夢ではないと知った。裸のままベッドから起き出して、下半身を襲った鈍い痛みに、現実へ引き戻される。

リビングにも、東條が使っていたゲストルームにも、男の痕跡《こんせき》は、かけらもなかった。

ゲストルームは、まるで何カ月も使われていない部屋のように、整えられていた。昨日まで東條が使っていた食器類もコーヒーカップも、ほとんど開けられることのない食器棚に、何事もなかったかのように、戻されている。


戻ってきた日常。

のしかかる静寂。

この部屋は、こんなに広かっただろうか。

見慣れた自室が、やけに白い。

昨日よりずっと眩しく感じる朝の陽差しに、帯刀は目を細めた。


何も聞かなかった。

何も聞かれなかった。

「なぜ」とも、問わなかった。

「朝まででいい」と、言われたから。

抱き合う意味も、男の腕を拒まなかった理由《わけ》も、わからなかったから。


朝のニュースと新聞を確認しようとして、やめた。

東條がかかわっている事件がどんなものであれ、そのままニュースになるようなことが、あるはずがない。

報じられることのない、世界。

極道同様、危険と隣り合わせの世界。

いや、明るみに出ることがないぶん、東條のほうがより危険だろう。


わかっていたから、消えた。

わかっていたから、止めなかった。

このさき街ですれ違ったとしても、ふたりが視線を合わせることはない。

そのとき東條は、きっと東條ではない。

帯刀の知る東條は、あの熱い身体を持て余した、獣だけだ。

これからも、ずっと。


そして、これは予感。

求めなければ、奪われることもない。

はじめは、偶然。

二度目は、必然。

三度目からは……。


知らせを受けて、駆けつけた。

シマの中心部にある店で発見された、不法滞在者の変死体。

警察の見解では、麻薬中毒によるショック死となっていたが、店主に請われて出向いていった帯刀には、ひと目でそれが偽装工作されたものであることがわかった。

知った顔の刑事に目配せしたが、彼はただ頭《かぶり》を横に振っただけ。

数日前の、ボート事故の被害者と、国籍は同じだ。

――口封じか……。

それとも何か重要な機密でも盗まれていたのか。

どのみち、真実が明るみに出ることはない。

人込みを掻き分け、現場をあとにしようとした帯刀の視界の端に、その存在は意図を持って映し出された。

「……っ!!」

振り向けば、その場を立ち去る、コートの背。

足早に追いかけて、しかし見失った。

多くの野次馬たち。

立ち止まる肩にぶつかる衝撃と喧騒《けんそう》。

小さな溜息をついてその場を立ち去ろうとして、ポケットからカサリと乾いた音がした。

そもそも、いつの間に自分の携帯ナンバーを盗み見たのだろう。

携帯電話をしまって、タクシーを止める。

相変わらず涼しい顔で瞼を伏せて、つくられた必然に、苦笑を浮かべた。

それはもう、三年前の冬の出来事。


――……？

事務所を出るときに羽織ってきただけのコートのポケットになど、何かを入れた覚えはない。手を入れると、それは小さな紙切れ。

「――――っ!?」

男がどんな字を書くかなんて、そんなもの知る由《よし》もない。

けれど、確信があった。


『公衆電話から三回』


途端、携帯電話が鳴った。

しかしすぐに切れてしまう。

着信履歴には、〝公衆電話〟の文字。

立てつづけにもう二回鳴って、それっきり。


『四丁目の交差点』

ど真ん中で待っていろとでもいうのだろうか。

［starve 4］

情事のあと、さっさとベッドを出ようとする帯刀を、東條が引き止める。

「なんだ？」

冷めた声で問われて、東條は自嘲《じちょう》気味に口の端を上げた。

「そういうこと、聞くなよ」

帯刀がクールなのは、いつものこと。

この三年間、数えきれないほど肌を重ねても、甘い言葉ひとつ、紡いだことはない。

それでも、東條がひと月消えようが、ふた月姿を晦まそうが、心配しないかわりに、ほかの男に肌を許したりもしない。

それが唯一、帯刀の意思表示だった。

「おたくの若様、なかなか切れるな」

「でなきゃ、総長など務まらんさ」

しかたなく東條の促すまま、うしろからその腕に抱かれる格好で、ベッドに横になる。背に感じる鼓動と、うなじにかかる吐息が、今ここに在る証拠。

やんわりと拘束するようにうしろから抱き締めてくる男の腕に、そっと自身のそれを重ねた。

「ずいぶん綺麗《きれい》な仔猫《こねこ》ちゃんに入れあげてるって噂《うわさ》だったから、どんなものかと思ったが」

「……そんなとこにまで、噂が広まっているのか」

小さく笑いながら、帯刀が零す。

「だが、その噂、間違ってるぞ」

「……ん？」

自分の仕入れた情報が間違っているはずがないと思っているのだろう、東條が帯刀を覗き込む。

「仔猫なんて可愛いもんじゃない」

「なるほど。豹《ひょう》か？　ライオンか？」

帯刀に合わせて、東條が茶化す。

「そうだな……あえて言うなら、猫又《ねこまた》ってところか」

「……妖怪《ようかい》かよ」

あまりの言い草に呆《あき》れた顔で、東條も笑った。

そして、腕のなかの帯刀の身体を、強引に仰向けると、その上に覆いかぶさってくる。

「おいっ」

不満げな帯刀の声も、この際無視。

「気に入ってるんだな、その仔猫ちゃんのこと」

「俺がか？」

訝《いぶか》しげに返される問いに、東條が頷く。

「人間に興味のないあんたの口から聞く名前は、限られてるからな」

――『人間《ひと》を愛せない者に、人間《ひと》は動かせん』

いつだったか、前総長に言われた言葉がふいに脳裏を過《よぎ》った。

あのころからだろうか。

自分が、他人《だれか》のことを口にするようになったのは。

「そうかもしれないな」

東條の言葉に同意して、自嘲する。

いずれは、組織にとってなくてはならない存在に成長するだろう、美しく気高い少年。仔猫に見えても、その正体はネコ科の猛獣だ。

現総長である貴彬には、先代のように凶弾に倒れてもらうわけにはいかない。組織と貴彬を守るためにも、史世には強い人間に成長してもらわなくてはならない。あらゆる意味で。

「あんたの頭のなかは、組のことでいっぱいだな」

組み敷いた帯刀の肌に今一度唇を落としながら、東條が不満げに言う。まるで「今だけは自分を見ろ」と言うように。

けれど、ハッキリと口にされることはない。

お互いに。

それが、暗黙の了解。

この関係をつづけるための、決めごと。

「俊己」

ふいに、名を呼ばれる。

「ゆ…き……ひ……っ」

白い喉《のど》に歯を立てられて、応じようとした声が、震えた。

今だけ、呼び合う名前。

刹那の想いを込めて、紡ぐ、愛しい名。

どれほどの想いを込めて名を呼び合っても、ふたりに明日はない。

極道と、そして……身分を明かせない男。

明日になれば、どこかの空の下、違う名をまとうかもしれない男。


いつかくる終局《おわり》。

かならず訪れる、最期。

それを思っても、手放せない、情熱。

「今だけ」

そう言い聞かせて。

これが最後かもしれないと、誰に聞かせるでもない言い訳を、心のなかで繰り返す。

繰り返して、繰り返して。


気づけば、三年。

静かに、時間は流れた。

ギリギリの崖っぷちに立ったまま、それでも三年、持ちこたえることができた。

けれど、いつまでもつづけられるわけがない。

警鐘は常に鳴り響いている。

いつでも。

今、こうして抱き合っている間にも。

「何を考えている?」

虚《うつ》ろな目をする情人を、男が責める。

「今だけ」なら、すべてを「今」に注ぎ込め、と。

「俺を見てろ」

「……生意気だな。年下のくせに」

「たったふたつだろう?」

笑いながら、強く腰を引かれて、その衝撃に帯刀が仰け反る。

「ふ……っ、う…く……っ」

繋がった場所から感じる、熱い鼓動。

命の脈動。

この瞬間だけ、満たされる、想い。

感じる熱とともに注ぎ込まれる安堵《あんど》と、明日への不安。

口にはしない。

けれど、この三年間、ひとときさえも消えることのなかった、それは、腕のなかの存在を失うかもしれないことへの、切実な激情だった。


「危険なことは、するなよ」

ふいに、真摯な声がかけられて、帯刀は瞳を上げた。

「なんて言っても、聞くわけないか」

すぐに表情を崩して、男はなおも帯刀を揺さぶりつづける。

「な…に……？」

何を言っているのだろうか、この男は。

より危険なのは、自分のほうなのに。


「あ……っ、は…ぁ……あぁっ」

徐々に理性を手放していく帯刀の痴態《ちたい》をその目に焼きつけながら、東條が耳朶に囁く。

「俺は平気だ」

命に執着があるからな、と笑いながら。しかし、

「もっと生きることに貪欲になれ」

帯刀の冷えた心に、男は不安を感じずにはいられないのか。

涼しい顔で、あるときふいに何もかも投げ捨ててしまいそうな、薄氷のような脆い心。

帯刀自身も気づかない内面の弱さに、東條は気づいている。

だから、

「俊己……俊己……っ」

切羽つまった声が、呼びつづける。

「征……彦……っ」

応える術《すべ》は、ない。

ただその背を抱き返す以外には。

ただ、この身体を明け渡す以外には。

それは、予感。

いつか……いつか消えるのは、きっと自分。

このままではいられない。

かならず訪れる、それは終局《別れ》。

夢に見る。

血に染まった手と、背に感じる男の腕の感触。

夢に見る。

狡く逃げる自分の末路。

たえられなくなって、この関係に終止符を打つのは、きっと自分。

最期だからと嘯《うそぶ》いて、男の心を手土産《てみやげ》に、自分はすべてを投げ出すのだ、きっと……。


「俊己？」

意識を飛ばしていたのだろうか。気づくと、東條の腕に抱かれていた。

そっと……壊れ物でも扱うかのようにそっと、額に口づけが落とされる。両の瞼と唇にも。

「大丈夫か？」

男の指先が、頬を撫でる。

——泣いていた？

「すまん。少し、無茶させたか」

男は、その涙を生理的なものだと受けとめたらしい。

「いや……平気だ」

東條の腕から逃れようとする帯刀を、強い腕が引きとめた。

「今日は、こうしていよう」

「……征彦？」

ぐっと肩を抱き寄せられて、逞しい胸に頬があたる。

すると聞こえてくる、規則正しい鼓動。

ふいに胸を締めつけられて、帯刀は間近にある男の顔を見上げた。そっと頬に指を滑らせ、そのかたちをなぞる。黒く艶やかな髪に指を差し入れて、強く引き寄せた。

乾いた唇に、触れるだけのキス。


「忘れてくれて、いいから」

「……俊己？」

いつかそのときがきたら、自分という存在のことなど、忘れてくれていいから。

だから、今だけ。

心も身体も、すべてを明け渡してほしい。


これは欲望。

心の渇望。

肉欲ではない。

感情の餓え。


愛している。

そのひと言が、言えない。

かならず訪れる、終わりのときまで。

「忘れてくれ《わすれないでくれ》」

すべてを与えて、すべてを持ち去って。

青血《せいけつ》が、滴る情景。

それは遠くない未来の予感《ヴィジョン》。

時間が見えるから。

だから、「今だけ」。

それが、ただひとつの、欲求《appetite》……。

to the last drop of your blood.

幕間
—intermission—

「ふ――ん、なかなか悪くないじゃん」

室内をぐるっと見渡して、史世《あやせ》は第一印象を口にした。

その感情の起伏に乏しい反応に、うしろに立つ男の肩ががっくりと落ちる。

「感動の薄いやつだな。もう少しほかにないのか。おまえの好みに合うようにオーダーしたんだぞ」

本人の見た目とはうらはら、華美なものを嫌う史世のために、シンプルなインテリアとナチュラルカラーのファブリックで統一された真新しいマンションは、史世の高校入学祝いとして、貴彬《たかあき》が購入したものだ。

瀟洒《しょうしゃ》な佇《たたず》まいの重厚さを感じさせる建築物。

その最上階は、タワーマンションほどの眺望ではないにせよ充分な見晴らしのよさで、夜になればロマンティックな夜景が住人の目を楽しませてくれる。

天中からわずかに西に傾きはじめた太陽光が、遮《さえぎ》られることなく、壁一面に設《しつら》えられた大きな窓から差し込んでいる。

その向こうには、椅子《いす》とテーブルを並べて寛《くつろ》げる広さのバルコニー。バリアフリーのつくりで、室内とウッドデッキが繋《つな》がっている。ところどころに完璧な配置でグリーンの鉢《はち》が置かれ、家人がゆったりと寛げるつくりになっている。

広いリビングに使い勝手を計算されつくしたキッチン、明るいバスルームと、そして広いベッドルーム。

史世が一番気に入ったのは、一日中明るい陽射《ひざ》しの差し込む、広いリビングだった。ここに大きなソファがほしいと、史世が口にした希望は、ただそれだけ。

本人にしてみれば、ねだったつもりはなく、なんとなく思ったことを呟《つぶや》いたにすぎなかったのだろうが、貴彬は聞き逃さなかった。

購入を決めて、インテリアコーディネーターにあれこれと内装の発注をして。もちろんソファにはこれでもかと拘《こだわ》り抜いて。

それが完成したと業者から連絡が入り、引き渡されたのが朝一のこと。すぐさま史世に連絡を入れ、授業が終わる時間を見計らって高校の近くまで迎えに行ったのだ。

だというのに……。

仕上がりを見た史世がどんな反応を見せるだろうかとウキウキ……いや、楽しみにしていた男心は、案の定というかなんというか、あっさりと挫《くじ》かれて、貴彬は腰に手を当て溜息《ためいき》をつく。

「超特急でやらせたんだぞ」

一応入学祝いということになっている以上、入学式からあまり日が空《あ》いては意味がないと、料金を上乗せして特急でやらせたのだ。

結局、希望日よりも数日オーバーしてしまったが、業者にしてみれば、これでもギリギリいっぱいの日程だったろう。通常の半分の期間で仕上がってきたのだから、立派なものだ。

だが、史世の口から返されたのは、たぶんきっと残業時間が膨《ふく》れ上がっただろうインテリアコーディネーターや内装業者が聞いたら、目の幅涙を流しかねないセリフ。

「別に急がなくてもよかったのに」

「……」

労いの言葉を期待したわけではないが——がんばったのはインテリアコーディネーターと内装業者であって自分ではないからこの場で労われても実際困るが——あまりにもつれない言葉が返されて、貴彬は「はー…」と大きな息をつく。

いっそ嫌味口調だったらまだマシなのに…と思わされる淡々とした声音で返されれば、もはや溜息しか出てこない。

「……わかった。もういい」

この史世相手に、可愛《かわい》らしい反応など期待した自分がバカだった。

——と、帯刀《たてわき》あたりが聞いたら「凝りない人ですね」と一蹴《いっしゅう》されそうな、実にいまさらな反省をした貴彬は、史世のペースに合わせるのを放棄した。

高校の入学祝いなのだから、贈られる側の史世が満足しなければ意味がないが、その史世のために、あれこれ奔走《ほんそう》した自分も、労われていいはずだ。

などと、五分前と言っていることが全然逆ではないかと激しく突っ込みたくなるような勝手な理屈を胸中で唱えて、ウッドデッキに置かれたリクライニングチェアにしなやかな肢体を横たえ、座り心地の確認作業に勤しんでいた史世の二の腕を摑《つか》み、引き上げる。

「なに……」

不服げな声とともに容赦《ようしゃ》のない一撃が飛んでくる前に、貴彬はその細い身体を腕に抱き上げた。

「……！　貴彬？」

困惑のほうが先に立つのか、訝《いぶか》る顔をしながらも、史世は暴れることもなく腕におさまり、首に腕をまわしてくる。

だが、貴彬の足が向かう先にあるものに気づいた途端、美麗な眉《まゆ》がキッと吊《つ》り上がった。

「……おい」

剣呑《けんのん》な声が、すぐ近くから鼓膜に直接注《そそ》がれる。

それを無視してリビングに戻り、史世のために用意した大きなソファに、腕に抱いていた痩身《そうしん》を下ろした。

そして、史世の希望で——貴彬的にはここが重要なポイントだ——用意した大きなソファに、その薄い肩を引き倒す。上から覆いかぶさるように両腕の狭間に囲い込めば、下からキツイ眼差《まなざ》しが睨《にら》み上げてきた。

それを悠然と受け流して、上体を倒す。

かけらの殺気も感じさせず蹴《け》り上げられた形のいい膝を片手で止めると、史世はムッと眉間に皺《しわ》を刻んで、かわりに全身の力を抜いた。

「なんだよ」

「ソファが欲しいと言ったのはおまえだろう？　希望に沿うものを選んで取り寄せたんだ。座り心地はどうだ」

気に入らないのであれば、早いうちに返品して、別のものに取り替えなくてはならない。

もっともらしいことを言うと、史世は一変、呆《あき》れた表情《かお》で嘆息した。

「これ、座ってるって言わないと思うんだけど？」

そう不服げに言いながらも、スルリと首に腕をまわしてくる。そんな史世の細い腰は、すでに貴彬の手のなかだ。

「クッションの利き具合なら、充分にたしかめられるだろう？」

「そういうのを、屁理屈《へりくつ》って言うんだっ」

学生服の詰襟《つめえり》に指をかければ、それをパシッと軽くはたき落とされる。たいして痛くもないそれは、史世のご機嫌が決して悪くはない証拠だ。

「そうか？　最良のチェック方法じゃないかと思ったんだが……」

そういう使い方をすることだってあるのだから、と細腰を撫《な》でれば、今度は手の甲に爪《つめ》が立てられた。

「そういうことを考慮した上での、このサイズなわけだ？」

ふぅん？　と、長い睫《まつげ》に彩られた大きな瞳《ひとみ》を胡乱《うろん》に細め、斜め下から見上げてくる。

「じゃあ、返品決定だな」

たぶんくるだろうと思われたままのセリフが紡《つむ》がれて、貴彬は満足げに目を細めた。

「そうか、なら次はふたり掛けのもっと小さいのにしよう」

ぴったりと身体をくっつけ合っていないと座れないような、いわゆるラヴソファを買おうと提案すると、白い頬《ほお》にカッと朱が走る。

「どこのバカップルだよっ」

恥ずかしいやつ！　と罵《ののし》る言葉とともに、手の甲に爪が食い込んで、容赦のないそれに、貴彬は低く呻《うめ》いた。

「——ったく、手加減というものを知らないやつだ」

やれやれだと嘆息しつつも愉快さの滲《にじ》む声で零《こぼ》して、その手を捕らえ、自分の首へと導く。それから、細腰を支えて痩身を引き起こした。

自分がソファに腰を下ろし、その膝の上に史世を座らせる。

腰を跨《また》がせた恰好《かっこう》で細い身体を腕に囲い込んで、眉間に皺を寄せたままの整った相貌《そうぼう》を下からうかがう。そして、どうにも懲りないセリフを口にした。

「おまえがやらないなら、俺《おれ》がたしかめることにしよう」

自分が下でもソファのクッションの利き具合はたしかめられると、厭《いや》らしく笑ってみせる。

すると史世は、啞然《あぜん》と目を見開いて、もはや怒るのにも疲れたのか、バカバカしいという顔で溜息をついた。

「ダメか？」

自分の胸に体重をあずけるように引き寄せて、への字に歪《ゆが》められたままの唇を、下からそっと掬《すく》う。

長い睫を震わせた史世は、貴彬の首にまわした腕に力を込め、かわりに身体の力を抜いた。

「……んっ」

真新しい学生服に包まれたしなやかな背を撫で下ろせば、白い喉《のど》が甘く鳴る。

特注で誂えたものらしい学ランに傷をつけないように気を配りつつ金ボタンを弾《はじ》いて、細い腕から引き抜いたそれを、皺にならないように気遣いながら、ソファの背に置いた。

薄いシャツ一枚に包まれた肌が、ゾワリと震える。室内とはいえ、窓を開け放っていれば、春先はまだまだ肌寒い。

口づけを解くと、悩ましい吐息《といき》が落ちてくる。

腕のなかの身体から体温を奪わないように包み込み、小さな頭を引き寄せると、やわらかな髪の感触がサラリと頬を撫でた。

「足りないものはないか？」

指通りのいい髪を撫でながら、ここですごすのにほかに必要なものはないのかと問えば、思案する気配があって、ややあって史世は、貴彬の肩口にあずけていた顔をこちらに向けた。

「なんだ？」

史世がほかの誰《だれ》でもない自分に対して遠慮などするはずはないと思いつつも、一応「遠慮しなくていいんだぞ」と付け加えてみる。「遠慮なんてしてない」と返されると思っていたら、そんな貴彬の横顔を間近にじっとうかがっていた史世は、全然別の方向から言葉を返してきた。

「ソファより、ベッドのスプリングを確認したほうがいいんじゃないか？」

なかなかに魅惑《みわく》的な言葉を口にして、ニヤリと笑う。

口許《くちもと》に浮かぶ悪戯《いたずら》な笑みさえなければ、珍しいことにも史世からのお誘いかと、素直に喜べるところなのだが、哀《かな》しいかな、そんなことはありえないと、男は知っている。

質問の答えになってないだろう。と思ったが、妙なところを突っ込んでご機嫌を損ねられても困るから、先の質問はひとまず横に置いて、貴彬はそもそもの話に戻した。

そうだった。傍目《はため》にくだらない駆け引きを楽しみながら、自分たちはソファの上で体温を分け合っているのだった。

「もちろん。あとで存分に確認するさ。夜は長いんだからな」

まずはソファで愉《たの》しんで、それからベッドに移動すればいい。

史世の口許に浮かぶ笑みに対抗すべく、茶化した言い草でわかりきった答えを返せば、史世は呆れたように笑って、辛辣《しんらつ》に罵ってくれた。

「エロジジイっ」

そして、貴彬の胸を押し退ける。

膝から下りようとするのを制して、腕のなかに引き戻すと、いいかげんにしろと言うように睨まれた。

それでも凝りずに腕のなかの痩身を愛《いつく》しんでいたら、史世の白い手が頬に伸びてきて、両手に包み込まれる。

「なぁ」

ねだるような声に呼ばれて、「なんだ？」と返せば、間近に揺れる大きな猫目が数度瞬《またた》いて、それから、これまた男の期待とはずいぶんと外れた方角から、言葉が返された。

「お腹空いた」

「……」

思わず目を瞠《みは》って間近にある整った相貌を凝視すれば、「今日はまだ何も食べてない」と、不服げに返される。

その言葉に、密かな驚きを禁じえなかった貴彬は、しばし史世の顔をうかがって、それからフッと表情を緩めた。

まだまだ色気より食い気ということか。代謝がいいのだか、史世は実に燃費が悪い。その健啖《けんたん》ぶりは傍目に心地好《よ》く、史世をつれまわして着せ替え人形にするだけでなく、あれこれと旨《うま》い物を食べさせるのも、貴彬の楽しみのひとつだった。

——気づいてない…のか……？

史世は、自分が何を口にしたか、気づいていないのだろうか。

これまで、こうしたごく日常的な会話のなかで、史世がこんなふうに自分の希望を口にすることなどなかった。

駆け引きのような言葉遊びのなかで、貴彬を困らせるための我儘《わがまま》を意図的に口にすることはあっても、純粋な欲求を告げてきたことはこれまでなかったのだ。

「出かけよう」

「……どこへ？」

それまで、いつ本気で襲いかかってきてもおかしくない態度で史世を腕に抱いていた貴彬が、着替えて外に出ようと促せば、訝るのも当然だ。

自分は別にケータリングでも宅配でもかまわないのにと、史世が面倒《めんどう》くさそうに返してくる。

それを、細い背を撫でることで宥《なだ》めて、貴彬は自分が脱がせた学ランを手に、史世をベッドルームとつづきのウォークインクローゼットへと導いた。そこには、史世のサイズに合わせた衣類が、上から下までそろっている。

「美味《うま》いコーヒーの飲める店があるんだ」

「コーヒー？」

貴彬の言葉に怪訝《けげん》な声で返す一方、クローゼットに並んだ衣類の数々に気づいて眉根を寄せ、大きな溜息をつく。

だが、自分が何を言っても貴彬の行動をとめることはかなわないとわかっているからか、今現在の会話を遮ってまで、目の前の状況について文句を言おうとはしなかった。

そのかわりに、自分は喉が渇いているわけではなく、空腹なのだと今一度訴えてくる。

「そう言うな。美味いケーキもある」

足りなければ、そのあとでまた別の店に行けばいいと提案すれば、いささか納得しかねる顔をしたものの、史世は頷いた。

「別にいいけど」

そんなにコーヒーが飲みたかったのかと、着るものを物色しながら、史世が呟く。

「飲みたかったんだ」

サラリと返したはずの貴彬の返答に、いったい何を感じとったのか、史世は手を止めて長い睫を瞬《しばた》く。

その、何ものをも見透かしてしまいそうな大きな瞳の中心に自分が映されているのを確認して、貴彬は、引き結ばれた唇に、攫《さら》うようにキスをひとつ落とした。


カラランッとドアベルが鳴る。

「ここって……」

まだ新しい商業ビルの一階。外の看板に明かりは灯《とも》っていないが、ガラス張りの店は、外から店内がうかがえる。

アンティークな家具で統一された店内。

数人が腰を下ろせばいっぱいになってしまうカウンターと、数席分のテーブル。覚えのある芳《かぐわ》しい香りが、真新しい店内に満ちている。

そのカウンターの向こうで、エプロンをした大柄な男が、何やら細々と働いていた。

「河原崎《かわらざき》さん……」

振り返った男は、史世の顔をその目に映して、穏やかに微笑《ほほえ》む。それから貴彬に視線を移して「散らかっていて申し訳ありません」と頭を下げた。

「いや、開店前にすまない。順調なようだな」

「ええ、おかげさまで」

極道から足を洗い、第二の人生を歩みはじめようとしている河原崎の、ここは新たなフィールドだ。

珈琲《コーヒー》専門店。

極道には似つかわしくない趣味かもしれないが、義理人情に厚くいささか柔軟性に欠けるところのあった昔気質《かたぎ》な男の唯一の趣味が、コーヒーだった。

その腕を活かして、この店で雇われ店長兼マスターをすることになったのだ。

「まだ無理そうか」

河原崎のコーヒーを味わうのはまだ無理そうかと零せば、「すぐに準備いたします」と、どこか浮き立った声が返される。

作業テーブルの上を片付け、真新しいカップを取り出した河原崎は、何か思いついた顔で言葉を継いだ。

「御代はいただけるのでしょうか？」

若干おどけた調子で問われて、

「もちろんだ」

こちらも芝居染みた答えを返す。すると河原崎は、

「では、おふたりが私のお客様第一号です」

嬉《うれ》しそうにそう言って、カウンター中ほどの席に、ふたりを促した。

そこに並んで腰を下ろして、手際よくコーヒーが淹《い》れられていくのを、傍らの史世は物珍しげに眺めている。

ややあってふたりの前に出されたのは、貴彬専用のブレンドで淹れられた特別なコーヒー。

史世の前にだけ、縁にレースをかたどった皿が置かれて、アイスクリームの添えられたタルトタタンが、その上で黄金色に輝いていた。

「おいしい……」

コーヒーをひと口含んで、史世は感嘆を漏《も》らす。

幼いころから河原崎の淹れるコーヒーを飲んでいた貴彬には慣れた味だが、史世はらしくない様子で目を丸くした。

「久しぶりに美味いコーヒーにありつけた」

史世の横顔をうかがいながら零せば、自分で淹れればいいだろうと河原崎に笑われる。よほど時間があればやってもいいが、なかなかコーヒー一杯のために、ここまでの手間をかける気にはなれない。

「私の手ほどきは完璧だったと自負しておりますが？」

「ああ。それでもやっぱり、おまえの淹れたもののほうが美味いな」

河原崎から美味いコーヒーの淹れ方を伝授されていて、そこらの下手な喫茶店以上の味は出せると自負している貴彬だが、それでもやはり河原崎のコーヒーは格別だ。

「タルトタタンも、味見をしてみてください」

「これも河原崎さんが？」

史世の大きな目がますます大きく見開かれて、今にも零れ落ちそうになる。

「こんな厳《いか》つい男がお菓子づくりなんて、おかしいですか？」


穏やかに微笑む河原崎に促されて、史世はタルトの一切れに溶けはじめたアイスクリームを添えて口に運んだ。

「美味しい……！」

その性格からは意外にも思えるが、史世は存外と甘い物が好きだ。しかも味にうるさい。河原崎お手製タルトタタンは、そんな史世の舌を充分に満足させられる出来栄えらしい。

出されたタルトを、そもそも空腹を訴えていた史世はペロリとたいらげてしまう。

それに気をよくした河原崎が、ホイップクリームの飾られた焼きプリンとケーク・オ・フリュイ、豆乳のロールケーキに、さらには手間暇《てまひま》かけた特製モンブランまで出してきて、どれが好みか、ほかに何が好きかとリサーチをはじめた。

「毎日これだけ出すの？」

「日替わりで二、三種類のつもりでいますが……欲を言えば、定番の品がひとつくらいは欲しいですね。ですが、店のメインはあくまでもコーヒーですから」

コーヒーを美味しく飲むためのサイドメニューなのだと、寡黙《かもく》なイメージの強い男が楽しげに話すのを聞きながら、貴彬はあのマンション以外にもう一箇所、やすらげる場所ができたかもしれないと口許を緩めた。

河原崎はカタギだ。万が一の事態になれば、もはや巻き込めぬ相手だ。

だがそれでも、貴彬のことも史世のことも組織のことも、全部知っている河原崎の存在そのものが、自分はもちろん史世にとっても、救いとなるときがくるような気がするのだ。

史世がケーキを平らげるまでにコーヒーのおかわりもして、この様子ならまっすぐにマンションに戻ってもいいだろうか、それとも食事と甘い物は別腹だと言い出すだろうか、ならばどこへ連れて行こうかと、他愛もないことに考えを巡らせつつ、貴彬はこの空間をも味わう。

その横で、ケーキ五個とコーヒー二杯を胃におさめてやっとひと息ついたらしい史世が、河原崎に三杯目のコーヒーをオーダーする。

おかわりのコーヒーが淹れられる様子に見入っていた史世が、ふいに何かを思いついた様子で、「あ」と小さく声を上げた。

どうした？　と問う視線を向けると、史世はカウンターの上に頬杖《ほおづえ》をついて、下から覗《のぞ》き込むようにこちらをうかがってくる。

そして、ずいぶん前に投げたまま、受け取ったのかスルーされたのかすらも不明だった問いへの答えが、今になって返された。

「足りないもの、あった」

史世の希望で、ふたりですごすための場所として用意したあのマンションで、足りないものはないかと貴彬は尋ねた。その問いに対する答えが、やっと聞けるらしい。

「……？　なんだ？」

すぐに手配できるものならしてやろうと、携帯電話を取り出す。

それを視界の端に映しつつも、史世はじっと貴彬と視線を合わせて、そして思いがけないものの名を口にした。

「コーヒーメーカー」

先ほど河原崎と交わしていた会話を、しっかりと聞いていたらしい。

河原崎のコーヒーも美味いが、その手ほどきを受けたという貴彬のコーヒーも飲んでみたい、なんて可愛らしい言葉で、男心を擽《くすぐ》ってくれる。

だが、そこはさすがに史世だ。男を喜ばせる甘い言葉のあとには、しっかりと手厳しい現実が待っていた。

「目覚めのコーヒーを淹れてくれるんなら、あの部屋ですごす回数を、予定よりもうちょっとだけ増やしてやってもいいよ」

ちょっとだけ、がやけに強調されていて、貴彬は己の糠悦《ぬかよろこ》びを自嘲《じちょう》しつつ、肩を竦《すく》める。

「ちょっとだけ、か？」

史世の頰にかかる髪を梳《す》いてやりながら確認すれば、

「ちょっとだけ」

さも当然と返された。

文句など言わせないと高飛車な色を滲ませる大きな瞳を覗き込んで、貴彬はずるい大人の顔でそれを平然と受け流す。

「まあいい。どこまでがちょっとなのかは、個人の感覚だからな」

挙げ足を取られた史世が、瞳を眇《すが》め、ムッと口を歪めた。

「……やっぱり屁理屈だ」

ウンザリと言われて、常日頃さんざんウンザリとさせられている立場の貴彬は、返す言葉もなく苦笑するよりない。

「お待たせいたしました」

史世の前に、三杯目のコーヒーが出される。その芳しい香りが、への字に結ばれていた薔薇《ばら》色の唇を、実にあっさりと解いてしまった。

満足げにコーヒーカップを口に運ぶ横顔を眺めながら、貴彬は携帯電話を駆使して、コーヒーグッズ一式を買いそろえ、超特急で配送の手配をする。

さっそく明日の朝、自ら淹れたコーヒーで史世の目覚めを彩ろうと決めて。

携帯電話をしまい、傍らに手を伸ばして、三杯目のコーヒーに口をつけたばかりの、湿った唇に指を滑らせる。

「……！」

意図に気づいた史世が身を引くより早く、魅惑的な唇を塞《ふさ》いでしまった。

爪を立てようと伸ばされた手を捕り、指と指とを絡《から》めて握る。

河原崎の苦笑と、洗い物をしているのだろう鼓膜に心地好い水音。

口づける角度を変えたときに零れ落ちた、「ふざけんなっ」と毒づく声は、聞こえなかったことにした。

はじめブラックコーヒーの苦味を残していた口腔《こうこう》は、思うさま味わううちに、やがて馴染《なじ》んだ甘さに変わっていく。

寝乱れたシーツに沈む白い肢体がコーヒーの香りをまとう光景を思い描きながら、貴彬はしばし手のなかの愛しさを貪《むさぼ》った。

正しい猫又の飼い方

【はじめに】

この物語はすべてフィクションであり、作者と担当者の煩悩《ぼんのう》による煩悩のための似非《えせ》パラレルにほかなりません。

キャラクターのイメージを大切になさりたい方、今現在お話の世界観にどっぷり浸り中の方、また、常日頃から妃川のギャグ落ちに辟易《へきえき》されている読者様は、お読みにならないことをおすすめします。

なお、キャラクター当人への了解は得ておりません。

作者及び担当者の身の安全のためにも、チクリ行為はご遠慮ください。

ときと場合によっては、作者及び担当者の命の保証はないため、チクられたあなたが、殺人教唆《きょうさ》の罪に問われる可能性もあります。

最後になりましたが、すべては洒落《しゃれ》です。ギャグです。性質《たち》の悪いジョークです。多少「このやろうっ」とお思いになられても、笑って読み流してください。

信じられないかもしれませんが、作者はこのキャラたちを愛しています。本当です。ええ、もう、心の底から愛してますよぉ（←超嘘くさい）。

【正しい猫又の飼い方】

長閑《のどか》な冬の午後だった。

ひとりでゆっくりしたくて、会社から少し離れた場所にある洋食屋にランチをとりに出かけたタカアキは、その帰り道、いつもとは違う路地を選んで歩いていた。

入り組んだ路地の奥には、歩くたびに新しい発見がある。

そして今日も、タカアキは見慣れない店の前で足を止めた。

「ペットショップ？」

こじんまりとしたペットショップ。ショーウインドウにはころっころの仔犬《こいぬ》や毛玉のような仔猫《こねこ》の姿。

こんな場所にペットショップなどあっただろうか？　と訝《いぶか》しみつつも、なんとなく足を踏み入れた。

「いらっしゃいませ！」

温厚そうな店主が奥から姿を現す。

「ここは長いのか？」

「ええ、祖父《そふ》の代から商売させていただいております」

その口調から察するに、タカアキの素性はわかっているようだ。そんなに長く商売している店を、自分が知らないなんてことがありえるのだろうかと、わずかな疑問が過《よぎ》ったが、しかしそんな思考は、すぐさま駆逐《くちく》されてしまった。

奥まった場所にあるケージに、ふと目を奪われる。ガラスの向こうに光る、宝石のように輝く眸《ひとみ》。ふわふわと、シルクのような光沢をまとった真っ白な毛並み。そして、賢そうな顔立ち。

「あれは……」

タカアキの視線に気づいて、店主が微笑《ほほえ》む。

「気疲れましたか？　さすがはナカガワの若様、お目が高い！」

「成猫もあつかっているのか？」

「いやぁ、これは特別です。祖父の代から、ここにいますから」

妙な言葉にタカアキが首を傾げたとき、店の入り口あたりから、「こんにちは」という声が届いた。新たな客だろうか。

だが店主は、その声の主を見とめて、親しげに手招きした。

「おお！　ちょうどよかった」

「あーちゃんに会いに来たんですけど」

手招きされて店の奥に入ってきたのは、学生服姿の少年。眼鏡が愛らしい、楚々とした顔立ちの美少年だ。

タカアキに気づいて、ペコリと頭を下げる。だが彼の興味はすぐにガラス向こうの猫に移ってしまった。

「あーちゃん！　ごめんね、一週間ぶりになっちゃった」

テストがあってねと笑いながら、ケージの取っ手に手を伸ばす。扉を開けると、なかからぴょん！と真っ白な猫が飛び出してきた。ゴロゴロと喉を鳴らしながら、少年の顔中をペロペロと嘗《な》めまわす。

「ユウちゃんがこないから、ご機嫌が悪くてねぇ。ここんとこロクに餌も食べてくれないんだよ」

「えー、そうだったんですかー？　ダメだよ、あーちゃん、ご飯食べなきゃ。いまどき吸えるような生気まとった人間なんていないんだから」

またまたわけのわからない会話が交わされている。その間も、タカアキの視線は、真っ白な猫に釘付《くぎづ》けだ。

——美しい。

思わず溜息《ためいき》が零《こぼ》れる。

こんなに美しい猫は見たことがない。まるで魔性の美しさだ。

そんな愚《おろ》かな男を嘲《あざけ》るように、美しい猫は、その煌《きらめ》く大きな眸をスゥッと細めた。よく見ると、左右の目の色が違う。片方は金《カッパー》、片方は、青《ブルー》だ。

そして、男心を擽《くすぐ》る、ひと鳴き。

みゃぁ～ん。

「オヤジ、こいつを譲ってくれ」

即断即決。

その言葉に、店主とユウが驚いた顔を向けた。

「よ、よろしいのですか？」

「いくらだ？」

タカアキの決意は揺るがない。

ケージの下を見ると、プレートに「アヤセ、五〇〇万円也」と書かれている。そこに猫種の記載がないことに、色香に惑《まど》わされた男は気づかない。

タカアキと店主のやりとりを聞いていたユウが、アヤセを抱いてタカアキを見上げる。何かを見透かすような、純真でまっすぐな大きな瞳に見上げられて、タカアキは言葉につまった。

ややあって、ユウがニッコリと微笑む。

そして、腕に抱いていたアヤセをタカアキに差し出した。

「あなたなら、大丈夫みたい」

——……??

「あーちゃんよかったね。やっと出会えたよ」

アヤセの頭を撫《な》でながら、意味深に微笑む。その言葉に応えるように、アヤセがひと鳴き。

にゃん。

そして、自らタカアキの腕に飛び乗ると、真っ赤な下でペロリとタカアキの唇を舐《な》めた。

ゾクンッと、言いしれぬ悪寒が突き抜ける。

——なんだ？

そんな疑問も、どういうわけか、アヤセの大きな眸を見つめているうちに霧散してしまう。

「では、これにサインを」

タカアキのカードを受け取って支払い処理をしていた店主が戻ってきて、カードと利用明細を差し出す。サインをし終えたタカアキに、店主は神妙な顔で、一通の古い封筒を差し出した。

「祖父の代から伝わる説明書です。かならずお読みくださいね」

「……？　わかった」

訝《いぶか》りつつもそれを受け取って、胸ポケットにしまう。

そして、店主とユウに見送られて、店を出た。

そこからは、どこをどう歩いて会社に帰りついたのか、覚えていない。

　気づけば、腕に白猫を抱いていた。

　しかも、どういうわけかすでに夕方。

「いったいどこをほっつき歩いてらしたんですか？」

　冷ややかに怒りオーラをまとって、秘書のタテワキが社長室の前で仁王立ちしている。だが、タカアキの肩に乗った白猫に目を留めると、わずかに眉根を寄せた。

「……どうされたんですか？」

「買った」

「……」

「なんだ？」

「いえ、正気なのかと思いまして」

「……？　充分正気だが？」

「……そうですか。でしたら何も言いませんが」

　タテワキの妙な態度に首を傾げつつ、タカアキは社長室のドアを開ける。そのタカアキの肩で、アヤセがキランッと光る眸を、うしろのタテワキに投げる。

　それに大きな大きな溜息を零して、しかしタテワキは肩を竦《すく》めただけだった。

　両目の色の違う白猫は、幸福を招くという。

　しかし、その尻尾が二股にわかれている場合にも、それが該当するのか否か、猫好きな作者にもわからない。

　店主に渡された古びた封筒には、消えかかった墨文字でこう書かれていた。

『猫又の飼い方』

　アヤセにとっては、数百年ぶりに現れた飼い主。

　生気のあり余っていそうな若社長は、充分にアヤセを満足させてくれるに違いない。

合唱

あとがき

こんにちは、妃川螢《ひめかわほたる》です。

この度、シリーズ再発二冊目を出していただく幸運に恵まれました。本当にありがとうございます。

単品でお読みいただけるように書いていますが、前作「甘い口づけ」と合わせてお楽しみいただくと萌《も》えも倍増することと思いますので、是非《ぜひ》よろしくお願いいたします。

ちなみに、史世《あやせ》と貴彬《たかあき》の出会いの場面の完全版は、そちらに収載されています。「なんで？」と思われるかもしれませんが、ストーリー展開上、「甘い口づけ」本編とどうしても切り離せなくて、そういうことになっています。何卒ご了承ください。

今回、書き下ろしSSは、「奪われる唇」と「拘《とら》われる眸《まなざし》」の隙間の、さりげない日常を書いてみました。史世が貴彬に買わせたマンションと、河原崎《かわらざき》の店の開店模様です。

こういう事件性のない日常の様子って、いつもあれこれ剣呑《けんのん》な事件に巻き込まれているこのふたりの場合、やけに淡々と見えてしまいがちなのですが、たまには平和なお話も書きたいなぁと思いまして。

こういった短編を書く機会は今後もたびたびありますので、ＨＰやお手紙などで、「こんなふたりが読みたい」とか「こんなシーンが読みたい」とかリクエストいただければ、もしかするとご希望がかなうかもしれません。皆様がどんなシーンやシチュエーションに萌えを感じるのか、ぜひぜひお教えください。

イラストを担当していただきました実相寺《じっそうじ》紫子《ゆかりこ》先生、いつもありがとうございます。着々と古い原稿が掘り起こされて、お互いに心臓に悪い日々かと思いますが(苦笑)、この先もしばらくはこんな状況がつづくと思われますので(汗)、ぜひとも腹を括ってお付き合いくださいませ。今後ともよろしくお願いいたします(ペコリ)。

最後になりましたが、告知関係を少々。

妃川の活動情報に関しては、HPの案内をご覧ください。新刊発刊時には期間限定で企画を実施していますので、ぜひ遊びに来てくださいね。

http://himekawa.sakura.ne.jp/　(※ケータイ対応。但し情報告知のみ)

編集部経由でいただいたお手紙には、情報ペーパーを兼ねたお返事を、年に数度まとめてになってしまいますがお返ししています。ネット環境がない方は、こちらをご利用ください。ご意見・ご感想など、お気軽にお聞かせくださいね♡

それでは、また。

近いうちに、シリーズ新作でお会いしましょう。

二〇〇八年十一月吉日　妃川螢

清潔にしているからゴキブリなんて居ないだろうけど…

危なく撃ち殺しちゃうところでしたね… BY 帯刀。

せっかくのフリートークスペースにくだらない漫画描いちゃいました～（汗）強く~~正しく~~美しい史世の苦手なモノって何だろ…と考えた結果です。ゴキブリって怖いですよね！不細工で不潔なものが嫌いそうな彼には最大の恐怖であって欲しいです。

今回は一番大好きな史世を沢山描けてとても幸せでした。（妃川先生、担当様有り難う御座います～！）個人的に帯刀との冷たい攻防が凄く好きだったりします。

そして結局被害者は貴彬（笑）

END